A POSSESSÃO DO SR. CAVE

MATT HAIG

A POSSESSÃO DO SR. CAVE

Tradução de
CHRISTIAN SCHWARTZ

EDITORA RECORD
RIO DE JANEIRO • SÃO PAULO
2012

CIP-BRASIL. CATALOGAÇÃO NA FONTE
SINDICATO NACIONAL DOS EDITORES DE LIVROS, RJ

Haig, Matt, 1975-
H174p A possessão do Sr. Cave / Matt Haig; tradução de Christian Schwartz – Rio de Janeiro: Record, 2012.

Tradução de: The possession of Mr. Cave
ISBN 978-85-01-08287-9

1. Luto – Aspectos psicológicos – Ficção. 2. Superproteção dos pais – Ficção. 3. Ficção inglesa. I. Schwartz, Christian. II. Título.

CDD: 823
12-1645 CDU: 821.111-3

Título original em inglês:
THE POSSESSION OF MR. CAVE

Texto revisado segundo o novo Acordo Ortográfico da Língua Portuguesa.

Impresso no Brasil

ISBN 978-85-01-08287-9

EDITORA AFILIADA

Para Andrea

"Se há alguma coisa que desejamos mudar na criança, deveríamos antes examiná-la, para ver se não se trata de algo que seria melhor mudarmos em nós mesmos."

Carl Gustav Jung
O desenvolvimento da personalidade

"As mais profundas tragédias da infância, as mãozinhas da criança para sempre arrancadas de seu abraço ao pescoço da mãe, ou seus lábios para sempre privados dos beijos da irmã — essas permanecem pairando sobre tudo o mais, até o fim."

Thomas De Quincey
"Suspiria de Profundis: The Palimpsest"

Você sabe, é claro, como tudo começa.

Começa como começa a vida, com o som de um grito.

Eu estava no andar de cima, na minha escrivaninha, fechando as contas do dia. Lembro que meu humor era o melhor possível porque naquela tarde tinha vendido, por um valor mais do que bem-vindo, uma mesa dobrável de meados da Era Vitoriana. Deviam ser umas sete e meia da noite. O céu visto pela janela estava particularmente bonito, lembro de ter pensado. Um daqueles gloriosos pores do sol de maio, em que toda a beleza do dia se condensa em seus derradeiros momentos.

E você, onde estava? No seu quarto, estudando violoncelo. Não fizera outra coisa desde que Reuben saíra para encontrar os amigos nas quadras de tênis.

No momento em que ouvi o grito, tinha acabado de baixar o olhar na direção do parque. Acho que devia estar olhando para o lado dos castanheiros-da-índia, e não para o trepa-trepa, deserto àquela hora, pois não notei ninguém na East Mount Road. Estava tentando resolver alguma discrepância nos números; não consigo lembrar precisamente o quê.

Ah, posso rever a cena na minha frente. Poderia escrever dez mil palavras sobre aquele pôr do sol, sobre aquele parque, sobre minhas dúvidas triviais a respeito de lucros e perdas contábeis. Ao escrever, repare, volto àquele momento, àquele escritório, à situação confortavelmente envolvida por um estado de ignorante contentamento. Fazer esta caneta seguir adiante naquela noite, chegando ao momento em que o grito ganhou significado real, é quase um crime. Mas mesmo assim preciso contar como foi, exatamente do jeito que vi, porque aquilo marcou o fim e o começo de tudo, não foi? Então vamos lá, Terence, ande com isso, você não tem o dia todo.

A princípio, o grito soou como uma mera interrupção. Uma intromissão na doce melodia de alguma sonata de Brahms que flutuava do seu quarto até os meus ouvidos. Então, antes que eu soubesse por quê, o som me causou uma espécie de dor, um aperto no estômago, como se o corpo compreendesse antes da mente.

Simultaneamente ao grito, vindos da mesma direção, chegavam outros ruídos. Um coral de vozes que repetia uma palavra ou um nome de duas sílabas que eu não conseguia entender exatamente. Olhei na direção do barulho e vi a primeira lâmpada da rua se acender. Havia algo pendendo da haste horizontal do poste. Uma silhueta azul-escura, dependurada lá no alto, algo que não compreendi imediatamente.

E umas pessoas estavam reunidas embaixo do poste — meninos — enquanto o objeto pendente e o canto das vozes tornavam-se mais claros.

— Reuben! Reuben! Reuben!

Gelei. Talvez boa parte de mim ainda estivesse perdida nas contas do dia porque, por um segundo, mais ou menos, eu não fiz nada a não ser assistir.

Meu filho estava pendurado no poste, usando toda sua força e arriscando a vida para divertimento daqueles que ele julgava seus amigos.

Um sentimento de urgência me invadiu e me pus em movimento, ganhando impulso à medida que cruzava o corredor em direção à escada.

Você parou de tocar e me chamou.

— Pai?

Voei escada abaixo e passei por dentro da loja. Esbarrei o quadril em alguma coisa, uma cômoda, e uma das estatuetas de porcelana caiu e quebrou.

Atravessei a rua correndo e cruzei o portão do parque numa velocidade impossível para a minha idade, planando por sobre as folhas e a grama do playground deserto. Em nenhum momento eu o perdi de vista, como se isso, por um segundo que fosse, pudesse fazê-lo fraquejar. Corri enquanto sentia o terror batendo no peito, por trás dos olhos e nos ouvidos.

Ele moveu as mãos na direção do poste.

Agora podia ver o rosto dele, iluminado pelo amarelo artificial da lâmpada. Os dentes à mostra graças ao esforço, os olhos arregalados, a essa altura conscientes da insanidade daquele erro.

Por favor, Bryony, entenda isto: a dor do filho é a dor do pai. Enquanto corria na direção de seu irmão, eu ia a socorro de mim mesmo.

Na corrida, acabei torcendo o tornozelo, mas resisti enquanto continuava disparado na direção dele, chamando seu nome.

Seu irmão não conseguia se mover. O rosto estava contorcido em agonia. O brilho da luz dava à pele um aspecto lavado, livrando-o da marca de nascença que ele sempre odiara.

Eu estava chegando mais perto.

— Reuben! — gritei. — Reuben!

Ele me viu abrindo caminho entre seus amigos. Ainda posso ver seu rosto e toda a confusão, o terror e a impotência nele estampados. Naquele momento de distração, de reconhecimento mútuo, a concentração de que ele precisava para permanecer imóvel vacilou de repente. Pude sentir antes que acontecesse, uma espécie de vaticínio que se insinuava, exultante, das casas em redor. Um mal invisível, mas avassalador, que roubou uma última esperança qualquer.

— Reuben! Não!

Ele caiu, com força e velocidade.

Em um segundo seu grito havia parado e ele estava à minha frente, no concreto da calçada.

Estirado ali, feito um boneco abandonado, tudo nele parecia monstruoso e estranho. Os ângulos deformados que suas pernas agora tinham. O ritmo acelerado de seu peito. O sangue que brilhava ao sair pela boca.

— Chamem uma ambulância! — gritei para o grupo de meninos que permanecia ali, parado num silêncio anestesiado. — Agora!

A distância, alienados e a salvo, carros aceleravam pela Blossom Street na direção de York ou a caminho do supermercado.

Agachei-me, minha mão tocou o rosto dele e implorei a Reuben que não me abandonasse.

Supliquei.

A maneira como ele se foi me pareceu uma punição deliberada. Pude vislumbrar a decisão em seus olhos, enquanto o sopro de vida ia pouco a pouco abandonando o corpo.

Um dos garotos, o menor deles, vomitou na calçada.

Outro — cabeça raspada, olhar afiado — recuou para longe, em direção à rua deserta.

O mais alto e encorpado do grupo apenas continuou ali, olhando para mim, o rosto escondido pela sombra de um capuz. Odiei aquele menino e a brutal indiferença em sua expressão. Amaldiçoei o deus que o mantinha de pé ali, respirando bem na minha frente, enquanto Reuben morria na calçada. Na urgência desesperada daquele momento, senti que havia algo de errado naquele menino, como se ele tivesse pousado na cena vindo de outra realidade.

Apanhei uma das mãos pesadas de Reuben, a esquerda, e vi que a palma ainda estava avermelhada e marcada pelo esforço de ficar agarrado ao poste. Acariciei-a e continuei falando com ele, palavras e mais palavras, mas o tempo todo podia vê-lo afastar-se do próprio corpo, recolher-se. E então ele disse alguma coisa.

— Não vá embora. — Como se fosse eu a deixá-lo, e não ele. Foram suas últimas palavras.

A mão esfriou, a noite chegou e a ambulância apareceu para confirmar que era tarde demais para qualquer providência.

Lembro-me de ver você atravessando o parque.

Lembro-me de ter deixado o corpo de Reuben na calçada.

Lembro-me de ouvir você perguntar:

— O que está acontecendo, pai?

Lembro-me de ter dito:

— Volte, querida, volte para casa. Por favor.

Lembro-me de você ter perguntado sobre a ambulância.

Lembro-me de ter ignorado a pergunta e repetido o pedido de que você fosse para casa.

Lembro-me do menino do capuz olhando fixamente para você.

Lembro-me de ter insistido, de ter agarrado seu braço e gritado, de ter sido duro com você como nunca fora antes.

Lembro-me da expressão do seu rosto e de ver você correndo de volta para casa, pela entrada da loja, e da porta se fechando. E lembro-me da certeza, clara por trás da loucura, de que eu havia traído vocês dois.

Como você sabe, gastei grande parte da minha vida consertando coisas quebradas. Mostradores de relógios, cadeiras velhas, porcelana fina. Ao longo dos anos, eu me tornei especialista em remover manchas com amônia ou um toque de aguarrás. Consigo tirar riscos de copos. Simular diferentes padrões em madeira. E, usando vinagre, 250 mililitros de água quente e um pedaço de palha de aço, sou capaz de restaurar um candelabro Tudor enferrujado.

Algum dia já tive grande prazer em comprar uma penteadeira George III de mogno, marcada pelas manchas e cicatrizes de dois séculos, e restituir-lhe o esplendor original. Do mesmo modo, não faz muito tempo, ao receber a Sra. Weeks aqui na loja e vê-la correr os dedos espertos sobre um vaso Worcester sem conseguir detectar as rachaduras, minha alma se encheu de felicidade.

Isso me dava uma espécie de poder, eu acho. Era um jeito de derrotar o tempo. Uma maneira de me isolar desta nossa época inútil e decadente. E não consigo explicar a dor desesperadora que é saber que não posso restaurar nosso próprio passado íntimo do mesmo jeito.

Aqui vai uma coisa que você precisa entender.

Foram quatro as pessoas que amei verdadeiramente nesta vida, e, delas, só sobrou você. Todas as outras morreram de causas não naturais. Filho, esposa, mãe. Os três antes da hora.

A gente ama três pessoas e as três morrem. Nem chega a chamar a atenção, não é? Não. Quantas pessoas alguém precisaria amar e ver morrer para que os outros começassem a desconfiar desse amor? Cinco? Dez? Cem? Três não são nada. Três pessoas não são nada além de má sorte, ainda que elas representem três quartos de tudo que a gente mais prezou neste mundo.

Ah, tenho tentado ser racional. Vamos lá, Terence, digo a mim mesmo: nenhuma dessas mortes foi culpa sua. E, claro, num tribunal de leis, minha defesa prevaleceria.

Mas onde estão os tribunais do amor? E que punição pior do que o luto eles poderiam infligir? Depois que Reuben morreu, passei a acreditar que havia algo errado comigo e com o amor que eu tinha a oferecer. Falhei com ele. Deixei-o morrer rodeado por amigos que eram desconhecidos para mim.

Eu o amei, mas sempre imaginei que chegaria um dia em que eu o compensaria pelo que não fiz. Não conseguia aceitar o fato de que esse dia nunca mais viria.

Logicamente, a morte de uma criança, para qualquer pai, é um fato inaceitável. A gente ouve os primeiros compassos de uma sonata conhecida e a música para, mas continuamos a sentir aquelas notas mudas, sua beleza e sua força não menos reais, não menos completas. No caso de Reuben, eu vinha ignorando a melodia. Ela estava lá o tempo todo, tocando continuamente ao longo de seus 14 anos, mas eu me desligara dela, deixara de ouvi-la. Sempre entretido com a loja, ou com você, Bryony, e deixei seu irmão cuidar do próprio nariz.

E então me esforcei para encontrar o que um dia havia ignorado, e com o devido empenho vislumbrei alguns flashes, breves erupções de uma vida que se transformava, mas que não chegou de fato a um fim. Notas que retornavam não em sequência harmoniosa, mas em cacofonia, que desabava sobre mim com o peso da culpa.

Na manhã do enterro acordei com um zumbido. Um barulho furioso de serra cortando a escuridão. Abri os olhos e levantei a cabeça do travesseiro para procurar de onde vinha. O quarto, fracamente iluminado pelo sol da manhã que as cortinas filtravam, era o mesmo de sempre. A moldura com o retrato da sua mãe, o guarda-roupa, a reprodução de Turner, o relógio francês da lareira. Tudo normal, exceto pelo ruído. Foi apenas quando me levantei um pouco mais, apoiando-me nos cotovelos, que identifiquei a origem daquilo. Acima das cobertas, na direção das minhas pernas, vi o que deviam ser umas quinhentas mosquinhas, circulando, apenas rondando aquele ponto, como se eu fosse um cadáver apodrecendo sob o sol do deserto.

Por um momento, não tive medo. A princípio, a visão daquelas criaturas girando em curtas elipses provocou um efeito hipnótico. Então alguma coisa mudou. Como se de repente tivessem percebido que eu havia despertado, as moscas começaram a se mover numa nuvem em direção à cabeceira da cama e ao meu rosto. Rapidamente estavam todas à minha volta, uma nevasca negra, seu ruído nervoso e ininterrupto ficando cada vez mais alto. Afundei a cabeça nas cobertas, na esperança de que as moscas não me seguissem ali debaixo, e com esse movimento súbito o barulho parou completamente. Aguardei um segundo na escuridão quentinha e acolchoada, depois reemergi.

As moscas tinham desaparecido sem deixar rastro. Olhei novamente ao redor e, ainda que os bichinhos tivessem ido embora, não deixei de perceber que o quarto estava diferente, como se cada objeto ali tivesse compartilhado minha alucinação.

Lembro-me de Cynthia e eu conversando no carro, falando de amenidades para nos consolar, enquanto a procissão do enterro seguia por velhas ruas do tempo dos saxões. A certa altura, ela se virou para você e disse:

— Você está aguentando firme.

Você retribuiu o sorriso triste da sua avó e eu, balbuciando qualquer coisa, concordei. Você de fato se mantinha admiravelmente firme, como havia sido na maior parte da semana. Firme demais, foi o que pensei, preocupado por vê-la reprimir tanta coisa.

Tentei manter o pensamento em Reuben, mas percebi que gravitava em direção a você, ao efeito que a morte do seu irmão gêmeo vinha provocando no seu comportamento.

Você não havia tocado violoncelo a semana inteira. Isso, eu me dizia, era compreensível. Tinha ido ao estábulo todas as noites para cuidar de Turpin, mas não montava desde o dia anterior à morte de Reuben. Isso também seria de se esperar. Perdera o irmão gêmeo e estava desamparada agora, a filha única de um pai viúvo. Ainda assim, alguma coisa me incomodava. Você não estava indo à escola e eu tinha fechado a loja, mas acho que não havíamos conversado de verdade a semana inteira. Você sempre achava uma desculpa para sair da sala (conferir o ferro de passar roupa, dar comida ao Higgins, ir ao banheiro). Mesmo ali, naquele carro seguindo em marcha lenta, quando sentia meus olhos sobre você, sua expressão parecia se contrair, como se meu olhar queimasse, ferindo seu rosto.

A mão de Cynthia apertou a minha quando nos aproximamos da igreja. Reparei nas unhas, pintadas com o esmalte preto de sempre, o rosto maquiado em seu estilo macabro, e me lembrei da brincadeira que, em meio a lágrimas, ela havia feito naquela manhã, sobre não precisar pensar no que vestir para um enterro — a única possível vantagem da noção de moda da sua avó.

Desembarcamos na igreja. Saímos do carro estampando uma dor real em nossos rostos, mas também sabíamos que era preciso demonstrá-la. Enquanto caminhávamos em meio àquelas sepulturas antigas de vítimas da peste, amontoadas umas sobre as outras, pensei em todos os pais mortos separados de seus filhos. Você se lembra da velha história de fantasmas que Cynthia contava? Sobre o menino vítima da peste que, por força de uma nova legislação, tinha sido enterrado fora dos limites de York, e o espírito da mãe dele se levantava da tumba à procura do filho? Ela contou essa história quando vocês dois eram menores, enquanto caminhavam de volta de Christingle carregando velas e laranjas, e Reuben riu de você por ter ficado com medo.

É estranho. Sinto que estou afundando. A gente se lembra de uma coisa e tem sempre alguma outra por baixo que puxa para o fundo. Mas preciso manter a cabeça erguida. Tenho de continuar respirando.

Você talvez se pergunte por que preciso repassar essas coisas, se você estava lá também, mas tenho de contar tudo do jeito que vi, porque você só conhece um lado, o seu, e eu conheço apenas o meu, e quem sabe, quando você ler este relato, possa olhar para o que havia por trás das minhas atitudes e uma espécie de verdade possa emergir em algum lugar desse espaço, nesse interstício entre a sua leitura e a minha escrita. É uma esperança vã, mas a última que me restou, então vou me agarrar a ela, como me agarrei a você enquanto seguíamos pela trilha que levava à entrada da igreja.

Peter, o vigário, nos esperava no fim da trilha, pronto para nos dar apoio e as instruções necessárias. Ele disse alguma coisa para você, e Cynthia se antecipou à sua resposta, livrando-a da obrigação de falar. Foi quando me virei e vi o menino que estava lá na noite em que Reuben morreu. Aquele que eu havia odiado instantaneamente pela fria indiferença que vislumbrara em seu rosto. Não usava mais o capuz. Vestia um paletó barato, gravata preta, e devo admitir que causava boa impressão. A pele branca, o cabelo escuro e aqueles olhos negros pareciam conter uma força sinistra e ameaçadora. Algo violento, perigoso.

Não sei se você o viu. Viu? Eu disse uma palavra no ouvido de Cynthia e caminhei em meio às decrépitas sepulturas ao encontro dele.

— Posso saber o que você faz aqui?

Ele não disse nada a princípio. Lutava contra a fúria repentina que lhe estampava o rosto.

— Sou Denny — disse ele como se isso devesse significar alguma coisa.

— Denny?

— Amigo do Reuben. — Havia uma aspereza arrogante na voz, um tom de confronto que parecia totalmente inadequado à ocasião.

— Ele nunca falou de você.

— Eu estava lá quando... Você viu a gente.

— Sim, vi vocês. — Engoli insultos e acusações. Não era hora nem lugar. — Então, por que você veio aqui?

— Por causa do enterro.

— Você não foi convidado.

— Vim porque quis. — Seus olhos eram mais incisivos que as palavras.

Ele olhou para além de mim, por cima do meu ombro. Eu me virei e vi que você ainda tentava se desvencilhar do vigário.

— Vá embora — disse a ele. — Você não é bem-vindo aqui. Deixe minha família em paz.

Ele concordou com a cabeça. Uma suspeita que se confirmava.

— Tá legal — respondeu ele, a boca tensa. Enquanto dava meia-volta e ia embora, tive a mais estranha e desagradável das sensações. Um sentimento que só posso descrever como uma deserção, algum pedaço essencial da minha alma que me era retirado e me deixava, momentaneamente, em dúvida sobre onde eu estava. Minha vista escureceu, o cérebro fervendo com uma energia esquisita, e tateei o pequeno poste de pedra do portão em busca de apoio.

Nesse ponto, minha memória dá um salto para dentro da igreja. Lembro-me do passo lento atrás do caixão. Lembro-me dos vagos consolos ditos pelo vigário. Posso ver Cynthia no púlpito, lendo o trecho de Coríntios que havia escolhido, sem a pose teatral de sempre. "Porque, assim como por um homem veio a morte, também por um homem veio a ressurreição dos mortos..."

Ainda mais nitidamente, eu me lembro de olhar em volta enquanto lutava para começar a ler o poema que escolhera. Via um monte de rostos, todos estampando a obrigatória expressão de luto. Professores, clientes, agentes funerários. E você entre eles, no banco mais próximo, o olhar fixo sobre o caixão do seu irmão. Baixei os olhos para a folha à minha frente, que Cynthia havia preparado no computador e impresso para mim com tanto capricho.

Por um tempo não consegui falar, chorar, nada. Apenas fiquei ali parado.

Fiz daquele minuto uma eternidade para aquelas pobres pessoas. Mal conseguia respirar. Peter já caminhava em minha direção, as sobrancelhas arqueadas, quando finalmente peguei no tranco.

— "Ao sono" — disse eu, aquela palavra ecoando na pedra fria das paredes. Fiquei repetindo — "ao sono" — como se girasse a chave de ignição do cérebro. — John Keats.

Doce embalsamador da meia-noite fria!
Que com teus dedos cuidadosos cerra certo
Os nossos olhos para escuro e alegria,
Calabouço de divino oblívio encoberto;
Calmíssimo sono, vem fechar, por favor,
Estes meus olhos, mesmo agora enquanto canto,
Ou espera o amém e vem com teu pó dispor
Em torno ao leito as caridades do acalanto;
Salva-me, então, que o ontem brilha ainda perto,
Por no meu travesseiro gerar tanta dor;
Da consciência salva-me, que tem guardado,
Enterrado, seu vigor para a escuridão;
Ágil, gira a chave no cárcere azeitado:
*De minha alma lacra o calado caixão.**

Voltei para o meu lugar. Peter concluiu a cerimônia. Observei os pés dos ajudantes que carregavam o caixão enquanto se preparavam para percorrer o corredor central da igreja. Os sapatos da esquerda cruzando os da direita. Quatro pares de pés em perfeita sincronia, como se iniciassem uma macabra coreografia.

Ergui os olhos até encontrar um dos rostos, que tentava disfarçar o esforço pelo peso do caixão sobre o ombro, um rosto marcado por um pesar que não sentia.

**O soft embalmer of the still midnight!/ Shutting, with careful fingers and benign/ Our gloom-pleas'd eyes, embower'd from the light,/ Enshaded in forgetfulness divine;/ O soothest Sleep! if so it please thee, close,/ In midst of this thine hymn, my willing eyes,/ Or wait the "Amen", ere thy poppy throws/ Around my bed its lulling charities;/ Then save me, or the passed day will shine/ Upon my pillow, breeding many woes;/ Save me from curious conscience, that still lords/ Its strength for darkness, burrowing like a mole;/ Turn the key deftly in the oiled wards,/ And seal the hushed casket of my soul.*
Título original: "To sleep". Tradução: Caetano W. Galindo. (*N. do E.*)

Olhei para você e disse:

— Está tudo bem.

Você não disse nada.

Cinco minutos mais tarde, lá fora, uma chuva fraca escorria pelo grande guarda-chuva preto que eu segurava para você e para sua avó. Depois de uma semana de silêncio, suas lágrimas vieram, trazendo com elas também as de Cynthia. Só os meus olhos permaneceram secos, ainda que meu coração deva ter chorado. Tenho certeza de que deve ter chorado, sim.

Ainda ouço a voz de Peter.

— Tendo confiado nosso irmão Reuben à infinita misericórdia e proteção do Senhor, agora entregamos seu corpo à terra. — Os ajudantes baixaram o caixão, soltando em câmera lenta as tiras pretas que o suspendiam. — Terra à terra, cinza às cinzas, o pó ao pó. — O consolo da repetição e do ritual nada pôde fazer para acalmar seus soluços. — Na esperança certa e inabalável da ressurreição para a vida eterna, mediante nosso Senhor Jesus Cristo... — o caixão tocou o fundo, acomodou-se e ficou imóvel... — que morreu, foi sepultado e ressuscitou por nós. A Ele seja dada a glória para sempre. — E, por fim, o "Amém" coletivo, dito em tom tão baixo que pareceu vir da terra em que ele estava sendo enterrado. A terra que nos fez crer que ele havia partido.

A polícia não faria nada quanto aos amigos dele.

— Ele não foi obrigado a subir lá.

Noções muito primitivas de coação, de acidente, de responsabilidade.

Nunca lhe contei isso, mas fui atrás deles. Dos meninos. Eles se reuniam nas quadras de tênis desativadas e então, depois de ter levado você até o estábulo, fui lá para desabafar.

Estavam todos ali. Todos menos ele, Denny.

Encostei e baixei o vidro.

— Espero que vocês estejam felizes agora — disse eu, botando a cabeça para fora da janela. — Espero que tenham se divertido vendo ele morrer. Espero que possam dormir o sono dos justos, sabendo que têm o sangue dele nas mãos.

Eles ficaram lá parados, atrás da cerca de arame, como bandidos num musical de Bernstein. O menino da cabeça raspada com olhar desafiador fez um gesto malcriado, mas não disse nada.

— Assassinos — gritei, antes de arrancar violentamente com o carro.

E não parei por aí. Na outra noite gritei a mesma acusação. E na outra, e na outra, mas nunca o vi. Nunca vi Denny. Na verdade, lá pela quarta vez, não encontrei mais nenhum deles. Gritava para o nada. A culpa os fizera evaporar, eu me dizia. Eu os afugentara com minhas palavras. O estranho era que não me sentia satisfeito. Meu coração pesou quando me dei conta de que eles não estavam ali, e minha raiva pouco a pouco voltou a tornar-se desespero.

Desde os primeiros boletins da escola ficou claro que seu irmão não se destacaria em termos acadêmicos. Não havia os "ótimos" ou "excelentes" que choviam para você, nunca um "é um prazer ser seu professor" ou "bela contribuição à classe".

Reuben não se interessava pelos livros como você. Para ele, ler nunca foi mais do que uma penosa obrigação. Ele gostava das histórias de Dick Turpin e de todos aqueles velhos trapaceiros que eu costumava contar para deleite de vocês dois na hora de dormir, mas, uma vez que escutava uma delas, ele queria ouvi-la de novo e de novo, enquanto você ansiava por alguma que ainda não conhecesse.

Posso vê-lo agora mesmo, na janela, desenhando com o dedo no vidro embaçado. "Um menino calado." "Facilmente influenciável."

Na cegueira deste século, o dinheiro virou a medida do amor. Um insensível que olhasse de fora diria que cuidei melhor de você porque, a partir dos 11 anos, paguei os seus estudos.

Mas que outro jeito havia? Eu só podia pagar para um de vocês — será que, em nome da igualdade, os dois deveriam ter sofrido? É culpa minha o Mount ser um colégio só para meninas? Teria sido melhor pagar para o Reuben, que não demonstrava interesse pelos estudos? Não, o St. John era a escolha óbvia no caso dele.

Mas, claro, devo admitir que essa não foi a única regalia que paguei para você. Afinal, você quis fazer equitação, assumi as despesas com um cavalo e sua manutenção. Você quis aprender música, paguei suas aulas de violino e depois de violoncelo. Você quis um gato, especificamente um Birman malhado, comprei o Higgins.

Só que você mostrava interesse de verdade por essas coisas. Não era porque a mimasse demais e, se fosse esse o caso, eu teria igualmente mimado seu irmão, se ele ao menos chegasse a pedir os próprios presentes. Quais eram os interesses do Reuben? Nunca fiz a mínima ideia. Ele pediu uma bicicleta e a que comprei não era como a que ele queria. Gostava dessas bugigangas tecnológicas que, antes mesmo de me pedir, sabia que eu não permitiria. Não, seu irmão não era fácil, não devemos nos esquecer. Mesmo em meu luto, não conseguia ignorar isso. Na verdade, minha dor me obrigava a lembrar muito bem, porque eu já sabia quanto sentimentalismo era capaz de sufocar e quantas lembranças enterrar, tornando indistinguível o que a pessoa realmente fora.

Queria lembrá-lo do jeito que era. Queria lembrar sua gritaria incessante quando bebê, suas manhas durante a noite, seu apetite incontrolável por balas de goma. Queria lembrar como ele costumava ficar bravo quando tinha de ler o livro de figuras com você. Queria lembrar das brigas, até mesmo daquela em que ele rasgou sua partitura.

Queria lembrar do jeito como ele sentava para assistir à TV, com a mão cobrindo a marca de nascença no rosto. Queria lembrar do episódio do cigarro, de quando ele foi pego roubando, do vaso quebrado. Queria lembrar dos domingos de manhã cedo, quando vocês dois iam comigo às feiras de antiguidade e ele resmungava durante todo o trajeto.

Mas minhas lembranças de Reuben sempre foram difíceis de recuperar e restaurar. Quando pensava nele, você rapidamente surgia no lugar. Se tentasse imaginar os dois bebês, como da última vez que sua mãe os viu, não conseguia visualizar o rostinho dele aos berros. Era sempre só você, placidamente recostada ao lado do seu irmão, perdida em sonhos mudos, inocentes. Você mesma um sonho.

Aquele era o primeiro dia em que abria a loja depois do enterro. Seu primeiro dia de volta à escola. Tentei me manter ocupado polindo os vasos e as terrinas e todas as outras peças de prataria. O dia todo usando minhas luvas brancas de algodão, a loja tomada pelo cheiro dos produtos de polimento, meu reflexo distorcido me encarando com olhos desvairados.

Os clientes apareceram e eu os espantei antes de comprarem qualquer coisa. Fiz besteira. Dei troco errado. Derrubei uma jarra Davenport. Estava me sentindo horrível.

— Vamos lá, Terence, recomponha-se — disse Cynthia, que tinha vindo ajudar no balcão. — Você tem minha neta para sustentar.

Sei que costumava me queixar a você que sua avó espantava os clientes, com aquelas unhas de bruxa, suas roupas e seu jeito direto, mas ela foi de grande ajuda, na verdade.

Tentou ajeitar as coisas por você. Por todos nós. Não só na loja, mas em geral. Lembro de como ela nos encheu de atividades naqueles primeiros 15 dias. Eram coisas as quais se agarrar, pontes sobre o abismo, e o calendário na parede foi invadido por uma porção de eventos. As letras maiúsculas e a pontuação enfática da sua avó preenchendo os quadradinhos das datas, avançando sobre julho, agosto, setembro. Aula de Violoncelo da Bryony! Feira de Antiguidades em Harrogate!! Show Equestre em Knaresborough!!!

E havia o jantar especial que ela vinha planejando sem ter uma razão específica.

— Vou convidar meus amigos do grupo de teatro — disse ela. — Vamos ao Box Tree. Uma estrela no Guia Michelin, parece, e acabou de ser reformado. Tem de fazer reserva com meses de antecedência, portanto, se quiser um lugar para agosto, preciso ver isso já. Vocês dois querem ir?

Você estava no sofá, de culotes e pronta para ir ao estábulo.

— Sim, eu vou — disse você, para meu grande alívio.

— Sim, claro, Cynthia — respondi, percebendo o quanto aquilo parecia importante para ela. — Gostaria muito de ir.

— Ótimo — disse ela. — Vou anotar no calendário.

*

Você não falou quase nada no carro, a caminho do estábulo. Lembro-me de tê-la deixado lá com a mesma sensação que tivera no enterro. Aquela estranha sensação de sair de mim mesmo, a alma me escapando e a visão escurecendo. E então, no caminho de volta, eu o vi. Denny. Estava anoitecendo e, quando fiz a volta na direção dos paddocks e enxerguei aquela figura suada com roupa de corrida, brilhando pálida sob os faróis dos carros, pensei que poderia ser uma alucinação. Pisquei o farol para espantá-lo, mas ele continuava lá, me encarando.

Saí do carro e mandei-o embora. Ele saiu andando, enquanto me lançava um olhar duro e decidido, e depois voltou a correr. Então fui atrás de você, lembra? E discutimos enquanto você conduzia Turpin de volta aos estábulos. Aparentemente, você não tinha a menor ideia do que Denny fazia ali. Aparentemente, odiava-o tanto quanto eu. Aparentemente, ele nunca se aproximara de você antes.

Você foi perfeitamente convincente, e fiquei convencido, apesar da sensação estranha. Havia tantas coisas preciosas em minha vida que eu tinha descuidado, deixado sem defesa. "Desculpe, querida", disse eu. "Não devia ter gritado." Você concordou com a cabeça e olhou as casas que passavam, talvez desejando estar dentro delas, detrás das esquadrias douradas daquelas janelas, perdida na alegria de uma noite de terça-feira de outra menina.

Lembro-me de tentar dar um jeito nos pertences do seu irmão. Sentei-me na cama dele me sentindo um estranho naquele quarto. Pôsteres de filmes dos quais nunca tinha ouvido falar. Bugigangas tecnológicas indecifráveis que eu nem imaginava que ele possuísse. Revistas recheadas de mulheres que não pareciam mulheres, tão artificiais que poderiam ter sido projetadas por uma marca italiana de carros esportivos.

Remexi na mochila da escola e encontrei uma carta que ele jamais me entregara. Era da diretora, informando que Reuben havia faltado a duas das aulas de história do professor Weeks. A carta era datada de março, antes de o Sr. Weeks perder o emprego. Lembro-me de quando ele apareceu aqui na loja com a mulher e o filho, George, para comprar a cômoda de pínus. Um cara grandalhão, alto, bem capaz de ser um terror em sala de aula, imaginei.

Era estranho estar ali, no quarto de Reuben. A presença dele era tão real, tão palpável em todos aqueles objetos, em todos aqueles pertences que me lembravam de como eu o havia compreendido tão pouco. Com a ajuda de Cynthia, empacotamos e levamos boa parte das coisas para o sótão. Você também ajudou um pouco, não foi?

Mas o que realmente preciso lhe contar tem a ver com a bicicleta dele. Como você sabe, coloquei um anúncio na janela, vendendo-a por 25 libras. No dia seguinte, uma mulher ligou e combinou de vir comprá-la para o filho. Uma moça escocesa com um rosto comprido que me lembrou aquelas estátuas aborígenes da Ilha de Páscoa.

Estava pegando a bicicleta no depósito quando ficou tudo escuro e tive novamente aquela sensação na parte de trás do cérebro. Só que desta vez foi mais forte. Era como se alguém estivesse mudando os canais dentro da minha mente, deslizando pelas várias frequências até encontrar uma estação diferente. A sensação atingiu o ápice quando acariciei o selim e deixei que a moça escocesa pedalasse a bicicleta para longe de mim. Fiquei ali um tempo, nessa vaga espécie de transe, observando enquanto ela descia a rua. Fiquei ali até a bicicleta desaparecer e a sensação sumir, trazendo minha mente de volta à reconfortante estação da tristeza.

*

Como disse uma vez Pablo Casals, seu antigo herói, ser músico é perceber a alma dos objetos. Uma alma que talvez se faça mais visível com um Stein ou um Stradivari, ou talvez seja mais bem expressa por um Bach ou um Mozart, mas que está sempre ali, em tudo o que tiver substância.

Claro, não sou músico. Vendo antiguidades, mas a mesma percepção se aplica ao meu caso. A gente se senta o dia todo numa loja, ao lado dos velhos relógios, mesas e cadeiras, dos pratos e das escrivaninhas, e se sente exatamente como eles — apenas mais um objeto que não pode mudar o que já passou, que foi criado e transformado, forçado a sentar e esperar numa espécie de limbo, seu destino tão desconhecido quanto o destino dos outros.

Certa tarde apareceu um cliente — um sujeito convencido, típico morador de Yorkshire. O tipo de homem que não se sabe se é arrogante ou ignorante. Passeou de uma etiqueta de preço à outra, sempre resmungando, dizendo para mim e para Cynthia que ficaria muito surpreso se conseguíssemos vender essa estatueta *art nouveau* ou aquela mesa de leitura por tal ou tal valor.

— Ah — disse Cynthia. — Mas é jacarandá.

— Não faz diferença — disse o homem.

— E do início da Era Georgiana.

— Mesmo se fosse do início da mesopotâmica não justificaria esse preço.

A essa altura eu já estava cheio.

— Existem dois tipos de compradores de antiguidades — disse a ele. — Aqueles que apreciam a alma de um objeto, e compreendem que até os menores itens como conchas de servir molho, dedais, raladores de noz-moscada de prata, sempre serão subestimados. Esses são os que chamo de verdadeiros aficionados, os que sabem apreciar as vidas que foram divididas com aqueles objetos. São os frequentadores assíduos de uma loja como a nossa.

Ele ficou ali, tão boquiaberto e de olhos arregalados quanto Cynthia, tão inábil para me interromper quanto a estatueta esmaltada que tinha nas mãos. Era a Garota com Pandeiro, decorada em verde e rosa. Eu a havia comprado para fazer par com uma outra — aquela que derrubei e se quebrou quando corria em socorro do Reuben na noite em que ele morreu e esbarrei na cômoda.

Continuei:

— Enquanto o outro tipo de cliente, do tipo que vejo agora mesmo na minha frente, é aquele que enxerga um objeto como a soma dos materiais dos quais foi feito. O cliente que não entende ou não valoriza as mãos que o fabricaram, ou a afeição de muitos séculos que vários proprietários já mortos dedicaram ao tal objeto. Não, essas pessoas ignoram essas coisas. Não dão valor a isso. Veem números onde deveriam ver beleza. Param na frente de um relógio com ponteiros de bronze e tudo o que conseguem enxergar é que horas são.

O cara ficou lá parado, quase tão perplexo quanto eu mesmo com aquela explosão.

— Ia comprar isto como presente de aniversário para minha esposa — disse ele, colocando a estatueta *art nouveau* de volta no lugar. — Mas com um atendimento desses acho melhor procurar em outro lugar.

Depois que ele saiu, tive de aguentar a ira de Cynthia.

— Terence, que diabos deu em você?

— Nada — falei. — Só não gostei do jeito que ele falou com você.

— Pelo amor de Deus, Terence. Sou bem crescida e feia o bastante para saber cuidar de mim mesma. Acabamos de perder uma venda.

— Eu sei, desculpe. O problema não era com ele. Desculpe.

Ela suspirou.

— Você sabe do que está precisando, não sabe?

Balancei a cabeça.

— Uma folga. Você e a Bryony. Um passeio. Eu poderia tomar conta da loja por uma semana.

Um passeio. Só a palavra já soava absurda. Um palhaço dançando num velório, distribuindo cartões-postais. Despertou em mim uma lembrança-relâmpago. Nós na estrada, a caminho da França, você e Reuben dormindo no banco de trás, seus corpos encurvados e apoiados um no outro como parênteses fechados.

— Não, Cynthia, acho que não — disse eu, mas a ideia foi ganhando corpo ao longo da tarde.

Talvez não fosse tão absurdo, afinal. Talvez fosse nossa chance de fazer tudo voltar ao que era antes. Juntar os cacos e colocá-los de novo em seus lugares. Sim, era a chance de curarmos nossas almas partidas.

Eu havia percebido pequenas mudanças no seu comportamento desde o enterro.

Em vez do estilo sombrio de Pablo Casals, ou do som do seu próprio violoncelo, um tipo diferente de música vinha do quarto. Uma espécie de ruído feio e violento que eu pedia para você baixar o volume quase toda noite.

Você raramente tocava o violoncelo, agora. Ainda ia à faculdade de música toda semana, mas, quando eu perguntava como iam as aulas, recebia um dar de ombros ou breves resmungos como resposta. Uma amiga de quem eu nunca tinha ouvido falar — Imogen — de repente se tornou alguém para quem você precisava ligar todas as noites. A porta do seu quarto permanecia fechada o tempo todo e eu às vezes ficava ali, do lado de fora, à espreita, tentando descobrir se você estava na cama ou no computador. Certa vez, quando você ia saindo, reparei que o pôster de Pablo Casals não estava mais na parede. O velho mestre do violoncelo que sempre a inspirara tanto.

Era inacreditável. Pensava que o homem fosse seu ídolo.

Você sempre havia amado a interpretação dele para as suítes de violoncelo de Bach. Tinha até mesmo ido atrás de um filme antigo sobre ele na biblioteca. Pablo, aos 94 anos, regendo um concerto especial nas Nações Unidas. Aquele velhinho, o rosto marcado pelo tempo, refletindo à perfeição o esforço e a emoção dos movimentos da orquestra até que não houvesse diferença entre os dois, homem e música, e cada estribilho ouvido no grande auditório soasse como se viesse direto da alma do maestro.

Você devorou o livro de memórias dele e me disse que deveria lê-lo também. A história que me vem agora é a de quando Pablo e alguns amigos escalaram o monte Tamalpais, perto de São Francisco. Ele já estava com mais de 80 anos e se sentia fraco e cansado naquela manhã, mas, para a surpresa dos amigos, insistiu em ainda assim subir a montanha. Concordaram em ir, mas, durante a descida, um desastre aconteceu. Você se lembra dessa história?

Uma rocha enorme se deslocou num ponto mais alto do elevado e desceu em velocidade na direção do grupo. Não acertou nenhum dos outros, mas Pablo congelou ao vê-la rolar. Quando passou por ele, a pedra gigante o atingiu e esmagou sua mão esquerda, a que toca as notas no violoncelo. Os homens olharam horrorizados para o emaranhado de dedos ensanguentados, mas Pablo não demonstrava dor ou medo. Na verdade, sentia-se tomado de uma espécie de alívio, e agradeceu a Deus porque jamais teria de tocar novamente.

"Um dom pode ser também uma maldição", escreveu o homem que se sentira escravizado pela própria arte desde criança e que tinha ataques de ansiedade antes de cada apresentação.

Este último detalhe sempre foi um consolo para você quando tocava em público. Por isso é que não fazia sentido você tirar o pôster de Pablo com a data do Festival Anual de Música e Teatro de York se aproximando. Nada demais, tudo bem, mas essa atitude me pareceu um sintoma de alguma mudança maior.

Talvez eu devesse ter sido mais incisivo com você naquele momento.

Talvez não devesse ter deixado você se fechar assim. Na hora, no entanto, imaginei que você estava de luto do seu jeito. Em tributo à maneira como seu irmão vivera, você passou a envolver sua vida no mesmo mistério.

O que não percebi foi que esse recolhimento continuaria, que você escaparia para mais e mais longe de mim, a ponto de não poder mais trazê-la de volta.

*

Fuçando a seção de viagens do jornal, vi uma foto esmaecida, em branco e preto, do Coliseu. "O preço inclui as passagens aéreas e seis noites no Hotel Raphael."

A cidade da fé, da antiguidade e da perspectiva, o lugar onde se vai para lamentar e aceitar a natureza passageira da vida humana, e onde antigos templos e afrescos ultrapassam todos nós. Foi nisso que pensei.

Ah, perdoe a loucura de uma mente desesperada!

Você se lembra daquele fim de tarde ensolarado em que caminhamos até a casa da Cynthia e precisei parar enquanto descíamos a Winchelsea Avenue? Você me perguntou qual era o problema e respondi que não sabia, que só estava me sentindo um pouco tonto. Foi a mesma sensação que tive na igreja e quando estava vendendo a bicicleta do Reuben. Vista escura acompanhada de uma espécie de pontada na parte de trás da cabeça. Algo parecido com um formigamento, acho, mas que esquentava, como se chamas minúsculas invadissem os espaços escuros da minha mente, gerando faíscas que se contorciam e dançavam antes de se apagar. E essas chamas queimavam a parte de mim que sabia em que tempo e lugar eu estava, subtraindo-me qualquer identidade por um momento.

Eu me virei para ver a casa pela qual tinha acabado de passar, a de número 17, e ela me pareceu tão triste quanto as outras ao longo da rua. Disse a mim mesmo para manter a calma. Foi só uma coisa ruim, tentei raciocinar. O resultado de nervos em frangalhos e pouco sono, nada mais. Se algum dia você se perguntou por que jamais fizemos aquele caminho de novo, aí está a resposta.

Quando chegamos ao bangalô da Cynthia, já me sentia bem melhor e bastante esfomeado. Embora, claro, nunca se está com fome suficiente para encarar um dos pratos de curry da sua avó.

— É uma autêntica receita de Goa — disse ela, despejando a gororoba. — Peguei na internet. Dizia que não era muito picante, mas estou preocupada porque acho que exagerei na pimenta.

— Ah, tenho certeza de que está gostoso — falei, tentando desviar os olhos do esboço em carvão de um nu feminino que ela havia deixado sobre a mesa. Acho que chegamos antes de ela poder emoldurá-lo. O trabalho, resultado de uma de suas aulas de desenho, exibia a pele enrugada da mulher que servira de modelo.

— Humm, está uma delícia — disse você, na primeira garfada. E parecia estar gostando mesmo.

Cynthia sorriu para você e, por um momento, pareceu levemente fascinada. — Ah, que bom. Ótimo. Não está muito picante?

— Não — disse você, embora cinco minutos depois tenha ido à cozinha e voltado com um copo d'água cheio até a boca.

— Pensei no que você disse — disse para Cynthia, apressadamente, enquanto você abria a torneira. — E acho que talvez tenha razão. Vou marcar a viagem.

— Ótimo, Terence. Ótimo. Você já contou para Bryony?

— Não — respondi. — Quero fazer uma surpresa.

— Bem, talvez você devesse consultá-la antes.

Balancei a cabeça.

— Ela sempre adorou surpr...

Você tinha voltado, bebia do seu copo sob nossos olhares de admiração. Dois patos velhos reverenciando um cisne.

Sobrevivemos ao curry. Um banquete de perseverança para todos ali, a que Cynthia procurou acrescentar um pouco de descontração com algumas de suas antigas histórias do grupo de teatro.

— Era a noite de estreia de *À margem da vida*... Ray usava uma toga... Eu estava nos bastidores... Era o terceiro ato... Lá estava eu, a rainha das fadas... E alguém solta um peido na plateia... Ah, as nossas caras!

E então ela ficou em silêncio, os lábios negros ainda congelados naquela posição mesmo depois que o sorriso morreu. Por um bom tempo mirou um ponto indeterminado entre nós dois, um brilho triste no olhar.

— Faz menos de um ano, não é? — disse ela, depois de um momento. — O estágio do Reuben no teatro?

Tentei me lembrar. Sim. Acho que era isso mesmo. Você havia marcado o seu estágio — uma semana na faculdade de música — com várias semanas de antecedência, enquanto Reuben não se mexera até o último momento. Se não fosse por Cynthia, que conversou com o David não sei das quantas, ele teria problemas sérios na escola.

— É — disse você. — Faz menos de um ano.

Sua avó soltou uma risada triste.

— Coitadinho. Pegar justo a semana de *Joseph and the Amazing Technicolor Dreamcoat*. Todos aqueles dias cuidando de um burro do lado de fora do teatro!

— Pois é — concordei. — É.

— Você chegou a assistir? — perguntou Cynthia para mim. — Você não apareceu, não é? E ele estava se matando para empurrar aquela criatura teimosa para cima do palco.

— Não — falei. — Não apareci. Tinha uma reunião, acho. Um fornecedor. Não lembro direito.

Você sorriu um sorriso distante.

— Eu estava lá.

— Sim — concordou Cynthia. — Sim, você estava. Você, sim. — Ela viu você olhando para o esboço ainda sem moldura e guardou o devido silêncio. — Mas tenho de contar para vocês sobre minha aula de desenho...

Dois dias antes de acabar o período letivo, tomamos o café da manhã juntos. Você usava o mesmo uniforme do dia anterior, o cabelo penteado do mesmo jeito, mas não pude evitar de reparar que, sentada ali, comendo seu cereal meio amolecido, parecia transformada.

— Pai? Que foi? Você está me assustando.

Não consegui dizer nada. Não pude contar que me senti anestesiado, petrificado diante da beleza que se revelava de repente em você.

Claro, desde sempre você foi um deleite para os olhos. Nunca pude ignorar quando estranhos desviavam a vista do rosto do Reuben — carrancudo, com aquela marca de nascença — para se concentrar no seu. Tampouco fiquei surpreso quando a Sra. Weeks quis pintar seu retrato. Mas devo confessar que, em vez de orgulho, naquela manhã seu rosto me deu um medo inesperado.

Alguém tinha errado a medida. Não era para você ter essa aparência. Ah, sua mãe certamente foi uma beldade quando jovem, mas a beleza dela era do tipo que se aprendia a admirar. Como uma porcelana de Bow. Ou *art nouveau*. Quando a conheci, precisei da imaginação de um Byron para ver sua plena perfeição. As leves assimetrias eram parte de seu charme.

O que me incomodou foi a natureza óbvia da sua graça. Naquele derradeiro e breve salto de menina a mulher, na mais sutil das transformações noturnas, você havia desabrochado, antes uma graciosa criaturinha, agora Julieta, Dido, Vênus. Meu medo era do impacto que tal beleza teria sobre a população masculina. Afinal, rapazes não alcançam esse senso do que é belo. Nasce com eles, formado já no útero aconchegante dos seus sonhos, o único pretexto para saírem dali e ganharem o mundo.

Sabia que aquilo era prenúncio de problemas. Sabia que logo você estaria atraindo a atenção do pior tipo. Os rapazes iriam rondá-la e, eu temia, você iria gostar disso, acolher esse assédio, tomar a direção das colmeias como um criador de abelhas novato, desavisado de possíveis ferroadas.

— Pai. Pare de encarar. É falta de educação.

Diga-me, como se responde a isso? "Minha filha, queridinha, você não deve nunca mais pôr os pés fora desta casa."

Não.

— Seus olhos — disse eu. — Você passou alguma coisa neles? Está usando maquiagem?

— Um pouquinho.

— Na escola?

— Não é proibido usar maquiagem na escola, pai. A gente não está em 1932. Não é um convento.

— Sombra verde nos olhos?

— Faltam dois dias para as férias. Ninguém vai ligar.

Eu sabia que não devia me preocupar tanto. Afinal, era um colégio só para meninas. Mas e depois da aula? No caminho a pé para casa? Você certamente esbarrava com aqueles tipos desclassificados do St. John. Imaginei você sorrindo. Imaginei um menino qualquer passando um braço em volta dos seus ombros e conduzindo-a por uma trilha deserta, coberta de folhas. E então a visão deixou de ser a de um menino qualquer e se transformou nele. No Denny.

— Vou te levar para a escola. E vou te buscar.

— Por quê, pai? Você não me leva desde que eu tinha 12 anos. E a escola fica tão perto.

— Eu me preocupo com você, só isso. Por favor, deixe-me fazer isso. Deixe que eu vá buscar você também. A Cynthia fica cuidando da loja. Por favor.

Disse aquele último "por favor" com tanta sofreguidão que, por um breve momento, você voltou a ser seu antigo eu. Provavelmente se deu conta de que eu estava pensando em Reuben e me sentia culpado por tê-lo deixado tantas vezes escapar do meu radar.

Você deu de ombros.

— Como quiser.

No carro, contei sobre Roma.

— Roma?

A palavra foi pronunciada no mesmo tom que você usaria para falar o nome de uma ex-amiga.

— Fiz as reservas na semana passada.

— Por que não me falou?

Mesmo atento à direção, pude sentir seu olhar me fuzilando.

— Bem, pensei em fazer uma surpresa.

— Combinei de sair com a Imogen na segunda.

— Sair?

— Encontrar com ela, dar uma volta.

— Bem, e não dá para adiar isso? Tenho certeza de que ela não vai fugir até a outra segunda.

— Quando a gente volta?

— No dia 30. O mundo não vai acabar até lá. E, além do mais, você sempre disse que queria ir a Roma. Desde os 10 anos que você fala na Escadaria Espanhola. Desde aquele filme, *A princesa e o plebeu*. Ou você mudou?

Você fez uma careta.

— Como assim: mudei?

— Foi isso que perguntei: mudou?

— Desde que eu tinha 10 anos?

— Não. Desde que... esqueça.

Quando estávamos parados no sinal, dois meninos atravessaram a rua cutucando um ao outro, lhe encarando e soltando ruídos selvagens, parecendo macacos quando a viram. Você torceu o nariz, com nojo, mas detectei um sorriso. Tímido, lisonjeado.

— Você ainda quer conhecer a Capela Sistina, não quer?

Você deu de ombros.

— Acho que quero.

— E, querida, não pude deixar de notar: por que você tirou o pôster do quarto?

— Que pôster?

— Do Pablo Casals. Pensei que ele fosse seu herói.

Um dar de ombros, depois mais um.

— Ele me dava arrepios.

— O quê?

— Parecia que ele estava me olhando à noite. Os olhos dele pareciam estar me vigiando.

Soou como uma blasfêmia. Aqueles olhos inofensivos de um antigo embaixador da paz, os mesmo olhos que ele mantinha fechados quando se apresentava. Meu ódio foi atenuado por uma pontada de culpa ao lembrar que, parado na porta do seu quarto, eu a espiei enquanto você dormia.

— Bem, não entendo por que não trocar o pôster de parede, simplesmente — disse eu.

— Por que esse drama todo? — Sua voz quase não saiu, raivosa, mas com um tom de indiferença, como se parte de você já tivesse atravessado os portões da escola e iniciado o dia que tinha pela frente.

— Não é "drama" nenhum. Enfim, acho que Roma vai ser perfeito para nos reanimar. Você não acha?

Você não respondeu. Estacionei perto de um poste, você desceu do carro e eu sofri por deixá-la ir, abandonar nosso santuário e ser tragada, tornando-se apenas mais uma em meio ao enxame de meninas a caminho do colégio.

— Tchau, Bryony. Cuide-se.

Continuei ali por mais um momento, as mãos grudadas ao volante como se fosse a última coisa sólida a que me agarrar no mundo, até achar a coragem necessária para ignorar as mosquinhas pretas e a voz de Reuben sussurrando ao meu ouvido "Veja, pai, como estou ficando forte" e dirigir de volta para casa.

Em qualquer vida, como em todas as histórias, há os momentos decisivos. Geralmente eles são bem marcados. A tontura e a náusea, sintomas do primeiro amor. Casamento. Formatura. Uma sorte inesperada. A morte daqueles de quem precisamos tanto que nem percebemos mais que existem.

Outras vezes o momento decisivo não é tão claro. Algo muda — e até podemos perceber que está mudando —, mas a causa é tão invisível quanto os motivos que levam o vento a soprar em outra direção.

Você se lembra de como estava quente em Roma? Lembra da discussão que tivemos na fila para entrar na Basílica de São Pedro? Uma das guardas do Vaticano entregou a você uma espécie de capa, feita de papel, para que seus ombros não ficassem à mostra, ofensivamente, na presença de Deus.

Você aceitou a indumentária com um sorriso, claro, pois não havia mudado tanto a ponto de ser mal-educada com estranhos. Mas, assim que a guarda se foi, disse em voz baixa, porém firme:

— Não vou usar isto.

— Acho que você não tem escolha.

Um ano, ou mesmo três meses antes, a história teria terminado aí. Você vestiria a capa, divertindo-se em parecer tola, e a esqueceria assim que entrássemos na basílica. Teríamos circulado um pouco com os peregrinos e outros turistas — alguns usando capas iguais à sua — e ficado encantados com a cúpula de Michelangelo e todos os outros tesouros da Renascença expostos ali dentro.

Mas não, você estava intransigente.

— Não vou usar — continuou dizendo. — Esta coisa verde-limão. Vou ficar parecendo uma barraca ambulante.

Nunca, em seus 14 anos sobre a face da Terra, eu havia visto um olhar tão resoluto quanto aquele.

— Bryony — falei —, não seja ridícula. Ninguém vai reparar em como você está vestida.

— Não sou católica — respondeu você.

Apontei para uma japonesa, à nossa frente na fila, ajustando a própria capa sem reclamar.

— Duvido que ela seja. Agora vamos, não seja infantil.

Não seja infantil. Que ironia. Se você tivesse 6 ou 7 anos, iria querer usar aquele negócio. Se tivesse 8, 9 ou até 12 anos, nenhuma policial da guarda de Deus ia achar que seus ombros à mostra pudessem ser ofensivos.

Ainda posso ver sua cara. Muito infantil e, ao mesmo tempo, muito adulta, insistindo na frase, como um mantra:

— Não vou usar, não vou usar...

As pessoas olhavam para nós. Bem mais do que teriam olhado se você estivesse com a capa. Entre elas, dois rapazes americanos que, calculei, deviam ser uns três anos mais velhos que você. Não estavam acompanhados dos pais, e acho que você havia reparado neles também. Talvez por isso não quisesse vestir a capa. Eles riam, o que a fez corar. Para defendê-la, virei e os encarei, mas eles nem perceberam. Continuaram com o alvoroço: braços longos e descuidados para todo lado, se abraçando, como marionetes que ganhassem vida.

E, uma última vez, sua voz sussurrava:

— Pai, por favor. Não me obrigue a usar este negócio.

Voltei-me para você, seu rosto parcialmente coberto pela minha sombra, e, num momento de fraqueza, resolvi não discutir.

— Posso ficar esperando você ali, na escadaria — disse você respondendo à pergunta que eu não formulara.

Acho que foi nessa hora que lhe falei sobre a experiência de Florence Nightingale na basílica. Quando você era mais nova a Dama do Lampião era uma das suas heroínas, e você chegou a transformar seu quarto no próprio campo de batalha da Crimeia, com direito a curativos de guerra para a Angélica e todas as suas outras bonecas. Mas, quando contei que nenhum outro fato na vida de Florence fora tão importante quanto a primeira visita dela à Basílica de São Pedro, você nem reagiu, e a essa altura já estávamos bem perto da entrada.

— Vou esperar por ali — disse você, enquanto me entregava a capa.

Antes que tivesse me dado conta, você já se afastava, dando como certo que eu havia concordado. Nesse momento, eu estava sendo conduzido a um detector de metais por um dos membros armados e nada amistosos da guarda de Deus. Acho que ainda teria dado tempo de segui-la e continuar nossa discussão, mas de algum jeito acabei me convencendo de que você ficaria bem.

Imaginei você sentada lá, ruminando a tolice que fora desperdiçar tamanha oportunidade de enriquecimento interior. Pensei nisso como uma lição que pudesse evidenciar seu mau comportamento e corrigi-lo.

Então entrei, dizendo a mim mesmo que você estava segura, e tentei apreciar a basílica em toda sua esplêndida glória.

Eu me lembrava da última vez que eu e sua mãe estivéramos ali. Naquela ocasião, ficamos comovidos, uma emoção que nos pareceu tão esmagadora quanto as proporções arquitetônicas daquele lugar. Essa percepção quase paradoxal da diminuta escala humana, acompanhada de uma repentina enlevação do espírito, era diferente de qualquer coisa que já tivéssemos experimentado neste mundo. Maravilhados com a cúpula, subimos em seguida ao mirante para avistar Roma como Deus a vê: num tom de bege, uma arena de histórias que se interpenetram, formando um todo tão coerente que encheu de água os olhos da sua mãe.

Desta vez, no entanto, permaneci no andar térreo e pude sentir o vazio aterrorizante daquele espaço. Limitei-me a circular junto aos outros turistas e, por alguns minutos, parei em frente à *Pietà* de Michelangelo, admirando a estátua através da redoma à prova de balas que a protege. Causava impacto, ainda assim. Na verdade, o vidro adicionava uma nova camada à história. Parecia sugerir certa distância entre Cristo morto e o mundo moderno, distância que resultava de um desejo de proteger.

Um desejo parecido estampava a expressão da Virgem, repousando sólida e patriarcal, o corpo frágil do filho descansando em seu colo. Quis ter você ali, a meu lado, para ver aquilo. A base de uma religião expressa no sofrimento dos pais. Uma mãe cujo filho, tendo se afastado dela, cai no mundo que acabará por matá-lo. Tarde demais ele retorna ao colo materno. Um lugar seguro que não serve mais para nada.

Fiquei ali por um tempo curto, os olhos embaçados de lágrimas. Os turistas, apinhados em volta, expressão compenetrada nos rostos, aprontavam-se para eliminar da lista mais um item da visita e seguir em frente. Evidentemente, nenhum deles demonstrava ter compreendido o que Michelangelo estava tentando dizer. Apenas soltavam os mesmos murmúrios de satisfação de momentos antes, na Capela Sistina, quando tinham os olhos pregados nas imagens do teto, o Juízo Final e o submundo postos sobre suas cabeças.

Para mim, parado em frente à *Pietà*, a mensagem de Michelangelo era clara. Tormento é o que está reservado ao pai que larga sua criança num mundo de almas perdidas. É preciso protegê-la, jamais permitir que se afaste.

Fui embora sem ver mais nada. Nem a capela, nem o altar, nem o memorial ou o túmulo papal poderiam me deter. Lá fora, demorei um momento para encontrá-la. Por um segundo, achei que você pudesse ter ido embora. Era muita gente, difícil distinguir algo ou alguém ali no meio, mas então meus olhos localizaram a coluna e a escadaria e encontraram você sentada, esperando, exatamente como dissera que faria. Corri na sua direção, sem reparar nos dois rapazes americanos até chegar bem perto. Ainda vejo a expressão espantada no seu rosto quando me aproximei. Uma vergonha intensa que ia se transformando em ódio.

— Vamos, Bryony?

Você revirou os olhos e os meninos-marionetes riram e disseram:

— Até mais.

— Até mais? — repeti, enquanto, na altura do obelisco egípcio, caminhávamos na direção da Via della Conciliazione.

Você deu de ombros e não disse nada.

É só uma expressão, eu me consolei, olhando de novo para os seus ombros nus. Nada com que se incomodar.

E mesmo assim, naquele calor delirante de julho, era impossível não estar incomodado.

— Certo — disse eu. — O Fórum é a próxima atração. Acho que lá ninguém vai te pedir para usar uma capa.

Eu despencava de um céu azul-noturno, cada vez mais rápido à medida que meu corpo ia ganhando forma e massa. Pareceu uma eternidade até que pudesse vislumbrar a superfície achatada da Terra. Uma carcaça escura que sangrava mares e lagos iluminados pela lua. Caía direto na direção das águas, mas aterrissei na cama do hotel me sentindo pior do que nunca. Pressentindo algo de errado, levantei, saí do meu quarto e fui bater na porta do seu.

Nenhuma resposta. Mais uma tentativa.

Nada.

Tente se colocar no meu lugar — embora eu mesmo não soubesse que lugar era esse —, parado ali, naquele corredor, chamando seu nome baixinho.

— Bryony, sou eu.

Aquele silêncio estava me assustando, então continuei a bater. Vozes vindas dos outros quartos, falando as mais diversas línguas europeias, me mandavam parar com aquele escândalo. Desisti de bater, desci as escadas e expliquei ao senhor na recepção que talvez houvesse um problema. Ele soltou um largo suspiro, como se eu fosse um velho incômodo do qual acabava de se lembrar, mas em seguida me entregou a chave. Subi, abri a porta e me desesperei ao ver sua cama vazia. Vasculhei o quarto, chamando seu nome em todas as direções. Só havia roupas e revistas e outros pertences, mas nada de você.

No seu aniversário de 10 anos, comprei para você uma coleção de filmes. *O vento também tem segredos, Quando o coração bate mais forte, Agora seremos felizes.* E o preferido da sua mãe, *A princesa e o plebeu.* Virou seu favorito também, e na época não vi problema algum nisso. "Censura livre", era a indicação do órgão oficial de classificação de filmes. Hoje, porém, considero que Audrey Hepburn foi ao menos parcialmente responsável pelo seu comportamento irresponsável. Uma jovem princesa que escapa, caindo na noite da Cidade Eterna à procura de amor e liberdade e Gregory Peck. Era óbvio que a mensagem do filme contaminara sua mente influenciável. Por que outra razão você fugiria de um quarto de hotel para procurar sabe-se lá o que na mesma cidade?

*

Andei sem rumo por aquelas ruas antigas, pois como ia saber que direção tomar? Você podia ter ido a qualquer parte.

Lembro dos manequins, na Via Condotti, trajando vestidos de grife e me encarando por detrás das vitrines escuras.

Uma menina mais ou menos da sua altura virou uma esquina e chamei seu nome. Ela estava vindo na minha direção, uma silhueta em movimento, mas não respondia. Desanimei ao me dar conta de que não era você, mas uma menina de rua, suja e maltrapilha, carregando um bebê de colo. Mas o bebê não era de verdade, era uma boneca de plástico, que ela ameaçava atirar contra mim, ao mesmo tempo que emitia silvos. Então disse algo numa língua que, tenho certeza, não era o italiano.

— Dinheiro — esclareceu ela, percebendo que eu não a compreendia. — Di-nhei-ro.

Segui meu caminho, apressando o passo, enquanto aquela menina cigana, maltrapilha, sibilava suas pragas no meio da rua, palavras que mais pareciam serpentes a envenenar minha sorte.

Alternava passos e pequenas corridas à medida que percorria aquelas ruas, sentindo um sopro de esperança ao menor movimento de sombras, a cada som de passos, para logo mergulhar num desespero maior ainda ao descobrir que não vinham de você.

Aquilo durou horas, o trotar a cada nova esperança, perguntando a bêbados, imperadores sem-teto e entregadores nas bancas de jornal se tinham visto você. Tudo inútil, claro. Deveria era ter voltado para o hotel e esperado na recepção.

Amanheceu e a cidade lentamente foi adquirindo suas cores diurnas. O amarelo doente dos velhos e moribundos.

Tinha de voltar ao hotel. Sabia disso. Mas também sabia que, se você não estivesse lá, eu viveria um pesadelo inimaginável. "Bryony", eu chamava pelas ruas desertas. Quanto desespero continha o seu nome, quando não respondia ao chamado!

E se tivesse sido sequestrada? Sei que agora isso soa ridículo, até mesmo para mim, mas eu não sabia onde você estava. Não havia um bilhete no seu quarto que explicasse aonde tinha ido e, na ausência de uma explicação, a mente se vê atormentada por toda sorte de coisas horríveis.

Voltei andando devagar, uma vez que o tempo e a esperança haviam se dado as mãos àquela altura, atravessei a Piazza di Spagna, passei pela Escadaria Espanhola, deserta, e pela casa onde Keats definhou aos poucos. Quando passava pela fonte, pude sentir o fantasma do poeta, uma sombra pálida e solitária na janela, para sempre condenado à cidade onde pensou que encontraria sua cura. Mas nem mesmo Keats, esse grande decifrador da alma humana, podia me dar sentido ou trazer conforto.

Retornei ao hotel e perguntei por você ao recepcionista.

— Desculpe, senhor, mas acabei de chegar aqui — disse ele, indiferente ao meu sofrimento tanto quanto à estranha poesia de suas próprias palavras. Era um homem mais jovem, nem tão misantropo quanto o primeiro recepcionista, mas era tal o meu estado de delírio que pensei se tratar do mesmo de antes.

Eu me sentia bastante desnorteado pelo medo, a mente outra vez confusa, o formigamento voltando.

Devo ter balbuciado algum tipo de agradecimento e subi pelas escadas ao terceiro andar, minha visão periférica tomada por uma espécie de escuridão cinzenta.

Se você estivesse no quarto, ia abraçá-la e beijá-la e acariciar seus cabelos. Ia dizer "eu te amo" e você me diria "desculpe, não quis te deixar preocupado" e nem passaria pela minha cabeça dar-lhe uma bronca. Tão grande, completo e perfeito seria o alívio que se tornaria impossível brigar com você. Interessante, não? O modo como nossa mente tenta barganhar com o destino quando todas as possibilidades de futuro estão ainda em aberto.

Bati na porta, o momento em que a vista escurecia já se aproximava lentamente. Será que você estava dormindo? Segundos se passavam sem que você atendesse, e senti o chão do corredor vacilar sob os meus pés. Tive de apoiar a mão na parede para me equilibrar. Bati novamente.

— Bryony, você está aí? Querida? Bryony?

Desta vez ninguém me mandou calar a boca, embora duvido que eu tivesse percebido caso alguém mandasse. Se o resto do mundo tivesse sumido no tempo e no espaço, eu não teria notado. A única coisa que importava se escondia atrás daquela porta, 305, e eu já estava me preparando para voltar à recepção e pedir a chave do quarto quando ouvi algo. Você. Seus pés no carpete.

— Bryony?

A porta abriu e ali estava você, limpando os olhos do que restava dos seus sonhos.

Será que estava dormindo, ou só fingindo? Aquela demora para atender seria parte da encenação? Será que você sabia que eu sabia? Ah, como pesam as perguntas mais triviais!

— Pai?

Digo, com toda sinceridade, que jamais a amei tanto quanto naquele momento. Vê-la parada ali, sã e salva, era tudo o que eu queria. E lá estava você, enfiada numa camiseta larga com a estampa de um Picasso, bocejando feito um bebê. Sei que deve ser difícil para você acreditar nisso, considerando o que veio depois, mas juro que é verdade. Queria abraçá-la, queria agradecer por você ser o milagre que é, mas acabei falando o que falei.

— Onde você estava? Aonde você foi? — continuei a repetir, o interrogatório a acuando para dentro do quarto.

Minha cabeça começava a esquentar, as chamas mentais tomando todo o meu ser, e sobre o quarto, já iluminado pelo sol a essa altura, aos poucos foi descendo uma sombra. Senti algo crescer dentro de mim. Uma força violenta que me enfraquecia, e me fazia perder o controle.

— Não fui a lugar nenhum. Eu estava aqui. Acabei de acordar.

Mentiras, mentiras, e mais mentiras.

— Do que você está falando? Ficou louco? Eu estava aqui. Dormindo.

Senti algo proibido no seu hálito, disfarçado pela pasta de dente.

— Você está cheirando a cigarro. E bebida.

E então você riu. Não devia ter feito isso, Bryony. E pronunciou uma obscenidade, que eufemisticamente escreverei "vá embora", a palavra que não me atrevo a colocar aqui era tão feia na sua boca que ao fazer o que fiz, ao golpear seu rosto, na verdade não estava batendo em você, mas na palavra que saíra da sua boca, na coisa alienígena que tomara conta de você, essa nova personalidade que preferia os meninos ao pai. E a confusão foi embora, junto com a vista escura, como se a força externa que me oprimia de repente tivesse escapado como faria o vilão da cena. E sei que foi ali, que foi aquele o momento crucial em que os ventos mudaram na nossa história, e ainda agora posso ouvir seus soluços e ver sua mão protegendo a face avermelhada e então eu disse, assim como vou dizer agora: "Desculpe, me desculpe, sinto muito, muito mesmo", mas sei que essas palavras são inúteis e nada podem reparar.

Ah, isto aqui é inútil. Eu devia parar agora mesmo. De que adianta? Posso ver sua expressão, enojada, desdenhosa. Se ao menos pudesse colocar minha alma nestas palavras, se pudesse ao menos fazê-la sentir exatamente o que senti, então você enxergaria a verdade.

Acho que estou querendo demais. Todo escritor, todo artista desde o primeiro pintor das cavernas, tenta achar uma maneira de articular a própria experiência, e será que estamos sequer mais perto de ver o que realmente somos? Não. A distância a percorrer é exatamente a mesma desde sempre. Portanto, como posso esperar conseguir o que escritor algum jamais conseguiu?

Dizem que os humanos são a espécie dominante deste planeta porque desenvolvem a consciência da própria existência e, portanto, a capacidade de criar uma cultura, de fazer arte. Observo as ovelhas, em paz nos seus pastos, e me pergunto quanta ilusão, exatamente, nossos espíritos arrogantes são capazes de alimentar.

Pode não existir um Michelangelo entre bois e cabras, mas eles não precisam de um. Aceitam a própria existência como jamais aceitaremos a nossa. Não tentam construir representações artísticas — livros, quadros, sinfonias — que capturem e reflitam sua natureza. Mesmo que fossem capazes disso, não o fariam. Carregam essa compreensão embutida em si mesmos. Essas coisas todas dos humanos, as artes, as religiões, as ciências, o que são verdadeiramente senão uma tentativa de esconder essa diferença? Se fôssemos capazes de aceitar como os animais, não haveria Capela Sistina, *Madame Bovary*, "Fantasia e Fuga". É dos nossos erros e da nossa dor que emerge tudo que amamos neste mundo. Tudo o que os humanos criaram serve apenas para amenizar o terror da existência. O terror que Beethoven e Keats e Van Gogh e todo gênio algum dia sentiu, o terror coletivo de uma humanidade que ainda cambaleia, guiando-se por sombras escuras e enganosas em vez de por representações verdadeiras.

Se encontrássemos a arte perfeita, a representação perfeita da nossa condição, que nos fizesse enxergar a nós mesmos de todos os ângulos, esse seria o fim da aventura da criação. A arte teria matado a si própria. Ou permaneceria, mas à maneira dos cavalos e dos gatos e das ovelhas. Como a arte de viver, e deixar viver, que nossos espíritos humanos ainda estão por aprender.

Foi uma semana depois da viagem a Roma que conheci Imogen. Digo "conheci", mas sei que exagero. Seria mais apropriado dizer que a vi pelos vários cômodos da minha própria casa, mais ou menos como um observador de pássaros que vigia um tentilhão no quintal. Cada vez que me aproximava, tentando conhecer melhor sua amiga, vocês duas voavam para longe.

Agora que começava a reparar, não gostava do que via. O que tinha acontecido com suas outras amigas? Onde estava Holly, por exemplo? Gostava de ouvir vocês ensaiando juntas aqueles pequenos arranjos de cordas. E aquela menina dos estábulos? Abigail, era isso? Uma menina bem-educada, à moda antiga, que adorava perambular pelas lojas. Sempre a achei adorável.

Eram meninas estudiosas e agradáveis. O tipo de amigas que justificava a mensalidade do seu colégio.

Imogen era diferente. No quê, exatamente, não podia dizer, mas precisava descobrir.

— Você deve ser a Imogen — disse eu para o rosto escondido atrás de uma franja, barrando as duas no meio da escada.

— É, devo ser — respondeu ela para o carpete, e então você me lançou aquele olhar reprovador que tinha aprendido recentemente, como se eu tivesse violado algum pacto secreto apenas por reconhecer sua amiga.

Ela sabia o que acontecera em Roma? Eu não fazia ideia do que você havia contado a ela enquanto estiveram conversando no seu quarto. A música alta engolia as vozes de vocês — de propósito, provavelmente.

Você chegou a ler o livro de filosofia que comprei no seu aniversário? Se leu, deve se lembrar da parte sobre o mito da caverna de Platão. Bem, deixe-me dizer que ser pai é estar permanentemente confinado àquela caverna, para sempre tentando decifrar aquelas sombras na parede. Sombras que só fazem sentido pela metade e podem facilmente, desastrosamente, induzir ao erro. Nunca se consegue saber o que acontece no mundo que os filhos mantêm longe das vistas da gente. O que se ouve da boca deles são sombras numa parede rochosa, sombras que não podem ser interpretadas sem que se saia da caverna para a luz.

— Terence? — Cynthia estava chamando da loja. — Terence? Terence?

Está vendo? Era isso que eu havia decidido. Desde que voltamos de Roma, decidi parar de confiar no que saía da sua boca e começar a acreditar no que meus olhos me mostravam.

— A gente está saindo — disse você naquela quarta-feira à noite.

— Ah? — respondi. — Posso perguntar para onde?

— Terence? — chamou Cynthia, o tom de voz agora beirando o teatral.

— Só um minuto — gritei de volta. E mais baixo, para você: — Saindo para onde?

— Dar uma volta nas lojas — respondeu você, à maneira minimalista com a qual eu começava a me acostumar.

— Tudo bem — falei. — Tudo bem.

Você esperava mais, eu podia ver. Algum tipo de proibição. Mas não cedi.

— A gente volta... mais tarde.

"Que horas?", você queria que eu dissesse. Mas o que falei foi:

— Tudo bem.

O ar de desafio e a testa franzida se desfizeram numa expressão confusa.

— Tudo bem — disse você, quase como uma pergunta. — Até... mais tarde.

— Certo. Até mais tarde. E a gente se vê, Imogen.

Vi você sair pela porta dos fundos ao encontro dos perigos daquele dia.

Corri para a loja.

— Cynthia, você pode dar uma olhada nas coisas por aqui? Só um pouquinho, não vou demorar.

Sua avó me lançou um dos seus olhares reprovadores. A boca tensa e enrugada e o olhar duro que um dia, no palco, foram os de Hedda Gabler.

— Terence, onde você andava? Eu o estava chamando. A Sra. Weeks apareceu, queria falar com você.

— Eu estava lá em cima. Escute, tenho de me apressar.

— Mas Terence...

Então saí da loja e segui vocês, para fora da caverna, em direção à luz. Desci a Blossom Street, passando pela antiga muralha ao redor da cidade e por toda a extensão de Micklegate. Mantive distância quando vocês desapareceram dentro de uma loja de roupas. Prendi a respiração quando atravessaram a rua, você virou a cabeça na minha direção mas não me viu.

Vocês continuaram, andando passaram pela ponte sobre o rio, na direção de Ousegate. Esbarrei em Peter, o vigário, que me deteve com sorrisos de simpatia e palavras de caridade. Ele perguntou como estávamos indo.

— Bem — respondi, mas a ansiedade com que tentava espiar através dos ombros dele provavelmente dizia o contrário. — De verdade, estamos superando. Tem dias que são mais difíceis... — vi vocês virarem à esquerda, saindo do meu campo de visão. — Escute, Peter, mil desculpas, mas estou com muita pressa. Quem sabe outra hora?

Corri na direção de Parliament Street e vi duas turmas de jovens amontoadas em torno dos bancos próximos aos banheiros públicos. A primeira turma era composta de meninos apoiados em suas bicicletas ou de pé, comendo salgadinhos, tragando cigarros ou digitando em telefones celulares. Usando o tipo de roupa que Reuben sempre quis usar. Tênis, moletons, bonés ou capuzes que escondiam os rostos. Por um segundo, voltei a sentir a cabeça quente, formigando.

Reconheci um deles, o menino menor que eu tinha visto vomitar até a alma na calçada na noite em que Reuben morreu. Ele cutucou o amigo e fez um sinal com a cabeça na direção do outro grupo. O outro menino, de costas para mim, se virou sorrindo. O sorriso sumiu assim que olhou para onde o primeiro havia apontado. Era ele. Era Denny.

Segui seu olhar na direção do outro grupo. Perscrutei essa segunda tribo. Cortes de cabelo esquisitos, pareciam vestidos para a Revolução Francesa. Uma menina bem gorda com uma lágrima de Pierrot pintada na bochecha. Camisetas com desenhos macabros e letras góticas. O Remorso. As Dores do Sono. As Cleópatras. Filhas de Albion. Instruções para o Meu Enterro. Baudelaires Adolescentes — todos plugados a aparelhos, escutando música, ou comendo sanduíches.

Meu coração quase parou ao te ver ali, bem no meio deles.

Um enxame de rapazes rondava sua beleza, como eu temia. Vi um deles conversando animado com você e Imogen.

Parecia mais velho que os outros, muito magro, roupa preta justa e, apesar do calor, um cachecol vermelho-sangue no pescoço. Tinha um rosto comprido, pálido, esquelético, e olhos insones. Uma face cadavérica, como diria Dickens. O que ele estaria dizendo para fazê-las rir? Senti uma coceira — não, um fogo — por dentro, de curiosidade.

E havia ainda outro, mais afastado porém no mesmo grupo. Um menino que eu conhecia, mas não sabia de onde. Alto, acima do peso, falando em altos brados para se sentir parte da turma. Tinha cabelo louro com uma franja rosa e usava óculos de lentes grossas. E então lembrei. Era o filho da Sra. Weeks, George.

Até recentemente, ele acompanhava a mãe em suas visitas lá em casa, nos sábados de manhã. A razão pela qual demorei tanto a reconhecê-lo foi que George Weeks sempre me parecera o tipo de menino quieto e estudioso. Somado ao sobrepeso, o jeito tímido e o mau hálito deveriam torná-lo um alvo fácil. Sem contar com o fato de que o pai tinha sido professor da escola, o que não ajudava em nada. Lembro-me de uma vez ter tentado fazer Reuben conversar com ele, já que George estudava no St. John, um ano à frente dele, mas seu irmão veio com alguma desculpa, como sempre fazia. (Lembro-me da carta que encontrei na mochila do colégio. Talvez Reuben evitasse George porque odiava o Sr. Weeks. Ou simplesmente por fidelidade à turma. Não sei. Não tenho respostas.)

Gostaria de saber se a Sra. Weeks tinha conhecimento de que o filho andava com esse tipo de gente. Perguntei-me se ela sabia que o filho asmático era fumante. Perguntei-me o que ela faria se soubesse dessas coisas.

Enfim, lá estava ele, barulhento e espalhafatoso, tentando, como os outros, atrair sua atenção. E lá estava eu, espiando da esquina da Marks & Spencer, tão invisível para ambos os grupos quanto qualquer dos passantes ou turistas que circulavam por ali.

Seria um risco chegar mais perto, então tive de ficar onde estava, sem conseguir ouvir nada exceto a voz de uma senhora africana que falava em um megafone, despejando todo o Apocalipse sobre o calçadão.

— Os reis da terra, e os grandes... — esbravejou ela do fundo da raiva mais primitiva, dando prova de nada além de sua própria dúvida.

A turma do Denny começou a rir da mulher e lançou algumas batatas fritas contra ela. Todos menos Denny, cujos olhos negros e indecifráveis ainda estavam em você.

— ... e os ricos, e os tribunos, e os poderosos, e todo o servo, e todo o livre, se esconderam nas cavernas e nas rochas das montanhas...

Vi Denny se afastar do grupo, passar em frente à entrada dos banheiros e seguir para onde você estava. O menino da face cadavérica, a cara do Uriah Heep, se virou e disse alguma coisa que foi ignorada por Denny. E então ele falou com você, que respondeu, e desejei poder ler seus lábios, mas tudo o que eu tinha eram aquelas palavras ameaçadoras raivosamente lançadas na minha direção.

— ... E diziam aos montes e aos rochedos: caí sobre nós, e escondei-nos do rosto daquele que está assentado sobre o trono...

As palavras sublinhavam os olhos, os olhos dela; as palavras.

— ... e da ira do Cordeiro: porque é vindo o grande dia da sua ira, e quem poderá subsistir?

Uriah empurrou Denny, que empurrou de volta, enquanto os outros se aglomeravam em volta dos dois. Batatas fritas e xingamentos voaram pelo ar. Denny ganhou o empurra-empurra e Uriah caiu sentado a seus pés. Assisti quando outro da turma do Denny entrou na briga. Era o menino da cabeça raspada que tinha visto nas quadras de tênis, que agora chutava a barriga do Uriah.

No meio da confusão, você olhou assustada para Imogen.

Eu precisava fazer alguma coisa.

Comecei a andar na sua direção, mas as coisas se acalmaram.

A tribo do Denny segurou o careca, enquanto o próprio Denny sumia de cena. Imogen ajudou Uriah a se levantar.

Fiquei grudado no chão enquanto você e seus amigos iam embora, em meio à celebração de vitória dos amigos do Denny. Você me veria a qualquer momento e eu não teria uma desculpa para o fato de ter abandonado a loja. Nenhuma em que você fosse acreditar. E, depois da viagem a Roma, não podia me arriscar a afastá-la ainda mais de mim. Num piscar de olhos, o sol emprestando tons avermelhados à escuridão das pálpebras cerradas, vi Reuben, o corpo espatifado no chão, e tomei isso como um sinal definitivo.

— E Deus limpará de seus olhos toda lágrima.

Meu relógio indicava que já havia passado uma hora. Uma parte do velho Terence ainda estava ali para me guiar de volta à loja e ajudar Cynthia com o movimento grande daquela tarde.

— Onde diabos você se meteu? — perguntou ela baixando a voz para não incomodar o casal idoso que passeava pela loja dando uma olhada nas peças de mobília.

Foi difícil responder.

— Eu estava... Eu fui... A Bryony...

Cynthia cerrou os olhos e soltou um suspiro de exasperação.

— Você não foi atrás dela, foi?

Os dois velhinhos olharam na nossa direção e, sem dizer nada, decidiram ir embora.

— Fui — respondi. — Fui, sim. Eu a segui. Mas já voltei, não é?

— Não sei. Voltou? Você *voltou*, Terence?

As sobrancelhas dela colocaram ênfase extra no "voltou".

— Como assim?

Cynthia respirou fundo, preparando-se para um massacre verbal, mas mudou de ideia. Baixou o tom. As sobrancelhas voltaram para o lugar. Ela mirou o ponto de onde, apenas momentos antes, o casal idoso partira em direção à porta.

— Nada. Nada, Terence. Só acho que talvez você precise conversar com alguém.

— Alguém? Quem? Conversar sobre o quê?

— Alguém neutro. Um terapeuta, para ajudar a superar essa fase de luto. Alguém que você não conheça e com quem possa se abrir. Foi de grande ajuda para mim quando, sabe, quando a Helen... Foi bom saber que eu podia ir até um certo lugar toda terça à tarde e desabafar e me mostrar por inteiro.

— Não — falei. A ideia de me sentar numa cadeira de plástico, em uma sala com folhetos sobre distúrbios mentais espalhados para todo lado e cheirando a café solúvel barato, para conversar com um completo desconhecido sobre tudo isso era abominável. — Não, acho que não.

Ela sorriu, esperançosa.

— Bem, então talvez você devesse conversar comigo. Talvez devêssemos falar, os dois. Acho que isso faria bem a ambos. Não é saudável trancar tudo dentro da gente, sabe? Ignorar os sentimentos pode transformá-los em monstros. É preciso abrir as portas do coração de vez em quando. Deixar entrar um pouco de ar.

Sentei no banquinho, Cynthia continuou na cadeira.

— Talvez — disse eu. E foi um "talvez" incerto, mas sincero. Um breve eco do velho Terence, aquele que sabia reconhecer um bom conselho e acatá-lo.

— Ele era um menino tão gentil — disse ela, o sorriso crescendo na proporção da tristeza em seus olhos.

— É — disse eu. — Muitas vezes ele era.

Ela riu sozinha.

— Lembro-me dele no bangalô me dizendo: "Vó, por que a senhora guarda todos esses galhos em vasos?" E eu dei aquele livro para ele olhar. Andy Goldsworthy. Você se lembra? Ele gostava de esculturas de gelo. "Uau, que legal. Como ele faz isso?" É tão estranho, não é? Isso deve ter sido há uns dois meses só. Um domingo. E ele ainda pedia uma bala depois das refeições, não é? Ah, não, ele nunca achou que estivesse crescidinho demais a ponto de recusar as balas da Harrogate!

— Não — disse eu, lutando para me lembrar daquele domingo. — Ele não achava mesmo.

Cynthia preencheu a tarde com casos e histórias daquele mundo que ficara para trás, irrecuperável. Sorri, concordei com a cabeça e balbuciei, mas pouco acrescentei. Na verdade, estava ocupado pensando em você e rezando para que estivesse em segurança.

Minhas preces foram atendidas. Você voltou às cinco para as cinco, sozinha e a salvo, sem me odiar mais nem menos do que no momento em que saíra.

— Seu pai e eu tivemos uma boa conversa, não foi, Terence? — Cynthia lhe falou, ainda no hall de entrada.

— É — assenti. — Tivemos.

Os olhos arregalados e o movimento afirmativo da cabeça dela deram às minhas palavras um endosso sem propósito.

Você sorriu para agradar a sua avó.

— Ah — disse você. — Certo. Ótimo.

Nada mais, acho.

E você deslizou suavemente escada acima, para longe de nós, enquanto, aos sussurros, Cynthia dava seu máximo naquilo que manejava melhor: trivialidades.

— Está vendo? Não há nada com que se preocupar. Ela está bem. Vai se recuperar do jeito dela. Agora vamos, Terence, seja um bom rapaz. Por que você não prepara um bom bule de chá para nós?

Se você sempre foi um sonho de filha, Reuben era um mergulho nas trevas que jamais consegui compreender. Era duro competir com a coleção de histórias de Cynthia, em parte porque, quando era vivo, Reuben nunca permitiu que me aproximasse. Tinha de catar as pistas que encontrasse, fragmentos que nunca me permitiram uma visão do todo: os vagos comentários dos professores; os monossílabos incompletos que resmungava; o som de seus passos dentro do quarto; os amigos que costumava visitar mas de quem nunca falava. E ainda assim havia ocasiões em que eu obtinha vislumbres do que passava na cabeça dele. Lembro-me particularmente de um incidente. Quando foi isso?

Você estava ensaiando para uma apresentação na escola e, por isso, ainda não estava em casa. Então devia ser uma quarta, certo? Isso. E acho que foi mais ou menos uma semana antes de vocês dois completarem 14 anos. Sim, tenho certeza que foi. Enfim, o resto está bem mais claro.

Eu estava na loja e percebia a presença do Reuben apenas por uma série de ruídos. A chave na fechadura, o barulho da porta dos fundos se fechando devagar. Tenho certeza de que foi aí que disse "Como foi seu dia?" ou algo assim, sem grande importância. Ele não respondeu. Nada de anormal nisso. Estava provavelmente perdido no seu mundo. Podia estar simplesmente me ignorando. Qual fosse a razão, não liguei, pois estava tendo uns problemas com a escrivaninha que tentava restaurar.

Depois de sei lá quanto tempo, ouvi passos saindo do quarto dele em direção ao banheiro, em seguida som de água corrente vindo do andar de cima. Ele havia aberto a torneira no fluxo máximo.

Deixei de lado a escrivaninha e subi. Parado no patamar da escada, ouvi alguma outra coisa que se sobrepunha ao ruído da água.

Como descrever isso, agora? O barulho.

Uma espécie de resfolegar, acho. Soava como alguém respirando rápido e pesado, mas acompanhado de uns gemidos aqui e ali. Olhando agora, eu me dou conta de que devia ter aberto a porta logo. Mas não abri. Esse vacilo, digo logo, não aconteceu por algum tipo de negligência paterna, mas se deveu a uma intuição de pai. Se acontece de um cara ouvir o filho adolescente resfolegando no banheiro, é de bom-senso não intervir. Então me segurei e tentei ao máximo não pensar no assunto. Veja, naquele tempo eu ainda achava que havia certas coisas sobre as quais um pai não deve perguntar. Imaginava estar protegendo meu filho de sua própria vergonha.

Foi apenas quando os gemidos dele se tornaram mais frequentes e mais altos que resolvi tomar uma atitude.

— Reuben? O que você está fazendo aí dentro?

Ele não me ouviu. Ou, pelo menos, não respondeu. A água continuava a correr, então aumentei um pouco o tom.

— Reuben? Será que você precisa dessa água toda?

Agora que os ruídos estavam mais próximos, percebi que eram de dor, e não de prazer.

Ele fechou a torneira e ouvi sua respiração pesada.

— Pai — disse ele. — Eu só estou... Não vou...

A voz vacilava entre o pânico e a dor. Experimentei o trinco. Ele não havia trancado. Talvez tivesse esquecido. Ou talvez, inconscientemente, desejara que aquilo acontecesse. Talvez ele quisesse que, ao escancarar a porta, eu visse o que vi, e que ainda vejo tão claramente quanto se tivesse presenciado há um segundo.

Em frente ao espelho, seu irmão se virou para mim, olhos bem abertos de terror. Havia algo na pia, mas não reparei de imediato. O que notei foi o sangue. Escorria a partir de um corte profundo e reluzente aberto na face esquerda.

— Meu Deus, Reuben, o que você fez?

Ele não respondeu. Acho que estava envergonhado demais, mas o que eu precisava saber jazia bem ali, na pia. A escova de dente dele, com as cerdas tingidas de rosa pelo sangue diluído.

— Você fez isso?

Olhei de novo para o corte e me dei conta do propósito daquilo. Ele estava tentando raspar a marca de nascença. O tempo todo ali, de pé, esfolando a própria pele.

— Reuben — eu falava mais calmo agora. — Reuben, por que você...

O impacto da vergonha, da dor, do sangue que escorria, tudo contribuía para fazê-lo se sentir fraco. Ele ficou pálido e cambaleou de lado, quase desmaiando. Fui rápido e segurei seu corpo.

Examinei a ferida. Fiz um curativo. Dei um paracetamol para ele tomar.

— Não quero que a Bryony fique sabendo — disse ele.

— Não vou contar para ela — falei. — Vamos só dizer que você se machucou jogando rúgbi.

— Eu não jogo rúgbi.

— Futebol, então.

(Você jamais acreditou nessa história, não é? Pelo menos agora sabe que a mentira não foi do Reuben.)

Perguntei a ele, claro, por que fizera aquilo, mas nunca obtive resposta.

Passei a consolá-lo como caberia a qualquer pai e, arrogantemente, acreditei ter sido bem-sucedido. Na verdade, tudo que ele queria, provavelmente, era sair o quanto antes daquele banheiro, para longe do olhar inquisidor do pai.

Fiquei ali, limpando os restos de sangue da escova.

E, mesmo depois de ter me livrado dos últimos vestígios, deixei a água da torneira continuar a correr, sem dar a mínima para o desperdício, tendo encontrado no som do líquido que batia nas cerdas e escorria pelo ralo uma estranha espécie de terapia.

*

Vamos lá, Terence! Caia fora dessa areia movediça antes que você afunde mais.

Certo, próximo incidente: o grande jantar da Cynthia.

Sim. Você não foi, está lembrada?

— Bryony — chamei. — Bryony, sua avó já chegou. Você está pronta?

Cynthia estava em frente ao espelho, ajeitando com as mãos o cabelo tingido de preto, fazendo caras e bocas.

— Morra de inveja, Liz Taylor! — dizia ela para o reflexo.

Continuei chamando você.

— Bryony? Bryony?

— Ah, Terence, ela não contou?

— Contou o quê?

Cynthia apontou a unha pintada de preto na direção do seu quarto.

— Ela tem outros planos — sussurrou.

— Como é?

— Ela me ligou há uma hora.

— Ligou?

— No celular.

— Ligou no celular? Quando?

— Já falei — disse Cynthia, impaciente. — Faz uma hora.

— Bem, acho que você está enganada, Cynthia. Ela prometeu a você que iria, e vai. Ora, Bryony? Bryony?

O táxi buzinou anunciando sua chegada.

— Bryony? Bryony?

Sua voz, de algum lugar lá em cima:

— Que é?

— Por que você disse à sua avó que não vai conosco?

— Vou à casa da Imogen — respondeu você, num tom tranquilo e desafiador.

— À casa da Imogen?

Foi quando senti os dedos da Cynthia cutucando meu braço, suas unhas brilhantes como ônix.

— Parece que a amiga dela está bem chateada — cochichou ela. — Terminou com o namorado e está precisando de um papo de meninas com a Bryony. Você sabe o quanto elas gostam de dormir umas nas casas das outras, não é? Vamos, Terence, não faça estardalhaço.

Subi e você me entregou um papel que já tinha escrito, com o endereço e o telefone da Imogen. Estava convicta, sem dúvida, de que eu não usaria aquelas informações.

O barítono da buzina do táxi soou junto com a voz da Cynthia:

— Vamos, Terence. A gente vai se atrasar.

Olhando direto nos seus olhos, disse:

— Só você e a Imogen, então?

Nos seus olhos, uma inocência infinita.

— A-hã.

— E posso saber como você vai até lá?

— A Imogen conhece um cafetão que trabalha aqui no bairro e ele gentilmente me ofereceu uma carona — disse você, mas logo parou de brincadeira. — A mãe dela vem me buscar.

— Tudo bem — disse eu, pensando na Cynthia. — Confio em você.

Mesmo que fosse verdade, ainda assim eu teria ficado em pânico a noite toda.

Perto do hipódromo, já no táxi, passamos por um acidente. Um carro destruído, quase dobrado ao meio, a frente enfiada no meio-fio.

— Coitado — disse Cynthia, enquanto uma forma indefinida, coberta por uma manta, era acomodada dentro da ambulância.

— Pois é — concordei. Mas quem me dera ter a compaixão da sua avó. Quem dera pudesse lamentar por uma vítima anônima, em vez de pela minha filha, naquele momento sentada no banco de trás do carro de um estranho, a caminho de uma casa que eu jamais vira.

No Box Tree, sorri e fui cordial durante todo o jantar, quase tendo uma indigestão enquanto devorava um prato de peixe e ouvia as histórias de uma turnê de *A tempestade* na qual Cynthia embarcara muitos anos antes.

Mal consigo me lembrar daquele pessoal.

Os velhos amigos do grupo de teatro dela.

Bem, na verdade me lembro de um ou dois. Lembro-me do Ray. Um cara ensandecido, o rosto gordo feito um bule, que achou muita graça em brincar com meu nome: "E então, Terry... é isso, Tel?... passa o vinho, por favor, Tezze?"

Ficou o tempo todo me testando com citações famosas, enquanto a mulher se encolhia de vergonha ao lado dele.

— "Aquele que aspira a ser um herói tem de beber conhaque" — disse ele, apoiando-se no encosto da cadeira e olhando a carta de vinhos. — Essa é do Dr. Johnson, caso você não saiba. Você é fã de conhaque, Telly?

— Não — disse a ele. — Nada de destilados para mim.

Ele alisou o queixo ridículo e me olhou muito satisfeito.

— Eu sabia.

Acredito que foi nesse ponto que Cynthia começou a falar um pouco alto sobre suas aulas de desenho.

— Você se arriscaria a tirar a roupa, Tel? — perguntou o cara de bule. — Por amor à arte, quero dizer.

— Não. E você?

— Bem, se o velho Ollie Reed não se envergonhava de ter feito, por que eu deveria?

Um cara sentado a meu lado veio em meu socorro. Um tipo homossexual. Grisalho, suéter amarelo, a cara de um camelo cuidadosamente tratado. Acho que você o conheceu. Você assistiu à montagem de *Aladim*, anos atrás, com ele no papel da Viúva Twanky. Michael. É esse o nome do cara?

— Ah, Ray, sei não — disse ele. — Você está mais para Ollie Hardy do que para Ollie Reed.

A mesa explodiu numa gargalhada selvagem e o cara de bule lançou um olhar severo para a mulher, que deixava escapar uma risadinha.

Mais tarde, a voz sombria de Michael no meu ouvido:

— A Cynthia me contou tudo. Sinto muito. Deve ter sido muito duro. Eu o conheci no teatro uma vez. Estagiou lá, não foi? Ele penou com aquele maldito burro.

— É... é... — disse eu, olhando para baixo, mirando a espinha de peixe no prato. E o tempo todo, na minha mente: onde estaria você agora? Ainda no carro? Teria colocado o cinto de segurança? Ido aonde havia me dito que iria? Eu estava passando muito mal ali. Com aquelas pessoas todas se interpondo entre nós. Ocupando o espaço físico entre você e eu. Aquelas personalidades todas. Aquelas histórias todas que não nos diziam respeito, nas quais pouco importava se você deixasse de existir.

— Você me dá licença...

Lembro de ter ido ao banheiro e ligado para casa para conferir se você já havia saído, e de ter escutado, por mais de um minuto, o deprimente ruído do telefone chamando. Então tentei seu celular e uma voz feminina informou que o número estava indisponível naquele momento.

De volta à mesa, não conseguia mais aguentar. A futilidade opressiva. O blá-blá-blá daqueles convivas. O cheesecake intragável ou a palpitação que sentia. Queria sair dali. Ir embora. Nem deveria ter aceitado o convite. Estava tão deslocado. Uma mera lagarta no meio de borboletas exibidas. Qual era o propósito? Concordara em comparecer apenas em consideração a Cynthia e à ajuda que ela vinha nos dando, mas agora tinha outras responsabilidades a assumir.

Devia ser umas 11h30 da noite quando finalmente chegamos em casa. Cynthia insistiu em entrar para um último café, mas eu não conseguia sossegar.

— Tenho de ligar para a mãe da Imogen — disse eu.

— Ah, Terence. Não seja tão...

— Desculpe, Cynthia. Vou ligar para ela. Só preciso falar com Bryony, só isso. Apenas ter certeza de que ela está em segurança.

Cynthia deu de ombros, como quem se rende.

— A filha é sua. Faça como quiser.

— Certo — disse eu, tirando do bolso a folha que você me entregara. — É isso que vou fazer.

Já nos limites de York, pelas estradinhas cheias de curvas, eu dirigia rápido com Cynthia a meu lado.

Ela estava furiosa. Eu estava passando do limite.

— Em mais de um sentido — acrescentou ela.

Mas o que deveria ter feito? Como o número que você me dera não atendia, comecei a conjecturar de imediato sobre acidentes de carro, estupros, sequestros. Agora nos dirigíamos ao endereço escrito na folha de papel, esperando desesperadamente que você tivesse informado o correto.

Havia dito à Cynthia que podia deixá-la em casa ou chamar um táxi, mas ela quisera ir junto.

— Não vou deixar você fazer uma besteira, Terence.

Ah, claro, uma besteira.

Antes que chegássemos ao vilarejo onde Imogen supostamente morava, percebemos uma luz dourada e fraca em algum ponto adiante de nós. Ao virar a esquina seguinte, vimos: uma fogueira no campo e pessoas dançando em volta dela. Uma cena pré-civilização, ou pós, para além do apocalipse. Uma cerimônia de vitória, ou de iniciação, ou de sacrifício.

Paramos no acostamento e esperamos um pouco.

— Ela está lá — disse eu.

— Ah, Terence, isso você não pode saber. Vamos, siga em frente até o endereço.

— Não, olhe, ela está lá — apontei para uma garota, uma silhueta dançante contra a luz do fogo. Era você, e Cynthia sabia disso.

Ela suspirou.

— Deixe a menina.

— Como é?

— Deixe. Você pode conversar com ela depois. Amanhã.

— Você está brincando?

— Não. Não estou. Pelo amor de Deus, pense um pouco, Terence. Se você fosse até lá agora, ela nunca o perdoaria. É o tipo de coisa que uma criança não esquece.

Ela disse isso com pesar, e por um breve momento me perguntei que humilhações ela trazia da própria infância.

— Desculpe, Cynthia — disse eu —, mas quero resolver isso já. Ela é minha filha. E se acontecer alguma coisa, hoje à noite, no estado alterado em que ela está? Fogo, álcool, rapazes. Não é a mais segura das combinações.

Cynthia virou para mim, a voz mansa saindo dos lábios pintados de preto.

— Você nem sabe se ela está em algum tipo de estado alterado. Agora vamos, Terence, deixe a menina se divertir.

Eu estava ficando bem irritado.

— Olhe Olhe para eles. Pelo amor de Deus, olhe. Estão fora de si.

— Provavelmente beberam um pouco. São adolescentes. É sábado à noite.

Ela se inclinou e, bem perto, falou num sussurro grave:

— "Não tenhas medo: esta ilha é sempre cheia de sons, ruídos e agradáveis árias, que só deleitam, sem causar-nos dano."

Cynthia achou que minha careta fosse por não conhecer a citação.

— *A tempestade* — disse ela.

Talvez ela tivesse razão. Talvez eu estivesse exagerando. Talvez a expressão de bruxa sábia acabasse me convencendo. Mas foi então que escutei. O grito. Um grito que me fez sentir a mesma dor daquele outro, do seu irmão dependurado naquele poste. Na verdade, agora que relembro a cena, não é o seu grito que ouço. É o dele em vez do seu, mas naquele momento sabia que era você, e sabia precisamente o que o grito significava. Você estava com problemas, correndo sério perigo, e éramos os únicos que poderíamos protegê-la.

— Foi ela — disse eu.

— Foi ela o quê?

A pergunta da sua avó me convenceu a sair do carro.

— Terence, acho que você está cometendo um grande erro.

Eu a ignorei e pulei a cerca do terreno. Havia umas vacas perto da estrada, a certa distância de você e dos seus amigos. Deitadas, elas dormiam seu sono vazio.

Chamei seu nome.

— Bryony!

Minha voz abriu caminho por entre o riso dos rapazes. O que estariam fazendo com você? Não fazia ideia. Não, não é verdade. Eu tinha, sim, algumas ideias a respeito. E eram elas que me moviam.

— Bryony!

Três meninas, quatro rapazes. Cor laranja vibrante perto do fogo. Como se fossem os últimos sobreviventes sobre a face da Terra, ali estavam vocês. Todos se viraram na minha direção.

— Pai? Pai?

— Está tudo bem — falei. — Estou aqui.

Um riso diferente agora. Contido, preso, como moscas num jarro. Olhei melhor para o grupo. Vi Uriah Heep, o braço fino de um vilão enlaçando Imogen. E George Weeks, rindo mais alto do que todos e erguendo sua garrafa no ar como um troféu. Os demais rapazes, eu não conhecia.

Você veio caminhando rápido até onde eu estava. E seu rosto, sob o brilho dourado, estampava vergonha e raiva.

— O que você está fazendo?

O seu tom era de incredulidade e despeito.

— Ouvi você gritar. Eles tentavam machucar você?

Apontei para o rapaz que estava mais próximo.

— Era ele? Aquele ali? Quem é ele? Ele tentou machucar você?

Você estava perturbada, pensei que tinha se machucado.

— Não acredito nisso — disse você. — Não acredito. Vá embora.

A cólera alterara sua voz. Soava como se você me odiasse.

Eu estava anestesiado.

Não conseguia falar.

Às suas costas, o fogo crepitava e a conversa de bêbados recomeçara. Você queria se juntar a eles. Queria que eu desaparecesse.

— Você disse que estaria na casa da Imogen. Liguei e ninguém atendeu. Sua avó e eu viemos atrás de você.

Você nem piscou.

— Ouvi você gritar.

Você virou o rosto para o outro lado e repetiu:

— Não acredito nisso.

Como se, com isso, eu pudesse evaporar.

— Pensei que você estivesse em perigo.

— Vá embora, só isso. Por favor, pai, vá embora.

— É isso aí — gritou um dos rapazes. — Se manda, cara.

— Não sem você. É meia-noite, pelo amor... que horas você pretendia ir para casa?

— Nunca mais.

Você estava bêbada. Podia perceber agora. Ouvir. Sentir o cheiro.

O vento mudou de direção e trouxe a fumaça para o nosso lado.

Agarrei seu braço.

— Você vem comigo, mocinha.

Você escapou e correu na direção deles.

E então os sintomas voltaram. As pontadas. As estações fora de sintonia. A escuridão cobrindo a escuridão. Era como se tudo, até mesmo o fogo, tivesse desaparecido detrás de um véu negro.

Tentei ir atrás de você, mas me senti estranhamente desequilibrado. Mal havia iniciado a perseguição e tropecei em alguma coisa, aterrissando bem perto da fogueira, a ponto de uma faísca ter chegado a me queimar levemente a mão.

Virei-me para ver George Weeks, uma visão branca e ameaçadora através do véu negro. Um gigante grotesco me olhando de cima. Um Nero adolescente, louro e acima do peso, um bebê com tamanho de homem. Estava tão perto do fogo que o rosto dele tinha uma aparência monstruosa, a pele branca revelando tons de um vermelho diabólico, os olhos invisíveis detrás dos óculos. Dois quadrados de luz brilhante.

Levantei da grama e o encarei, tentando ao máximo ignorar as sensações que me invadiam a mente.

— George Weeks, sua mãe sabe onde você anda? Ela sabe

que você anda fumando e bebendo e jogando os mais velhos no fogo? Ela... está sabendo?

E foi quando, como você deve se lembrar, ele me insultou em alto e bom som.

— Vai se f...

Estava embriagado além de todos os limites e avançou contra mim.

— Você perdeu totalmente o respeito pelos mais velhos, George? O que... o que aconteceu com você?

Meus sentidos combalidos me impediram de desviar. Ele me empurrou, dei um passo para atrás mas não caí. George olhou em volta à espera de risadas que não vieram.

— Deixa ele em paz — disse você.

— Deixa pra lá, Georgie, seu burro... — disse outro do grupo. Um rapaz. Aquela palavra, tão antiga e vulgar, acertou George como uma pedra e ele recuou, afastando-se de mim.

Você tomou o lugar dele. Minha linda menina. Lentamente o véu se esvaneceu.

— Não vou esquecer isso — disse você.

Caminhamos até o Volvo. Às nossas costas, um dos rapazes produziu o som de um avião em queda.

— Sou seu pai e é minha responsabilidade cuidar de você, mesmo que ache que não precise disso. Um dia vai me agradecer.

De início, quando entramos no carro, sua avó ficou em silêncio. Tanto quanto você, ela não estava entendendo muito bem a situação.

— Você não disse que ia à casa da Imogen? — disse sua avó, finalmente, sem muita convicção. — Seu pai estava preocupado. Não era a intenção dele fazer esse papelão.

Pelo retrovisor vi que você olhava para a escuridão dos pastos e das fazendas. Para antigas propriedades e suas paredes de pedra detrás das quais, um dia, eram os pais quem mandavam.

— Ouvi você gritar.

— A 15 quilômetros de distância?

— Liguei para a mãe da Imogen e não tinha ninguém em casa. Nós ficamos preocupados.

Cynthia suspirou, tomando suas dores. Desconfortável com o "nós", imagino. Ela decidiu passar a noite conosco, "para manter os dois na linha", mas disse que precisaria sair bem cedo na manhã seguinte. Aula de desenho ou qualquer coisa do tipo. Quando chegamos em casa, você foi direto para a cama. Acho que nem chegou a passar pelo banheiro.

Sentei no sofá e Higgins se acomodou no meu colo.

— Feliz agora? — perguntou sua avó, enquanto bebericava um conhaque.

Suspirei.

— Não é questão de estar feliz ou não.

Ela riu. Mais triste que o riso normal dela. Olhei para sua avó. Por trás da maquiagem de cantora de cabaré e da pele envelhecida enxerguei sua mãe ali, no brilho brincalhão daqueles olhos.

— Pois é. Então, Terence, me diga, qual é exatamente a questão?

Não podia responder àquilo, então disse outra coisa.

— Você é diferente — falei. — É um tipo diferente de pessoa.

Isso, claro, provocou uma das caretas típicas dela e um ruído bastante audível de desaprovação.

— Ah, é? Me dê uma luz, Terence. Que *tipo* de pessoa eu sou?

Pisei com cuidado.

— Do tipo que se adapta. Você se habitua. Toca para a frente. Tem uma, sei lá, uma "paz interior", acho. Um dom de aceitação que não tenho, entende? Simplesmente é uma capacidade que não possuo.

Alguém poderia pensar que eu lhe dera um tapa. O vermelho da raiva se sobrepôs à maquiagem e os cílios negros e pronunciados se abriram como plantas carnívoras.

— Ah, ouça o que você diz. Sinceramente. Você acha mesmo que, na droga dos últimos 15 anos, não houve sequer um dia em que eu não acordei desejando que ela ainda estivesse aqui? Você acha que algum dia aceitei o fato de ter perdido minha filha? Ou o Howard? Ou que estou mais preparada, agora, para me conformar com a perda do meu neto? Deus sabe quantas vezes chorei até conseguir dormir. Acordo no meio da noite e sinto vontade de gritar contra tudo isso. Ninguém se conforma com essas coisas, Terence. Mas o que se pode fazer? O quê? Aconteceu. Nunca vamos saber por quê. Se é que existe um porquê. Levanto de manhã e vou em frente porque não tenho escolha. Qual é a alternativa? Mas não ouse pensar nem por meio segundo que, quando me deito sozinha na cama, ou quando penso na minha pobre filha estirada no chão, ou quando vejo uma droga de um pote das balas da Harrogate, é fácil para mim. A única coisa com que me conformo é que ainda estou viva e outras pessoas também estão, e precisamos, enquanto estivermos debaixo do mesmo sol, ajudar uns aos outros. Esse é o *tipo* de pessoa que sou, Terence. Essa é a droga do tipo de pessoa que eu sou.

O sermão a deixou exausta e assustou Higgins, que saíra da sala. Um longo silêncio se seguiu.

— Desculpe — disse ela, por fim. — Não queria ter gritado. Acho que foi o conhaque.

— Não, Cynthia — disse eu. — Não. Você tem toda a razão. Foi idiotice minha. *Eu* é que devo desculpas.

Eu estava sendo sincero. Realmente acho que estava.

— Bem, o mais importante é não deixarmos a Bryony sofrer — falou ela.

— Sim — concordei. — Claro. Você está certa.

E fui dormir naquela noite sentindo que podia, de verdade, virar aquela página, iniciar uma nova, em branco, escrever ali um futuro melhor para nós. Mas, claro, como sempre eu estava errado. O dia seguinte foi escrito no mesmo estilo pobre dos anteriores, com Terence, o Demônio Atormentado, prestes a mergulhar ainda mais fundo no papel que lhe coubera.

Sonhei que tinha acontecido com você. Sonhei que era você lá, pendurada naquele poste. Você se soltou e acordei com a certeza de que devia mantê-la por perto, segura.

Depois que Cynthia saiu para a aula de desenho, fui até seu quarto.

Tentei falar manso. Tentei oferecer uma trégua.

— Nós dois somos um pouco culpados — disse eu. — Sei que não devia ter feito aquilo na frente dos seus amigos. Desculpe. E tenho certeza de que você entende que não devia ter mentido para mim.

Você não queria escutar. Não me queria por perto, ao pé da sua cama.

— Pai, por favor, só me deixe em paz.

— Apenas acho que você me deve desculpas, só isso. Eu já me desculpei e vou fazer isso de novo. Diga que também lamenta o que aconteceu e esquecemos o assunto.

— Não.

— Diga que lamenta. Você mentiu. Bryony, se você não me diz aonde vai, como posso saber que está segura? Peça desculpas.

— Não.

— Pe. Ça. Des. Cul. Pas.

Você respondeu desaparecendo debaixo das cobertas e soltando o ruído de uma chaleira d'água no ponto de fervura.

Fiquei bravo. Alguma coisa mudou dentro de mim e de repente me dei conta de que perdia o controle. Sentado ali, ouvindo as palavras tensas que saíam da minha boca, eu me perguntei o que era aquilo que me dominava. Foi quando me ocorreu um plano. Um plano desesperado, raivoso, inspirado por essa força obscura que assaltava minha alma.

— Bem, Bryony — disse eu. — É uma tragédia para mim ter de aceitar isso, mas parece que chegamos a um ponto em que será preciso tomar uma atitude mais firme. Se você não consegue me dizer a verdade, ou admitir seus erros, ou demonstrar algum arrependimento por eles, então parece que não me resta outra alternativa senão criar algumas regras que você terá de cumprir. Para evitar que, num lapso de memória, você se esqueça de segui-las, vou deixá-las na cozinha, por escrito, para você ler. E quero que saiba que elas deverão ser levadas ao pé da letra, ou haverá sérias consequências.

— Ui! — Foi sua resposta, abafada pelo monte de cobertas.

— Bem, Bryony, não faz sentido criar regras se não houver consequências para aqueles que deixam de cumpri-las, e garanto que, se essas regras forem desobedecidas ou intencionalmente mal interpretadas, você receberá punição à altura.

Hesitei, a mente ocupada com os possíveis castigos que poderia impor.

— Se você insistir em descumprir as regras, serei obrigado a vender o Turpin. Ou mudar você de escola. Ou proibir você de sair de casa. Está entendendo?

Deixei você ali e fui até o escritório. Mirando as cortinas que nunca mais tinham sido abertas, sentei-me na escrivaninha, tirei a caneta estilo tinteiro do estojo cromado, as ninfas pré-rafaelitas que o decoram observando-me preocupadas.

Minha mão, trêmula desse ódio repentino e alienígena, pressionou a ponta da caneta no papel e começou a escrever.

Regras para sua segurança

1. Você não deve visitar a Imogen. Se por acaso precisar vê-la, isso deve acontecer nesta casa.
2. Você jamais poderá sair de casa depois das sete da noite, exceto para as aulas de violoncelo, ou acompanhada por mim ou pela sua avó.
3. Você deverá fazer as refeições sempre na mesa, para que possamos ter o prazer de conversar um pouco.
4. Você deverá parar de ouvir essa barulheira a que chama de música, a menos que faça isso num volume civilizado.
5. Você jamais poderá me informar que vai sair quando já estiver na porta da rua, enquanto estou com clientes na loja. Terá de me avisar previamente, com detalhes de onde vai, e então refletirei se aprovo.
6. Você não ficará fora por mais de uma hora a cada saída sem ter uma razão significativa para isso. Por exemplo, ir à escola, ao estábulo ou à aula de música.
7. Você jamais voltará a pé, sozinha, da escola. Quando as aulas recomeçarem, irei buscá-la todos os dias, sem ter de ouvir reclamações.
8. Você ajudará na loja aos sábados.
9. Você não assistirá a programas depravados na televisão, nem manterá contato de qualquer tipo, via computador, com estranhos ou rapazes.
10. Você não poderá beber álcool.

11. Você não gastará meu dinheiro nem o da sua avó em revistas ou em outros tipos de publicação imprópria.
12. Você não entrará em nenhum carro que não seja dirigido por mim ou por um motorista que eu aprove.
13. Você não manterá contato físico com um membro do sexo oposto até que eu considere que tem maturidade emocional suficiente para isso.

Alguns dias depois, a Sra. Weeks entrou na loja para comprar a dançarina árabe. Para ser bem honesto, fiquei triste de entregá-la, pois era de longe a peça mais antiga que tínhamos à venda.

— É um Franz Bergman autêntico? — perguntou ela.

— Sim — respondi, enquanto ela movia a cabeça, concordando. — A Menina Árabe Dançarina. Final da década de 1880. Um período muito fértil para a arte decorativa na Áustria. O acabamento é excepcional.

Sua boca graciosa se contorceu de um jeito que me lembrou um ratinho curioso. Ela levantou aquela belezinha em bronze até a altura dos olhos.

— Tenho um Barrias mais ou menos do mesmo período — disse ela. — Vitória Alada. Nem um pouco vulgar, como muitas das outras peças dele. Sinto que esta aqui vai dar um ótimo par.

Ainda a vejo parada ali, cabelo Chanel e cesta de vime nas mãos, contemplando o objeto que acabara de comprar.

Lembro-me de, internamente, ter me sentido de uma crueldade selvagem, sabendo que estava prestes a inquietar aquele ratinho dourado e orgulhoso com algumas verdades sobre seu filho. Mas precisava contar. Devia isso à Sra. Weeks, sabe, solidariedade entre pais. Uma aliada confiável contra as forças obscuras que estavam corrompendo nossas crianças. Ah, mas o ato de contar a ela foi horrível. Observar sua expressão, ela ali, de pé junto ao balcão, tentando preservar sua bela dignidade. Eu me senti um vândalo.

— Desculpe, Sra. Weeks. Apenas achei que devia contar.

— O George?... O George?...

Seu olhar, normalmente tão agudo, vacilava, mirando algum ponto vago atrás de mim.

— Sr. Cave, devo me desculpar pelo comportamento do meu filho. Admito que ele tem tido atitudes estranhas ultimamente. Não é fácil para ele aceitar o fato de que eu e o pai dele nos separamos. George tem sofrido muito. Vou falar com ele, pode ter certeza.

Tudo foi dito como numa espécie de transe, como se eu fosse um hipnotizador a escavar detalhes sobre a infância dela.

— Adeus, Sr. Cave.

Ela acomodou com cuidado o embrulho de papel marrom na cesta e andou — ou, como mais me pareceu, flutuou — até a porta de saída. Vi seu rosto através da vitrine quando ainda estava parada na calçada. Ela fungou e pareceu balançar de leve a cabeça, um movimento curto que me fez pensar em Higgins evitando se molhar.

E então ela se foi.

Você obedeceu às minhas regras, mas continuou a encontrar maneiras de me punir. Silêncio, essa foi sua arma naqueles primeiros dias. Sentava de frente para mim à mesa de jantar, remexendo as cenouras no prato, só falando o necessário.

Eu olhava para você, minha criança, e desejava que compreendesse o que eu estava tentando fazer. Tudo o que eu queria, tudo o que sempre quis, foi protegê-la da mudança, de perder tudo o que a tornava especial. Protegê-la, em resumo, de acabar como eu.

— Então, como vão as aulas de violoncelo?

Olhar vazio.

— O Turpin parecia meio arredio quando fui buscar você. Foi difícil montar ele hoje?

Suspiro de indiferença.

— Você vai terminar essa comida?

Olhar venenoso.

E, se por um lado você era seletiva com o que saía da sua boca, também não era qualquer coisa que deixava entrar por ela.

Até a morte de Reuben eu havia sido um pai orgulhoso por ter conseguido criar uma filha que nunca se preocupara em conferir as calorias de sequer um grão de uva antes de colocá-lo na boca. Uma figura saudável de menina, que jamais quisera ser como as esqueléticas e famintas modelos das revistas.

Mas você vinha regredindo nesse aspecto. Os movimentos mais lentos da mandíbula ao mastigar. Um breve esgar de arrependimento enquanto engolia. A leitura silenciosa dos ingredientes e das porções corretas com o olhar meticuloso de um operador da bolsa conferindo índices.

Quando minhas regras passaram a valer, a coisa piorou. E me vi ponderando o que faríamos para sua recuperação. Mas toda vez que pensava em me reconciliar, você fazia algo para aumentar minha raiva.

A Angélica, por exemplo.

Veja, sei bem o que eu disse ao ver o rosto dela me encarando da lixeira da cozinha, mas você precisa entender a extensão do choque para mim.

Deparar-se com a cabeça de uma boneca de cerâmica de Heinrich Handwerck, datada de 1893, separada do corpo e largada entre cascas de cenoura num saco de lixo não seria um teste fácil nem para o mais frio dos amantes de antiguidades. Claro, eu não devia ter entrado em detalhes sobre quanto a peça tinha custado uma década antes, ou sobre quanto valia agora. Não era, na verdade, o que importava.

O importante era: Angélica representava uma parte especial da sua infância. Você mesma a tinha escolhido na Feira de Antiguidades de Newark. Eu arriscara com prazer a possibilidade de um ataque de raiva do Reuben e sacrificara a chance de comprar um par de jarras com detalhes em floral, datado do segundo período Aberdeen, só para ver um sorriso no seu rosto.

Durante anos você tratou essa boneca como seu bebê — deu um nome a ela, penteou seu cabelo, despiu e voltou a vesti-la com a capa feita a mão, conversou com ela como se fosse um ser vivo, tratou dela fazendo-se de enfermeira em campos de batalha imaginários, leu para ela trechos de *Beleza negra* e *Mulherzinhas*.

Compreendi que esses eram hábitos havia muito deixados de lado e eu seria um pai muito idiota se quisesse que você os mantivesse agora que se transformava numa mulher. O tempo, eu sei, é uma bola de neve que não podemos impedir de rolar. Mas será que temos realmente de ajudá-lo em sua destruição? Não esperava que você, uma adolescente, seguisse brincando de boneca, mas descartar um tesouro tão valioso, uma peça tão importante do seu próprio passado, estava além da minha compreensão.

— Bryony, não entendo. Por que você fez uma coisa dessas?

Você não respondeu.

— Está tentando me magoar? Me punir por alguma coisa?

Uma palavra fez estremecerem seus lábios.

— Por quê? — disse você finalmente. — Por quê? Por quê? Por quê, droga? Por quê?

Era como se você não soubesse nada daquilo. Como se me culpasse.

— Isso tem alguma coisa a ver com o Reuben? — perguntei, mas não obtive mais respostas.

Depois que você subiu as escadas intempestivamente, fui até a lixeira e, com a mão trêmula, segurei a cabeça feito o crânio de Yorick. Aqueles grandes olhos azuis pareciam reconhecer nossos tristes destinos. Nós dois, como aquela boneca: despedaçados, atirados fora, amputados do que nos completava. Tudo o que de trágico e violento o tempo contém, ali, me encarando da palma da minha mão.

Acabei me atrasando para ir buscá-la no estábulo por conta de uma tentativa desesperada de consertar a boneca, mas desisti por não conseguir encontrar o resto dela. Também não consegui mais encontrar você e entrei em pânico. O céu não ajudava. A faixa amarela do horizonte cedia ao peso de nuvens num tom púrpura escuro, como se a própria mão de Deus, coberta de cicatrizes, quisesse esmagar o dia.

Desliguei o motor e desci do carro. Caminhei até o portão. Nem sinal de você. Havia, no chão, marcas dos cascos de um cavalo saído do estábulo em direção à estrada, e por um momento temi que você tivesse decidido fazer uma cavalgada solitária, em vez de permanecer na área cercada, como eu sempre instruíra.

Abri o portão e entrei no pasto. Tive a impressão sinistra de pisar numa cidade fantasma de Nevada, pois não havia cavalo nem gente à vista. Então reparei em algo ainda mais perturbador. A porta da cocheira de Turpin estava escancarada e o cavalo não estava ali dentro. Quando me aproximei, ouvi um barulho, alguém soluçando, e soube imediatamente que era você.

— Bryony?

Corri para dentro da cocheira e a vi sentada sobre o feno, num canto escuro, e aquele menino com o braço envolvendo seus ombros.

— Tire as mãos de cima dela — disse eu. — Largue minha filha.

Denny ficou de pé. Ele estava vestido com o agasalho de corrida.

— Ela está chateada. Aconteceu alguma coisa com o cavalo...

— Estou vendo. Agora vá embora. Fora daqui. Fora, fora, fora.

Ele olhou para você e você o encarou de volta, os olhos molhados e vermelhos. Você fez um levíssimo aceno de cabeça e ele saiu.

— Cadê o Turpin?

Você não disse nada. Isso não foi propriamente uma surpresa. Afinal, quase não dissera uma palavra desde que criei as regras. Mas, ainda assim, pressionei por respostas.

— O que aquele garoto estava fazendo aqui?

— Ele... — a resposta ameaçou vir, mas sumiu de novo no silêncio.

Olhei em volta.

— Onde está todo mundo?

Você se levantou e me seguiu até o carro. Só mais tarde, quando a administradora dos estábulos — qual era mesmo o nome dela, a irlandesa que falava depressa? Claire? — me telefonou, eu soube a verdade. Como poderia adivinhar o que aconteceu?

Como poderia saber que aquele menino, numa tentativa extrema de se tornar seu herói, de fato arriscara a própria vida? Mas você acha que eu mesmo não teria enfrentado seu cavalo que, aos coices, paralisara-a de medo, e a teria tirado dali? Claro que teria. Só que eu não estava lá; ele, sim.

Precisava vigiá-la e cuidar de você, onde quer que você fosse, contra a triste maldição que ainda infectava nossa família.

Acordei sobressaltado.

Ouvi um barulho lá fora.

Ou talvez nem fosse um barulho, talvez fosse outro tipo de perturbação sensorial, algo não tão fácil de explicar.

De qualquer jeito, acordei e senti necessidade de sair logo da cama e abrir as cortinas que nunca mais tinham sido abertas. A princípio não vi nada. Mas então, do outro lado do parque, a lâmpada do poste piscou. Baixei o olhar e forcei a vista para distinguir a figura enorme surgida a distância em meio à escuridão.

Perdi o fôlego.

Lá, precisamente no ponto onde Reuben caíra, havia agora outra coisa parada na calçada. Um cavalo, um Trakehner robusto como o tronco de um castanheiro, sob a luz da rua.

Era Turpin, olhando (imaginei) direto para mim.

Não me vesti. Não acordei. Simplesmente enfiei os chinelos e o roupão e, sem fazer barulho, tranquei você dentro de casa. A cidade parecia morta, então ninguém viu minha estranha figura cruzar o parque na direção do cavalo ali parado sob a luz vacilante, como se tivesse algo a me contar.

Quando alcancei a rua, ele moveu a cabeça para o outro lado e começou a andar na direção de Micklegate. Eu o segui, já começando a correr de leve ao cruzar os arcos normandos do Bar Micklegate. Uma sensação esquisita de que estava sendo observado me assaltou à saída dos arcos, como se as cabeças dos traidores me contemplassem do alto de suas estacas. Richard, duque de York, sorrindo de escárnio diante de mais uma cena de loucura na cidade dos fantasmas.

Ganhei velocidade à medida que seu cavalo fujão evoluía para um meio galope, mas perdi um dos chinelos.

— Turpin! Turpin! Espere! Volte aqui!

Um táxi noturno diminuiu a marcha, vindo na minha direção, o vidro baixando.

— Cê tá legal, cara?

O motorista gorducho espichando a cara inchada por sobre o acento vazio do passageiro.

— Sim. Não. O cavalo da minha filha. Estou atrás do cavalo da minha filha. Você o viu? Você acabou de passar por ele.

O homem franziu a testa e olhou para o chão. Como se meu pé descalço fosse algum tipo de aviso, ele acelerou para longe. Quanto a mim, recuperei o chinelo e continuei minha caçada, seguindo Turpin pelas ruas e até o outro lado do rio de águas imóveis, perdendo-o de vista a cada esquina, mas me guiando pelo ruído dos cascos.

Na praça do mercado, um mendigo lunático surgiu do nada e suas mãos enormes agora lutavam com meu roupão. Tentei escapulir, mantendo o cavalo à vista, mas o perdi.

— Me deixe em paz — disse ao mendigo, mas ele não cedia. Afastei-o, apertando minha mão naquele rosto ancião e cheio de cicatrizes dele. Lutamos por um momento, e ele acabou caindo no chão de pedra com um grito de dor.

Continuei a correr, mas não adiantou. Turpin não estava em parte alguma. O som dos cascos havia silenciado. Perguntei-me o que, exatamente, eu estava fazendo ali. Ainda que tivesse alcançado o cavalo, como faria para dominá-lo sem os arreios? Só posso dizer que fui atrás dele levado não pela razão, mas pelo instinto, por uma decisão da alma, e não da mente, como se não me restasse escolha.

Então ouvi o som metálico dos cascos outra vez, um trote para os lados da Catedral.

Um aperto cada vez maior me tomava o peito à medida que me aproximava do transepto sul da igreja, com sua parede de pedra dourada agora pálida sob a iluminação pública. Parei, recuperei o fôlego e admiti minha derrota. Esforcei-me para escutar o cavalo, mas não ouvia mais nada.

Foi a essa altura que ouvi Reuben atrás de mim. Ele estava parado no escuro, esfregando a escova de dente no rosto, exatamente como no dia em que o flagrei no banheiro.

— Cadê meu cavalo? — disse ele, e a violência que aplicava ao próprio rosto não lhe causava dor alguma, aparentemente.

— Reuben, não estou entendendo.

— A queridinha quer um cavalo, a queridinha ganha o cavalo.

Queria vê-lo melhor, então dei um passo à frente.

— Você nunca quis um cavalo.

— Eu pedi um.

A voz dele agora soava calma e suave, revelando apenas o mais leve traço de ressentimento.

— Você nunca se interessou por cavalos. Comprei outras coisas para você. Comprei uma bicicleta para você.

— Você vendeu minha bike. Cadê meu cavalo?

— Reuben, por favor.

— Bicicleta não é a mesma coisa que cavalo.

— Reuben?

No reflexo da luz da igreja vi o sangue do rosto dele brilhar, negro.

— Eu o amava, Reuben. Ainda o amo.

— Bicicleta não é cavalo.

— Ah, pare com isso, Reuben. Por favor.

Pensei no cavalo que quase havia matado você, Bryony. O cavalo que estivera ali, no exato local onde agora estava Reuben.

— Foi você, não foi? Foi você que possuiu o Turpin — perguntei.

Ele não disse nada, mas não parava de esfregar o próprio rosto com a escova.

— Você está tentando me possuir, não está, Reuben? Não faça isso, por favor, Reuben. Por favor.

Implorei, caí de joelhos. Fechei os olhos e, em voz alta, roguei:

— Reuben, por favor, por favor, estou suplicando, não machuque sua irmã.

Coloquei-me de pé, olhei o chão de pedra em volta, agora deserto.

— Reuben, cadê você?

Virei para a Catedral, uma construção à qual tantos homens dedicaram uma vida de trabalho para que ela mostrasse aquela imponência, aquela solidez, aquela arrogância.

— Onde está ele? — gritei para a igreja, na direção dos vitrais redondos. — Onde está meu filho?

Um eco furtivo, e depois nada.

Apenas o silêncio mortal — literalmente — da pedra e do vidro.

Noites agitadas como essa me fizeram fraquejar. Senti-me como Ulisses ao cruzar o Rio do Medo, débil e confuso demais para manter total controle da situação.

Pouco a pouco, foi ficando mais difícil sustentar as regras que havia imposto a você, e cresciam meus temores sobre a intenção oculta do seu irmão. Mas não era exatamente por causa dele que eu devia mantê-la sob minhas vistas? Ainda assim, não consegui segurar mais.

Você se demorava por aí por um tempo muito maior que o combinado. Punha à prova a regra do "volume civilizado". Quando Imogen saía do seu quarto, eu podia sentir o cheiro de cigarro, mas jamais consegui outras provas de que você tivesse fumado.

Cynthia, claro, não ajudava muito.

— Você tem que acabar com essa história de regras, Terence — disse ela uma tarde, na loja, enquanto polia uma bandeja.

— Não, Cynthia, não tenho. Elas estão funcionando perfeitamente bem.

Ela torceu o nariz como se o que eu dizia cheirasse tão mal quanto a amônia que empesteava o ambiente.

— Ah, Terence, você não acredita mesmo nisso, acredita?

— Com todo respeito, realmente acho que é problema meu, e só meu, o modo como decido lidar com minha filha.

O nariz dela acusou ofensa especialmente pela parte do "lidar com", se bem me lembro.

— Eu me pergunto o que a Helen pensaria disso.

Helen, a carta na manga, o ás do jogo dela.

— Helen esperava que eu protegesse nossos filhos — disse eu. — Acontecesse o que acontecesse, era o que ela queria. Já falhei em metade desse trabalho e não vou perder a Bryony também.

O que veio depois foi um longo silêncio.

Eu estava cansado e sensível e, às vezes, me parecia que sua avó errava a mão ao conversar comigo do mesmo jeito que errava com a amônia: exagerando na dose.

— O aniversário dela está chegando — disse Cynthia, depois de um tempo.

Lembrei do Reuben falando sobre a bicicleta na noite anterior.

— *Eu sei* que o aniversário dela está perto.

A essa altura, eu já tinha lhe perguntado o que você queria de presente e sua resposta, "Nada", veio acompanhada de um dar de ombros. Acho que você falava sério. Desejava de verdade que aquele dia sumisse do calendário.

Seria sempre uma ocasião complicada, eu sabia disso. Pela primeira vez, um aniversário que não era um evento compartilhado. Mas isso, eu também sabia, seria uma boa oportunidade de tentar ajeitar as coisas entre a gente. Uma chance de mostrar que eu realmente só queria o melhor para você.

— Por que você não leva ela para comprar roupas? — perguntou Cynthia, enquanto Higgins saltava no colo dela.

Estremeci.

— Comprar roupas? Sei lá. Pode ser a receita para o desastre.

O olhar azul e sereno de Higgins imitou o de Cynthia, mas o dela era de decepção.

— Não se você *se esforçar um pouquinho*, Terence — disse ela, enfatizando a parte do "se esforçar". — Vai ser bom. Você não precisa escolher nada. Duvido que sua expertise em moda vá ser exigida — acrescentou ela, lançando um olhar maroto para minha calça de sarja bege. — Tudo o que você terá de fazer é concordar com a cabeça e dizer que a roupa ficou linda nela.

Não tinha alternativa. Não fazia ideia do que comprar para você. Isso jamais havia sido um problema em anos anteriores. Sempre fora tão fácil saber o que escolher, pois sempre tinha alguma coisa especial que você desejava ganhar. Uma casa de bonecas. Uma ida ao balé. Férias na Catalunha, para conhecer a casa onde viveu Pablo Casals.

Um cavalo.

Agora, as coisas que você queria se escondiam de mim, atrás da neblina que baixara sobre você na noite em que Reuben morreu.

Mas me dei conta de que era exatamente isto. Uma oportunidade de desanuviar as coisas e trazer de volta minha menina céu-azul.

— Certo — disse eu. — Tudo bem, Cynthia, vamos fazer uma tentativa.

E ela sorriu, e me pareceu orgulhosa, e senti sua mãe também orgulhosa em algum lugar, por trás daqueles lábios e daqueles olhos pintados de preto, e me senti mais forte, ao menos por um momento. Um novo homem, que seria capaz de nos proteger do que quer que Reuben estivesse tentando fazer.

Naquela noite, ainda com as palavras da Cynthia frescas na mente, cozinhei para você seu prato preferido de quando era pequena — torta de carne com molho de tomate e, de sobremesa, torta de maçã.

— Bryony — chamei. — *Ma cherie! À table!* Está na mesa!

Você continuou no quarto. Lutei para me manter calmo.

— Bryony, por favor, venha aqui na cozinha.

Depois de algum tempo você apareceu, meu bichinho faminto. Suas narinas tremiam visivelmente com o cheiro, mas você tentou manter a carranca, sem concessões. Sentou. Os lábios formavam um bico. Os braços largados do lado do corpo como remos num bote abandonado.

— Veja. — Tirei a torta de carne do forno.

— Não estou com fome — disse você.

Decidi quebrar o gelo contando sobre os planos de levá-la para fazer compras.

Você contorceu o bico, ponderando.

— Como assim. Posso comprar as roupas que eu quiser? Não só vestidos floridos e camisas polo e esse tipo de troço? Posso comprar coisas que eu gosto?

Consegui fazer sair um "sim" relutante da minha boca.

— Mas seja razoável.

Você pareceu mais ou menos impressionada, talvez se perguntando se aquilo seria parte de uma mudança maior, e ficou ali sentada a contemplar a torta de carne. Então, antes de chegar a prová-la, o telefone tocou e você saltou em cima dele. Pelo seu tom descontraído, soube que era Cynthia. Você conversou com ela algum tempo, dando risadinhas ocasionais.

— Sério? — você ficava repetindo, enquanto eu me esforçava para ouvir o que sua avó dizia do outro lado da linha.

— Pa-ai! — você chamou, passados uns cinco minutos mais ou menos. Não falava assim, simpática, havia semanas. — A vovó quer saber se eu posso passar meu aniversário na casa dela. Disse que deixa eu levar uns amigos.

Lutei para esconder minha fúria. Com que direito a Cynthia me desautorizava? Por que não tinha mencionado essa história quando sugeriu as compras? Agarrei o telefone.

— Cynthia? Que negócio é esse?

Sua avó gemeu como uma corredora que se desse conta de que a prova era mais longa do que tinha imaginado.

— Agora me escute, Terence: só pensei que seria bom para ela poder fazer uma festinha.

— Uma festa? — cuspi a palavra. — Então você espera que eu sente aí a noite toda ouvindo aquela música horrível?

— Não, Terence — respondeu Cynthia, firme. — Ninguém espera que você sente em lugar nenhum fazendo coisa alguma. Você não está convidado. É uma festa só para meninas.

À medida que a conversa progredia, eu podia ver seus olhos me implorando, as palmas das mãos unidas em oração.

— E então, ela pode vir?

Pensei em Roma e em todas as outras vezes que a havia afastado ainda mais de mim.

— Sim — disse eu, lento e solene. — Ela pode ir.

Coloquei o fone no gancho e me consolei com a parte do "só para meninas" do plano da Cynthia. E pelo menos você estaria debaixo do teto dela, e não no meio do mato.

Minha clemência foi recompensada: a greve de fome terminara. Observei atento e deliciado a carne picada e o molho de tomate sendo devorados pela sua boca, e apreciei muito mais minha própria refeição por saber que o apetite era compartilhado. Cynthia ligou novamente, mais tarde, depois da sobremesa.

— Muito bem, Terence — disse ela, confirmando minhas esperanças. — A Helen ficaria orgulhosa de você.

Depois do telefonema, fui atraído pelo som suave do violoncelo que vinha do seu quarto — você estava ensaiando para o Festival de Música e Teatro. Reclinei a cabeça perto da porta, os olhos fechados, e me deixei levar pelos compassos de abertura da *Pathétique* de Beethoven. O som do amor, o som da dor; o pranto irrefreável, cheio de esperança, da alma humana.

Uma canção de amor estava tocando. Um cara aparecia no telão contorcendo o rosto jovem com uma emoção forçada.

— Este é o problema — disse eu à Cynthia, apontando o cantor descabelado.

Cynthia me lançou aquele olhar severo de perplexidade ao qual já estava me acostumando.

— O quê? A música?

Ela parecia indignada que eu tivesse sugerido tal coisa.

— Não. É todo esse falso amor do qual eles estão rodeados. Toda essa emoção exagerada. Torna tudo tão difícil.

— Para quem?

Fiz um gesto vago abarcando meu entorno, meninas explorando cabides e mais cabides de trajes feitos para caçar meninos.

— Para as crianças — disse eu. — Vendem a elas o amor como se fosse mais uma coisa que todo mundo precisa comprar. Hoje elas são bombardeadas com todos esses falsos sentimentos. Não há como escapar. Não para nunca. Estão afogadas nisso. Exatamente como D. H. Lawrence profetizou.

Cynthia revirou os olhos.

— Ah, claro, D. H. Lawrence. O grande moralista. Me dê uma luz, Terence, por favor. O que foi que ele disse?

— Disse algo sobre isso. Ah, não consigo me lembrar. Algo sobre como tudo isso levaria as pessoas à loucura. Elas não vão mais saber como sentir. Com todo esse sentimento falsificado, nunca vão saber o que sentem de verdade.

Cynthia fechou os olhos e balançou a cabeça.

— Você escutou o que acabou de dizer, Terence?

— D. H. Lawrence — falei. — Não fui eu quem disse.

— Não. Você, Terence. Você. — Vi de relance meu reflexo no ridículo bracelete que ela estava usando. — Mas sei do que você está falando, na verdade.

Suspirei.

— Sabe, é?

O arquear daquelas sobrancelhas depiladas, tão arrogantes.

— Sim, eu sei. Você só está preocupado. É o aniversário dela. Bryony está ficando mais velha e você não consegue suportar a ideia.

— Ela está virando outra coisa — disse eu. — É como se tivesse sido infectada por todo esse lixo moderno a que ela costumava ficar imune. Quero que ela volte a ser imune a isso. Não é saudável. Ela vai acabar fazendo coisas das quais vai se arrepender, quando for mais velha, quando tiver mais juízo, quando...

Cynthia estava com os olhos fixos num suporte de acessórios do qual pendia uma coleção de cintos. No topo, havia algumas mãos enfileiradas. Esculturas de plástico preto produzidas em massa, arranjadas ali para expor joias. Pareciam espíritos mortos tentando agarrar os vivos.

— Não são o máximo estes cintos? — disse Cynthia. — Acho que vou levar um.

— Cynthia, você está ouv...

As palavras morreram na minha boca. Você saiu dos provadores usando algo que eu só poderia descrever como Prostituta no Furacão.

— Ah, ficou lindo em você — disse Cynthia. — Não é divertido? Ela não está linda, Terence? Terence? Terence?

Uma cotovelada nas costelas.

— Está — falei. — Do pescoço para cima.

Flagrei um rapaz olhando para você pelas costas da namorada. Uma olhada gulosa que me arrepiou de medo.

— Ah, não ouça o que o seu pai diz — disse ela, como se você alguma vez me desse ouvidos.

Você desapareceu novamente nos provadores e de lá emergiu para pedir a opinião da Cynthia sobre uma variedade de combinações. Prostituta com listras. Prostituta em malha. Prostituta de bolinhas. Fiquei ali dando meus resmungos paternais para cada um dos modelos. Não. Teve um que gostei, não teve? O jeans com a blusa verde. Uma combinação bem fácil de aprovar, uma vez que cobria todas as partes do seu corpo que deveriam estar cobertas, para que você não saísse por aí oferecendo suas carnes como se oferece uma carcaça de porco exposta numa vitrine de açougue.

— Ah, bom — disse eu. — Agora sim. — O beijo da morte, claro. Você torceu o nariz e desapareceu, voltando como a noiva de Drácula.

Mesmo assim foi uma tarde boa.

Nós nos entendemos bem, com a ajuda do meu cartão de crédito e das bruxarias da Cynthia. Fomos beber alguma coisa e comer bolo de nozes no Salão de Chá da Betty, lembra? Quando não estava com o olhar perdido ao longe, você parecia feliz por estar comigo. Na cidade, em público, com seu pai. O incidente de Roma, aparentemente, havia sido esquecido. Assim como o constrangimento que eu tinha lhe causado aquele dia no campo. Não falamos disso. Deixamos que Cynthia conduzisse a conversa por uma trilha estreita e alegre, o tipo adequado de cenário. Reuben ficou atrás dos arbustos, embora pudéssemos senti-lo, pronto para saltar sobre nós a qualquer momento.

— Então — Cynthia se dirigiu a você, uma das garras negras dela limpando um farelo dos lábios. — Ansiosa por hoje à noite?

E ela deu uma piscadela. Sim, ela deu. Ela piscou. A pálpebra se fechando, insolente e teatral, sobre minha pobre existência.

— Sim — disse você, sorrindo afetada. — Sim, estou.

Ah, sim, aquela noite. Seu aniversário. Eu me lembro agora. A porcaria em todos os seus contornos, perfeitamente intacta. Exceto que, claro, falta uma peça.

*

Deixei você na casa da Cynthia e depois circulei nas imediações até estacionar o carro num ponto mais elevado da rua. Meu plano era esperar ali para ver quem eram os convidados. Vi Imogen chegar, vestida feito uma prostituta da Era Vitoriana, mas fiquei aliviado ao constatar que ela não trazia rapazes a tiracolo.

Estava prestes a ir embora quando vi. O táxi. Esperei, ainda observando, o carro parar. Perdi o ar, num terror mudo, quando a buzina soou e você e Imogen, entre risadinhas, saíram da casa e embarcaram no banco traseiro.

Antes que eu pudesse me dar conta da situação, o táxi já havia arrancado. O que me restava fazer? Não fazia sentido irromper na casa da Cynthia para repreendê-la. Minha prioridade era ir atrás de você, garantir sua segurança.

Meu primeiro instinto foi de alcançar o carro em que vocês estavam e fechá-lo, fazendo-o parar. Mas me lembrei de como tudo começara a dar errado desde a última vez que tinha feito você passar vergonha na frente dos seus amigos. E o que eu ganharia? Você me contaria um monte de mentiras para, em seguida, passar a me desafiar ainda mais. Não. Precisava seguir vocês. Encontrar as respostas sozinho e, só mais tarde, puni-la.

A fumaça dava à noite um tom amarelo. Um tipo estranho de fedor se espalhava, infectando o ar a partir das lâmpadas da rua. Não ajudava em nada na tarefa de seguir o carro da frente, que transportava minha filha a uma velocidade proibida para ela, mas me mantive na cola, ignorando os limites de velocidade, imprudente, cortando o ar viciado da noite.

O táxi deslizou para a pista da esquerda e virou no cruzamento seguinte. Virei também, perigosamente colado nele. Se virasse o pescoço, você teria visto faróis conhecidos furando a neblina. Para meu horror infinito, percebi que estávamos rumando para Leeds, uma cidade que tinha tanta consideração pelo bem-estar da minha filha quanto teria uma chama pela integridade da mariposa que dela se aproximasse.

Tive náuseas de ansiedade. Onde você estaria indo a uma hora dessas numa sexta à noite? A neblina já não era tão espessa e diminuí a velocidade para manter uma distância maior entre os dois carros.

À minha volta, o horror era o mesmo.

Ainda hoje existem pensadores iluministas que se agarram à ideia de progresso com a teimosia de uma criança de 3 anos atracada a um brinquedo proibido. A ideia de que a sociedade se encontra em seu estágio mais avançado é ridícula. Progresso científico — sim, pode ser. Mas progresso moral? Progresso estético? Progresso social? Esses Diderots do nosso tempo deviam descer de suas torres de marfim e andar pelo coração de uma cidade inglesa numa noite de sexta-feira para ver o quanto nós, seres humanos, progredimos. Ah, quanto progresso eles vão encontrar! Vejam, é o progresso ali, atirando uma garrafa no meio da rua! Olhem só quanto progresso na fenda daquela bunda exposta ao mundo!

Fiquei dois carros atrás do de vocês, seguro de minha invisibilidade, o vulto da arquitetura vitoriana das construções pairando sobre as lâmpadas da rua e a fachada dos bares, dissolvendo-se na noite feito uma memória sem importância.

O táxi finalmente parou debaixo de uma ponte ferroviária onde uma fila de rapazes com penteados esquisitos (só vi rapazes ali) aguardava para entrar por uma porta sobre a qual se lia O POLEIRO, uma palavra que disparou todo tipo de conotação na minha mente febril.

— Cynthia — murmurei para mim mesmo, sozinho no carro. — Sua imbecil, sua imbecil.

Estacionei próximo aos fundos de uma pizzaria e, com uma

curiosidade engraçada, reparei num cozinheiro muito jovem fazendo uma pausa para um cigarro.

As cidades querem nos obrigar à ação, pois sabem que a imobilidade é qualidade dos indigentes, dos perigosos, dos mortos. Mas não há por que correr. Queria ficar exatamente no mesmo lugar enquanto você estivesse lá dentro, dentro daquele Inferno desconhecido no qual eu me preparava para entrar. Enfim, precisava me manter incógnito até descobrir a melhor maneira de protegê-la. Precisava saber o que aconteceria nessa noite, sem interferir, se quisesse algum dia colocar você de volta nos eixos.

Umas mulheres passaram pelo carro usando asas de anjo e, deselegantemente trajadas, anunciavam aos quatro ventos como precisavam de um regime. Assassinavam uma canção de amor em altos brados — nenhum grito tribal na natureza soaria mais horrendo — e me jogaram beijos. Uma delas segurava um enorme pênis inflável, que balançou em frente ao para-brisa do carro.

Fechei os olhos, tentando afastar a imagem, enquanto a cantoria morria em meio ao tráfego. Então, depois de respirar fundo o ar imaculado dentro do meu automóvel, irrompi na noite para ver minha cordeirinha dançando com os lobos.

O cara da portaria me olhou de cima de sua cabeça gigante de pedra.

— Sem essa, amigo — disse ele. — Não vai dar.

Disse a ele que não tinha entendido.

— Cê tá na cena errada.

E que cena seria essa?, fiquei me perguntando. A virada fundamental no enredo no Segundo Ato, quando uma reviravolta na sorte dos personagens é seguida de uma descida cada vez mais rápida pela ladeira da tragédia abaixo?

— Tenho dinheiro — disse eu. — E estou mais do que preparado para pagar o preço de adentrar este estabelecimento.

A Rocha me ignorou, olhando para trás e virando à esquerda. Um sinal para que entrassem os dois drugues* atrás de mim na fila. Enquanto isso, minha boca não queria parar e continuou argumentando com aquele brutamontes à base de shake de proteína.

— Escute, você tem planos de me deixar passar? Porque devo informá-lo de que não pretendo ir embora.

Ao que ele respondeu com a mais criativa das frases:

— Vai se f..., seu..., se manda antes que eu te... o...

Assimilei suas palavras com dignidade.

— Certo, entendo. Bem, meu caro amigo, deixe-me explicar dessa forma. Você acaba de permitir a entrada de uma menina que tem três anos a menos do que a idade legal para frequentar este estabelecimento. Sei disso porque por acaso ela é minha filha. Agora, como guardião destes portões, você tem duas opções. Ou persiste nessa sua estratégia um pouco ofensiva e sofre as desafortunadas consequências de seus atos, ou me deixa entrar para resgatar minha filha. Nesse último caso, vou me abster de contatar seu patrão ou, ainda, os bons amigos que tenho na prefeitura.

Os olhos dele se perderam num universo paralelo, alheio a prefeituras e patrões, onde ele, naquele exato momento, estava empenhado em alegremente bater minha cabeça contra o asfalto.

— M... — disse ele, mas me deixou entrar assim mesmo.

*

* *Drugue* é um termo utilizado no romance *Laranja mecânica*, de Anthony Burgess, e que significa "amigo" em Nadsat. Era usado para se referir aos membros da gangue do personagem principal. (*N. do E.*)

Havia uma "banda" no "palco" tocando uma "música". Enxerguei um banner toscamente desenhado que indicava se tratar dos Cleópatras, o que era estranho, pois havia quatro Marco Antônios para apenas uma insuportavelmente furiosa Rainha dos Ptolomeus.

Você conhecia a banda? Era fã? Por isso estava ali?

Foi como caminhar para um ataque de pânico. Não, assim soa como algo muito tranquilo. Foi como entrar no ataque de pânico de outra pessoa, alguém que eu não conhecia e não queria conhecer. Alguém que fechasse os olhos na plataforma de uma estação de trens 15 minutos depois da meia-noite, decidindo se acabava mesmo com tudo se jogando debaixo do próximo trem de carga que passasse por ali. (Uma vez escutei um idiota da Radio 4 dizer que, se Beethoven vivesse hoje, tocaria guitarra numa banda de rock. Não. Ele estaria sentado naquela mesma plataforma, respirando dentro de um saco de padaria e rezando para que viesse logo o trem que daria cabo da sua vida.)

Procurei você entre aqueles brucutus, no meio de corpos que pulavam, sedentos, na direção do palco. A ideia de que você pudesse estar ali, em meio àquelas criaturas das sombras, comedoras de ópio, me encheu do mesmo terror que eu sentira em minha busca pelas ruas de Roma, a sensação de que a perdia para as malignas forças da noite. A escuridão e seus demônios.

Cleópatra berrava enquanto eu tentava abrir caminho na aglomeração. Virei para o palco e ela estava enroscada no cabo do microfone como se lutasse com uma serpente que, a qualquer momento, inocularia veneno em seu peito.

— Com licença — disse eu, mas evidentemente não era ouvido. A música me roubava a voz. Na verdade, era para isso que servia, provavelmente: roubar vozes, um triunfo fácil sobre o diálogo.

Era isso. Corpos, corpos e mais corpos. O lugar estava abarrotado deles. Não era nada mais do que isso para mim. Apenas corpos. De que outro jeito poderia encará-los? Que tipo de personalidades haveria num lugar daqueles? O barulho tornava impossível pensar e conversar.

A mente não tem porta de saída?, perguntou a poeta.

Claro, você vai aonde vai a juventude. No Poleiro a altas horas de sexta-feira. Lá você encontra quinhentos cabeças de vento curtindo rock-and-roll, tornando-se nada mais do que corpos.

Ah, Bryony, não faça uma careta.

Por favor, não balance a cabeça, decepcionada.

Sou um ignorante nesses assuntos. É o que você pensa, não é? Acha que não entendo nada do que é ser jovem. Deixar-se levar completamente e dissolver no instante. Desejar sentir em vez de pensar. Ah, claro, sei que para você devo parecer eterno, como nos parecem os pais, sempre. Como um monumento erguido pelos druidas.

Um monumento em rocha datando do tempo anterior aos tempos.

Você nunca olhou nos meus olhos e viu o rapaz cabeludo que, certa vez, no meio de uma leitura do "Hyperion", de Keats, no Clube dos Jovens Guardiães da Poesia, emborcou de uma vez um copo de absinto.

Depois de um tempo, consegui encontrar você, ao lado de Imogen e dos outros, vestindo suas roupas novas.

Calculei minhas opções. Ir para cima e arrastá-la para fora daquele lugar, perdendo sua confiança para sempre? Não. Ia esperar, e só intervir se necessário. Ia me manter fora do seu campo de visão, misturado à fumaça e ao barulho, a distância.

Ah, mas como era difícil ficar ali, sofrendo encontrões e apalpadas enquanto tentava ficar de olho em você. Pisavam no meu pé, acertavam cotoveladas nas minhas costelas, baforavam seus perfumes de mil cheiros sobre meu rosto.

Vi um rapaz alto se inclinar para falar ao seu ouvido. Era o Senhor Cadavérico. Uriah Heep. Havia outros rapazes com ele, reconheci alguns do dia que a segui até o centro da cidade. Mas nem sinal de George Weeks. A mãe deve ter falado com ele, pensei, com certa satisfação. Esta pequena alegria se evaporou quando vi a mão comprida e esquelética do Uriah pousar nas suas costas, já deslizando para baixo.

Nessa hora, alguém derrubou bebida na minha camisa, um líquido púrpura de um copo de cerveja que deixou uma mancha. Ignorei a umidade grudenta do meu corpo e continuei observando a mão, que agora tentava a sorte junto à sua cintura. Para minha surpresa, você não oferecia resistência. Você gostava dele? Não saberia dizer, não hesitei ao vê-lo seguir na direção dos banheiros.

Quando entrei, ele estava numa das cabines, às voltas com um probleminha de catarro. Encarando o espelho, esperei. Vi a mancha na camisa, que agora ganhava coloração rosada. Uma mancha que parecia traduzir o que eu era, o que tinha me tornado. Terence. Do radical latino *terere*. Apagar-se, exaurir-se, pulverizar-se. Desaparecer.

A trava de metal vagabundo deslizando na porta, o som dos passos dele. Uriah lavou as mãos na pia, a princípio ignorando minha presença.

Ia falar com o garoto. Esse era o plano. Ia me dirigir a ele com educação e apresentar-lhe um argumento muito lúcido sobre por que não deveria continuar tentando seduzir uma menina de 15 anos.

Então algo mudou.

Os sintomas usuais começaram. As pontadas no cérebro, a vista escura, mas, subitamente, eu não estava mais ali. Estava fora de mim.

Ou, para ser mais exato, estava pensando em coisas que não se originavam dentro da minha própria mente. Veja, era a primeira vez que aquilo acontecia. Era a primeira vez que visualizava algo, uma lembrança, que eu mesmo (Terence Cave) jamais vivenciara. De repente, lá estava eu de bicicleta quando vi o rosto daquele garoto, sua cara comprida e cadavérica rindo de mim, e reparei a mão ossuda que apontava na minha direção enquanto eu pedalava. Então, ainda na lembrança, olhei para baixo e vi que estava andando na bicicleta que eu tinha comprado de presente de aniversário para Reuben, um ano antes. Era a bicicleta do seu irmão que eu pedalava. E era, agora me dou conta, uma lembrança dele que eu rememorava.

Não havia nada além disso na cena. Além de um Uriah que ria da bicicleta que Reuben (eu mesmo) pedalava. Todos os outros detalhes — chuva ou sol, cenário, outras pessoas que estivessem conosco — me escapavam completamente. Mas devo dizer que era tudo extremamente verossímil. Na verdade, tudo era tão verossímil que a questão de acreditar ou não naquilo nem sequer me ocorreu. A dor que me tomava era tão real que não havia alternativa senão senti-la.

Mas, como eu disse, esse raciocínio veio depois. Na hora, eu estava tão perdido, tão fora de mim, tão exaurido, que qualquer coisa que Terence Cave tivesse planejado dizer ou fazer àquele rapaz tinha se tornado totalmente irrelevante.

Enquanto Uriah fazia pose em frente ao espelho — variando o ângulo, chupando as bochechas já chupadas, ajeitando o cabelo para a frente de modo a cobrir um dos olhos sonolentos —, uma força estranha cresceu dentro de mim. Cerrei os punhos tentando controlá-la. Mas não conseguia afastá-la, era como tentar segurar nuvens negras que cobrissem um céu claro.

A força me fazia tremer, eu sentia pontadas e fui ficando zonzo, a sensação implacável de estar sendo arrancado de mim mesmo. E então, em vez da névoa fina que se desfaz lentamente, como me parecera das outras vezes, sofri algo mais intenso. Um instante de escuridão — negrume completo e vazio — que hoje interpreto como um eclipse da alma, causado pela alma de outro.

Depois disso, há uma lacuna, a peça que falta.

Lá estava eu, olhando para ele pelo espelho. E a próxima coisa de que me lembro é o sangue avermelhando o rosto dele, bem na minha frente, enquanto o estrangulava contra a parede.

Houve uma corrente repentina do ruído externo vindo da porta quando alguém entrou. Por um momento, não fiz nada. Apenas mantive o garoto prensado na parede. A porta fechou e, com a gritaria dos Cleópatras distante outra vez, ouvi uma coisa diferente. Um som indistinto, o crepitar de um rádio fora de sintonia. E então minha visão periférica captou uma figura enorme e ameaçadora.

— Que p... é essa?

Era ele. O porteiro brutamontes.

Fui agarrado e puxado para fora, mas a tempo de ver a rachadura que devo ter causado no espelho, antes de ser arrastado em meio a corpos suados e atirado pela primeira saída de emergência no caminho.

— Acho que perdi um botão — lembro de ter dito no momento em que levava um chute no traseiro e aterrissava no concreto úmido.

Mais quatro chutes distribuídos pela flacidez do meu corpo e ele se foi, assim como eu, cuja consciência agora se limitava à dor e à náusea que sentia, como se tivesse desaparecido todo o ar do planeta naquele momento.

— Reuben? — gemi para o contorno escuro do meu próprio rosto refletido numa poça. — Foi você, não foi?

E o murmúrio silencioso da cidade assentiu.

Pingos d'água de uma calha caíam na poça. Isso me trouxe à mente embaçada uma outra lembrança, minha, desta vez.

Quando vocês dois tinham 6 anos, eu os levei até a Fonte Gotejante, em Knaresborough. Lembra? Aquele lugar incrível onde a água pinga continuamente de uma rocha lá no alto e transforma tudo em pedra abaixo dela.

Coisas humanas, frágeis, que se tornam sólidas. Eternas. Claro, para mim, a ciência acabou estragando boa parte da magia. Aquela água é rica em bicarbonato de cálcio e por isso calcifica os objetos que toca.

Bicarbonato de cálcio.

A razão pela qual as pessoas correm para lá com suas toalhas de chá e botas de cano alto e ursinhos de pelúcia, e penduram esses objetos como roupas num varal, sabendo que dentro de um ano, mais ou menos, terão se transformado em relíquias permanentes do que um dia foram.

— Papai, se eu ficar debaixo da goteira, viro uma estátua? — Lembro da expressão do seu rostinho de duende ao me fazer a pergunta. Uma expressão que misturava empolgação com um medo terrível.

A conversa me vem à memória agora, perfeitamente intacta.

— Você precisaria ficar ali embaixo um bom tempo — respondi.

— Quanto tempo?

— Pelo menos um ano — falei. — Mas bem paradinha.

— Paradinha como?

— Assim. — Reuben fez uma demonstração.

— Como será que é ser uma estátua? — perguntou você.

— Não sei — respondi. — Nunca fui uma.

Você franziu a testa enquanto pensava.

— Será que eu ia poder me coçar?

— Não.

— E ir no banheiro?

— Não.

— Quero colocar alguma coisa lá. — Era seu irmão, desfazendo a pose de estátua para interromper seu raciocínio.

— Você não tem nada para deixar — disse eu. — Devia ter trazido alguma coisa.

A essa altura, tenho quase certeza, Reuben já tinha tirado a pulseira. Aquela branca e vermelha que ele tanto adorava.

— Eu posso deixar isto aqui.

Tenho quase certeza de que me opus também a essa ideia, mas depois acabei cedendo e dando a moeda de 1 libra ao pessoal do patrimônio turístico para poder pendurar a pulseira dele. Evidentemente tive de pendurá-la eu mesmo, pois o varal era alto, mas Reuben ficou ali, ao meu lado. Lembro-me de ter encontrado alguma dificuldade. A água caía com força e a pulseira era muito pequena e grossa, não foi fácil prendê-la com o grampo.

Ficou perto de um chinelo. Lembro-me disso. Um objeto mais adequado, pensei. Que permaneceria pendurado ali durante anos.

— Vamos, pai — disse ele, naquele tom insistente. — O que você está esperando?

Enquanto eu lutava para prender a pulseira, minhas calças foram ficando encharcadas. A princípio, pensei que fosse apenas a água respingando nas pedras, mas então olhei para baixo e vi que Reuben, com o braço esticado e a mão espalmada, tentava desviar o fluxo da goteira, molhando a nós todos.

— Meu vestido — disse você.

— Reuben — reagi. O tom da voz era alto, acima do ruído da água. Mesmo nos seus melhores dias, ele não conseguia abandonar as travessuras. — Não faça isso.

Ele pousou a mão do lado do corpo e assistiu em silêncio. Finalmente consegui pendurar a pulseira. Então nos afastamos e olhamos para ela. Era o menor e o mais ridículo dos objetos ali. Já deformada pela água que caía, era difícil imaginar que um dia se tornaria tão sólida quanto a corda petrificada que a suspendia no ar.

A essa altura, Reuben estava mais interessado na própria mão.

— Não consigo mexer os dedos — disse ele. Parecia convencido disso. — Eles estão virando pedra.

Era um menino cheio de imaginação quando mais novo. Lembra quando, uma vez, ele cismou de sair para passear com um cachorro invisível? Ele queria um de verdade, claro, mas era inviável. Gatos são tão mais tranquilos. Nunca fui muito amigo dos cachorros, não é verdade?

Enquanto caminhávamos ao seu encontro, passando por objetos cada vez mais petrificados, ele ia enumerando as vantagens de ter um punho de pedra.

— Posso dar socos na parede. Posso colocar a mão no fogo. Posso...

Visitamos o museu. Você lembra?

Vimos um sapatinho petrificado que um dia pertenceu à Rainha Mary. Uma sombrinha de crochê que, apesar dos efeitos da água e do cálcio, mantinha sua delicadeza. Uma fita dura como rocha. Ah, e aquela cartola. Você deve se lembrar dela.

Fui experimentá-la e quase afundei o chão. Você se dobrou num riso histérico, enquanto Reuben seguia no solilóquio sobre sua mão de pedra.

Ele se aproximou para nos mostrar os dedos rígidos, espalmados como as pontas de uma estrela-do-mar.

— Olhem só, meus dedos não se movem. Minha mão não se mexe. Não consigo mexer os dedos.

Você tentou dobrar os dedos dele e ficou preocupada quando não conseguiu.

— Para, Reuben. Você está me assustando.

— Ele só está fingindo.

— Não estou — insistiu Reuben. — Minha mão está virando pedra.

Você começou a chorar. Não, chorar não. Fez a expressão que vinha antes das lágrimas. Ralhei com Reuben e ele lhe mostrou a mão, para provar que não estava se transformando em coisa alguma.

Depois disso, continuamos o passeio. Você descobriu mais uma coisa assustadora e aprendeu tudo sobre ela — a Mãe Shipton, uma velha bruxa que profetizou o Incêndio de Londres, a derrota da Armada Espanhola, o Cerco de York e a própria morte. Havíamos comprado ingressos para um tour à caverna da bruxa, perto da Fonte Gotejante, mas você agarrou minha mão com todas as forças.

As lágrimas que antes tinham estado a ponto de cair finalmente vieram. Inventamos uma desculpa e saímos, arrastando Reuben para fora da caverna, passando pela fonte e seguindo ao longo do rio.

— Sou uma estátua — disse Reuben, aquela mania dele de ser repetitivo. Estava com ciúmes, acho, da atenção que eu dava a você.

— Sou uma estátua. Sou uma estátua. Sou uma estátua.

— Estátuas não falam — disse eu.

— Sou só metade estátua. Minha boca não foi tocada...

Ele sumiu, e eu ainda debruçado sobre a poça nos fundos da boate. E voltou a sumir agora, enquanto tento me lembrar. Não consigo ouvi-lo. Ouço a água, mas não ele.

Vamos em frente. Anda logo, Terence. Chega de digressões. Siga em frente naquela noite terrível na odiosa cidade das bestas.

Depois de um tempo, consegui levantar do chão e me afastar da poça e das lembranças ali contidas. Enquanto me arrastava na direção do carro, o corpo dolorido, eu me perguntei se não tinha quebrado uma costela. A dor no peito atingia, certamente, seu momento mais intenso.

Riram de mim, todos aqueles jovens bêbados. Aqueles primatas de camisas listradas e minissaias, cambaleando em frente a bares com nomes latinos. Cheguei ao carro e me olhei no espelho retrovisor. Um arranhão leve perto do olho, resultado de ter batido com o rosto contra o asfalto. Uma pedrinha ainda grudada na bochecha.

Ali fiquei, as mãos tremendo ao volante, pobre Terence.

Um oriental vendia pulseiras brilhantes e rosas artificiais na rua principal. As pessoas lhe apertavam e beijavam as bochechas, mas não compravam suas bugigangas de neon.

Outro cara, banguela, dedilhava seu violão, perseguindo os grupos de passantes como um fantoche carente de amor.

E foi então que o vi. Uriah, machucado, saindo do Poleiro com outro rapaz. Não. Outros rapazes, no plural. Dois ou três. Figuras apagadas, a essa altura, se já não o eram então. Mas ainda posso ver a cara de Uriah, os dedos longos apalpando o ferimento na testa. Uma onda de culpa ao me dar conta do que tinha feito com minhas próprias mãos.

Afundei no assento do carro e abri uma frestinha da janela para poder ouvir o que diziam.

— O velho es... achou que eu estava dando em cima da Bryony. — Ouvi ele dizer.

— E você não tá mesmo, irmão? — perguntou um dos vultos.

— E faz alguma diferença eu estar ou não, agora que ela se meteu naquela roubada com o tal de Danny ou Donny...

— Denny — sussurrei para mim mesmo, as vozes já sumindo.

Esperei duas horas até ver você, e furtivamente, com todo cuidado, a segui até a saída da cidade das bestas e em direção a York.

Como você se sente, sabendo agora que eu estava lá sem seu conhecimento? Seu anjo da guarda, dando o melhor de mim para afastar as forças malignas da noite. Isso faz com que você me odeie ainda mais, não é?

Ah, Bryony, por favor, não me odeie.

Não posso viver nem morrer com isso. Por favor, você precisa entender que eu não tinha consciência do que fazia, ou de que ele continuava por ali, observando a distância, escondido, ressentido do amor que ditava cada movimento meu.

Cynthia não viu nada de errado no que havia feito, para dizer o mínimo. Na verdade, ficou furiosa comigo quando contei que tinha seguido você até Leeds. Obviamente não contei tudo, mas ela rapidamente partiu para o ataque ao ouvir um pedaço da história.

Você e Imogen ainda dormiam, as duas no quarto de hóspedes da Cynthia. Eram mais ou menos oito da manhã e nós — sua avó e eu — estávamos sentados naquela horrível mesa dela, observados por aqueles cartazes de teatro todos que ela coleciona e pelas réplicas de Klimt e pelos esboços em carvão desenhados por ela. A casa toda estava uma bagunça, mesmo para os padrões da Cynthia. Ela havia, evidentemente, comprado mais mudas e enchido vasos com elas, que agora entupiam o corredor. A cesta de frutas era uma natureza-morta em decomposição, figurando bananas pretas e tangerinas salpicadas de pontos azuis, enquanto o suplemento de artes do *Telegraph* fazia as vezes de uma toalhinha de centro.

Ela estava tomando o café da manhã com suas pílulas de ervas e folhas, uma plantação inteira de suplementos alimentares todos os dias, frascos e pacotes etiquetados atravancando a mesa toda. Dei um gole no café que ela havia feito para mim, tentando ignorar a dor latejante das escoriações imperceptíveis.

— Desculpe, Cynthia — disse eu —, mas desta vez você não me escapa.

Ela foi rápida no gatilho.

— É você quem não vai me escapar — disse, antes de engolir a última pílula com um gole de suco de toranja. — O erro foi seu e você não me escaparia mesmo que tentasse.

Discutimos aos sussurros. Lembro que ela sacou algumas das baboseiras psicologizantes que aprendera trabalhando como terapeuta infantil durante alguns anos. Citou Jung, como uma vez a filha dela também fizera. Alguma bobagem sobre perigos interiores que se manifestam como sinais exteriores.

— E ainda por cima — acrescentou ela —, era uma festa para menores de 18 anos.

Foi quando descobri que eu não era o único adulto para quem você andava mentindo.

— Posso garantir a você que não era para menores — falei. — Vi as pessoas que entravam naquele lugar. Algumas deviam ter uns 30 anos.

Cynthia fechou a cara.

— Você tem certeza, Terence?

— Absoluta. Não era uma festinha de crianças.

— Bem, vou ter uma conversa com ela. Quando ela acordar.

— Não. Não faça isso. Ela não pode saber que eu estive lá. Por favor, Cynthia. Você não pode contar para ela que eu...

Ela se antecipou.

— Não, não acho mesmo que possamos contar. Mas, Terence, você precisa parar de fazer isso. Tem de parar de perseguir sua própria filha. Há coisas que um pai simplesmente não tem de saber.

Esfreguei os olhos e fiz uma falsa promessa.

— Tudo bem, vou parar. Vou me recolher à minha ignorância. Acreditar nas mentiras dela e não fazer nada.

Olhei para a parede, para os dois enamorados de Klimt, generosamente representados, envolvidos num beijo eterno, e ponderei o que ele poderia significar para você. O tal Denny.

— Terence, você está bem? — perguntou Cynthia, depois de um bom tempo.

— Não sei. Quero dizer, sim. Sim, estou bem.

— Nem parece você — disse ela.

— Bem — respondi, tentando não pensar no apagão que tinha sofrido, ou na violência que fora capaz de cometer —, sou eu mesmo.

Os olhos dela me investigaram com atenção, como se eu fosse uma falsificação, uma réplica de mim mesmo.

— Você dormiu?

— Umas duas horas, foi o que consegui — disse eu, embora não tivesse conseguido nem isso.

— Como pensa que vai aguentar um sábado inteiro na loja com duas horas de sono apenas?

— Não sei — falei.

— Posso ajudar você à tarde, mas agora de manhã tenho uma consulta no hospital.

— No hospital?

Ela olhou, ar grave, para a minicidade que os frascos e vidros de pílulas formavam sobre a mesa.

— Não é nada. Só um check-up de rotina. Uma coisinha no estômago. Nada demais.

— Tudo bem — disse, encerrando o assunto.

Foi nessa hora, se bem me lembro, que você apareceu, vinda do quarto de hóspedes, rosto pálido e cabelo desgrenhado, e seguiu para o banheiro.

— Bryony? — chamei. E em tom mais incisivo: — Bryony?

Você olhou para mim do corredor, me lançou um olhar cansado de reconhecimento e desapareceu dentro do banheiro.

— Bryony?

Cynthia fez ruídos de desaprovação, fechou a cara e mandou um "Terence" furioso do outro lado da mesa.

— Que foi? — perguntei.

— Dá um tempo — disse ela, e repetiu, os olhos fuzilando. — *Dá um tempo.*

Ah, sim, a cena da sacada.

Normalmente consigo saber que tipo de cliente está entrando na loja só pelo som da sineta da porta. Um ruído brusco em geral significa um freguês do tipo olheiro que não pretende comprar nada, enquanto um toque mais arrastado com frequência indica um comprador mais sério, que abre a porta com o cuidado lento de um jogador de pôquer ao revelar seu jogo. Acho que as sinetas de porta, como todos os objetos, adquirem personalidade própria com o tempo. A gente passa a conhecê-las, e elas, a gente, fazendo o melhor que podem para revelar o que sabem.

Tínhamos voltado para casa. Você estava no andar de cima com dor de cabeça e eu, no corredor, apurando o ouvido para tentar descobrir o que acontecia dentro do seu quarto. Foi quando ouvi. A sineta. Um toque tão baixo e sombrio que bem poderia ser a entrada de um morto.

Corri para a loja e lá estava ele, Denny, me encarando de frente com aqueles olhos ensimesmados. Tinha nas mãos um pequeno embrulho molambento. Um presente de aniversário atrasado, pensei. Alguma coisa embrulhada de qualquer jeito num papel azul vagabundo.

— Abrytaí?

Confesso que estava exausto da noite anterior, mas não fazia ideia, absolutamente, do que ele falava. O quê, ou quem, seria Abrytaí? Um mágico? Um deus da antiga Dácia? A senha de alguma seita secreta?

— Como?

E ele repetiu, desta vez devagar, com as devidas pausas:

— A Bry tá aí?

Shakespeare estava errado. O que chamamos de rosa não tem o mesmo cheiro com outro nome.

— Não. A Bryony saiu. A Bryony não está. A Bryony está muito, muito longe daqui.

— Onde?

Não tinha muito desconfiômetro, o rapaz.

— Não faço a menor ideia.

Ele olhou em torno, como se eu pudesse estar escondendo você, trancada num dos armários da loja.

— Você sabe quando ela volta?

— Não. Não sei.

A verdade, Bryony, é que eu o odiava. Odiava sua arrogância. Aquele rapaz que tinha assistido à morte do seu irmão sem derrubar sequer uma lágrima. Aquele rapaz parado ali, uma mente subdesenvolvida num corpo superdesenvolvido, imaginando que podia existir no mesmo plano que você. Aquele rapaz que provavelmente nunca tinha ouvido falar de Brahms ou Handel ou Mendelssohn, um homem das cavernas com um sonho muito além do seu alcance. Ficar com você — uma menina que apreciava arte e música e literatura, que com naturalidade era capaz de conversar sobre um milhão de assuntos, que poderia escolher o rapaz que quisesse.

Um som no andar de cima. Você havia derrubado alguma coisa? Ou tinha ouvido o rapaz entrar na loja e fazia barulho de propósito? De um jeito ou de outro, o efeito foi o mesmo.

Ele olhou para o teto, na direção do seu quarto. Mirei o ridículo pomo de adão saltando do pescoço dele. Um pescoço grosso e musculoso, mas que ainda assim seria facilmente cortado, como manteiga.

— Quero que você vá embora — disse a ele num tom grave. — A Bryony não está aqui e, se estivesse, posso assegurar a você que ela não teria o menor interesse em vê-lo.

— O quê?

— Se enxerga — falei, exausto demais para segurar a língua. — Se enxerga. Olhe para você. Só olhe. Que diabos o leva a pensar que é digno da minha filha? Você está querendo se aproveitar de um momento de fraqueza. Está entendendo? Ficou parado olhando o irmão dela morrer e agora, em pleno luto, ela está confusa demais para entender que tipo de criatura você é. Fiquei grato pelo que você fez lá no estábulo. Claro que fiquei. Qualquer pai ficaria. Mas não pense, por um momento sequer, que não conheço suas intenções. Salvar a menina para depois roubá-la. Era o seu plano, não era? Não era?

Havia violência dentro dele. Ele queria me machucar. Eu podia sentir isso. A mandíbula tensa impedindo o impulso primitivo.

— Não — disse ele. — Não tinha plano nenhum. Só ouvi um barulho, só isso. Quando tava correndo. Achei que ela tava em perigo.

— Só quero que você vá embora — disse a ele. — Apenas vá embora e não volte mais. Se manda, vai. Se você se importa com a minha filha, deixe-a em paz.

Ele respirou fundo e, com o mais leve dos acenos de cabeça, saiu da loja. Então, enquanto o via cruzar a frente da vitrine, senti a escuridão me tomar outra vez. Fechei os olhos e espantei a sensação. Estou cansado, disse a mim mesmo. Só estou cansado. Não é ele. Não é ele.

Foi aí que ouvi alguma coisa. Um ruído vindo dos fundos da casa. Como batidinhas. Pedrinhas contra a janela.

— Higgins? — chamei, mas os olhos inexpressivos do gato indicaram que ele não sabia de nada.

Saí da loja pelo corredor, em direção ao paiol, e vi Denny lá fora. Estava no quintal, olhando na direção do seu quarto. E você ali, uma Julieta abatida, debruçada na janela.

Ele me viu. Olhos nos meus olhos vigilantes, eu ainda parado no corredor, e então se foi, levando com ele o pacote sebento.

O que teria dito? O que teria combinado com você? Você não me deu respostas, claro. Manteve seus segredos, assim como eu guardei os meus, mas eu ia descobrir tudo. Sim, eu ia. E foi por isso que, naquela mesma noite (enquanto você dormia para se recuperar da noite anterior), fui ao sótão buscar uma coisa que seria de grande ajuda.

O plástico vagabundo da babá eletrônica tinha uma cobertura de poeira dos quase 15 anos guardada numa caixa no sótão. Era tão estranho que, de todos aqueles velhos objetos de estimação que mantínhamos ali, aquele fosse o único capaz de me levar às lágrimas. Bastava tocá-lo.

Instantaneamente, a lembrança voltou. Aquele dia maldito tantos anos atrás. O assalto. Aqueles três pares de olhos saltados de ódio por trás das toucas de ninja. Meu pânico egoísta quando um dos invasores apanhou o objeto mais próximo — um candelabro Ebenezer Coker — e ameaçou testar a resistência do meu crânio com ele, caso eu não lhes dissesse onde estavam os tinteiros. O que eu não podia mesmo fazer, claro.

— Onde estão essas p...?

— Eles foram vendidos ontem. Os dois. Neste momento estão a trinta mil pés de altura, sobre o Atlântico, indo para as mãos de um colecionador de objetos de prata de Massachusetts.

— Você está mentindo — disse outro deles. Vestia uma jaqueta de couro curta, justa na cintura. Os buracos no capuz revelavam a pele clara e os olhos negros intensos, além de vestígios de um bigode preto.

— Que tipo de b... você pensa que a gente é?

— Ele não está mentindo — disse sua mãe.

Lembro-me do desespero silencioso da nossa troca de olhares. Não mais do que cinco minutos antes ela estava com você e Reuben. Tinha descido à loja apenas porque eu queria ajuda para preparar as miniaturas que iria expor numa feira no dia seguinte.

Ela andava exausta nos últimos tempos. Dificuldades com Reuben. Tínhamos acabado de ligar a babá eletrônica quando nos sobressaltamos com o ruído de vidro se quebrando.

Ainda a vejo parada lá. O cabelo preto e comprido preso num rabo de cavalo meio frouxo, as mangas da camisa azul, também larga, enroladas até os cotovelos. Sua mãe era uma pessoa forte e destemida. Uma mulher de ação, impulsiva. Qualidades que ela herdara de Cynthia, mas sem o lado teatral.

Apesar do desespero que podia ver em seu rosto, ela tentava fazer a voz soar calma.

— Os tinteiros não estão mais aqui — disse ela aos assaltantes.

Um comportamento leva a outro, ela sempre me dizia. Se a gente mantém a calma, os outros também manterão.

— Vocês podem revistar toda a loja — acrescentei. — Garanto que eles não estão aqui.

Era a verdade, mas desejei que não fosse. Ah, Bryony, como eu queria ter entregado aqueles tinteiros. Sério, eu os daria a eles num segundo. Entregaria a eles o Santo Graal se o tivesse ali. Mas não tinha mais os tinteiros.

Sei que jamais contei toda a história do que aconteceu depois, mas agora estou disposto a contar. Preciso atravessar essas chamas furiosas que incendeiam minha memória, o fogo que queima em minha alma faz anos, e que nos devorou a todos. Agora preciso encarar essas chamas.

Uma semana antes do assalto, saiu um artigo no *York Daily Record* sobre meu achado miraculoso numa liquidação de garagem em Wakefield. Ainda era o tempo em que eu fuçava no meio de bugigangas. Sentia uma espécie de excitação predatória ao me aventurar em estacionamentos e pátios de escola, a excitação de um lobo que avança sobre um rebanho de ovelhas descuidadas.

Mas os tinteiros de prata tinham sido uma surpresa total. Canecas em forma de boneco e estranhas peças de mobília quebradas eram aquisições mais comuns. Quase caí duro ali mesmo quando encontrei aquele par de tesouros — suas superfícies decoradas com os mais delicados entalhes (vasos, cavalos, cabeças de Baco), aninhados sobre pés lindamente esculpidos, em forma de patas de leão. Abaixo do brasão e do mote, todas as minhas esperanças se confirmaram: "*William Elliot. Londres, 1819.*" Claro, minha boa índole cristã me fez observar à vendedora — uma senhora baixinha com sotaque de Birmingham — que aqueles objetos poderiam valer muito mais do que as 80 libras pelas quais ela os estava oferecendo. Ela dobrou o valor e eu arredondei o preço para duzentas; ela sorriu como se eu fosse um imbecil. No dia seguinte, testei os tinteiros com pinceladas de ácido nítrico e avaliei-os em 25 mil cada um.

— Eles estão aqui em algum lugar, p... E aquela caixa, o que é?

Enquanto o candelabro Coker vacilava sobre minha cabeça, outro dos invasores puxou uma caixa de papelão que estava embaixo da mesa.

— Propriedade do Sr. Cave — disse ele, lendo o que eu havia escrito à mão. A caixa estava cheia de pequenos objetos que pretendia levar à feira de miniaturas do Railway Museum, no dia seguinte.

O conteúdo da caixa foi espalhado no chão e, não havendo nem sinal dos tinteiros entre as caixinhas de rapé e frascos de perfume, os três começaram a se desesperar. Olharam uns para os outros, pensando no que fazer. Foi aí que o homem que até então estivera parado na porta, esperando em silêncio, avançou e fez sinal para o que segurava o candelabro, pedindo que se afastasse. Aproximou-se assobiando em sol maior.

— Bem, Sr. Cave — disse ele, interrompendo o assobio. Falava com mais educação que os outros, mas por alguma razão sua voz era mais aterrorizante. — O senhor tem uma escolha. Um par de crânios arrebentados ou um par de tinteiros. Decida-se.

— Não, por favor, não, estamos dizendo a verdade — falou sua mãe. A calma dela começava a se esvair, os olhos se alternando entre os três homens.

Foi aí que Reuben começou a chorar. Lembro das palavras da sua mãe quando olhou para a babá eletrônica, o plástico branco do aparelho sobressaindo, óbvio, entre os velhos objetos da loja, como um olho aberto num cadáver.

— Quieto. Quieto. Quieto.

Lembro da expressão de súplica dela, como se Reuben, na outra ponta do transmissor, pudesse vê-la pelos furinhos do alto-falante.

Os invasores olharam para o teto.

— Não — disse sua mãe. — Eles não estão lá em cima. Os tinteiros, quero dizer. Não estão no andar de cima.

— Onde está o bebê, Sr. Cave? — disse o que segurava o candelabro.

— Como? — consegui dizer.

— O bebê.

Bebê. Terror infinito em nosso mundo violado.

O de fala educada olhou nos meus olhos outra vez.

— Quanto isto vai custar, Sr. Cave? O senhor trocaria mesmo a vida do seu bebê por 50 mil libras?

Claro, ele estava blefando. Não ia subir e mandar que um dos seus capangas batesse nas crianças até matá-las com um candelabro. Eu sabia disso, e estava rezando para que sua mãe soubesse também.

Minha oração foi em vão.

— Faça alguma coisa, Terence — disse ela. Aquele sussurro ainda me atormenta. Sabe, Bryony, eu não fiz nada. Nada mesmo, naqueles segundos cruciais. O homem à minha frente, o assobiador de fala educada, acenou ao outro para que subisse.

Sua mãe correu para bloquear o caminho. As mãos dela se agarraram aos dois lados da moldura da porta.

— Deixem meus filhos em paz — disse ela. Havia fúria e medo nela agora. Olhos selvagens e dentes cerrados. O instinto animal de proteção. — Deixem eles em paz.

Fiquei lá, plantado, pensando muito rápido e agindo com demasiada lentidão. Toda e qualquer ação que vislumbrasse acabava numa violência que eu sabia que não poderia deixar acontecer.

Mas, claro, a violência veio de qualquer jeito.

Uma mão enluvada avançou sobre a cabeça dela como se fosse um vaso numa das prateleiras, um precioso objeto a ser depredado. Foi o de bigode e olhos negros. Ele a tirou do caminho com um safanão e ela foi parar no meio da sala. Toda uma mulher — essa massa infinita de emoções e experiências — absolutamente inútil contra tal força bruta.

Naquela época, tínhamos um baú grande de madeira exposto bem no meio da loja. Sua mãe havia implicado com ele. Duvidava que fôssemos ter algum retorno sobre as 1.100 libras que nos custara. Fui eu quem insisti, por acreditar que seria um objeto útil para ajudar a expor os demais. De fato, colocávamos todo tipo de coisa sobre ele — esculturas, objetos de vidro, um par de *jardinières* —, embora tenham sido poucas as pessoas a demonstrar interesse pelo baú em si.

Sua mãe bateu a cabeça numa das quinas superiores, uma cantoneira de madeira maciça esculpida num ângulo agudo, avançando para fora do contorno do baú. Escorregou para o chão e ali ficou, as mangas arregaçadas para uma tarefa que jamais chegaria a concluir. Eu sabia que ele a havia matado, e os olhos dos três, cheios de um terror tão diferente do meu, mostravam que eles também sabiam.

Uma sirene soou.

O Sr. Nair, um paquistanês que era dono da banca de revistas da rua, tinha ouvido os assaltantes quebrarem o vidro e telefonado para a polícia.

Os invasores fugiram e em um minuto foram capturados. Soube disso depois. Na hora soube bem pouco do que acontecera. Aparentemente fiquei em estado de choque. Não consegui falar com ninguém naquela noite — nem com a polícia, nem com o pessoal da ambulância, nem mesmo com a Cynthia (foi uma policial muito admirável quem ligou para ela).

Lembro-me de, a certa altura, ter vocês dois comigo. Você e seu irmão. Lembro que você continuava a dormir, ainda indiferente ao choro incessante dele. Lembro-me de cobrir os ouvidos com as mãos, tentando desesperadamente isolar aquele som, um ruído que parecia ser o culpado de tudo. Desejei coisas terríveis naquela noite. Destinos pavorosos e diferentes do que o que nos acontecera. Por dias, semanas, meses depois disso, não sabia do que seria capaz quando ele estava por perto. Havia horas em que ele chorava e eu sabia que era porque me odiava, porque levava o mal dentro dele, o que o fazia abominar a própria vida e a de todos os demais.

Havia horas em que eu precisava ligar para a Cynthia pedindo que ela viesse até nossa casa, então me trancava no sótão ou me escondia atrás do balcão da loja, pois me assustavam as maldades que eu mesmo poderia cometer. Uma noite cheguei a ligar para ela no teatro. Liguei durante um intervalo e ela teve de abandonar pelo meio a peça de Tennessee Williams em que estava atuando. Ah, foi uma época horrível.

Claro, jamais faria algo para machucá-lo. Mas, naquele momento, não confiava em mim mesmo. Parte de mim queria culpar o choro de um bebê pelo que, na verdade, era culpa minha.

— Faça alguma coisa — dissera ela. Faça alguma coisa. Faça alguma coisa. Faça alguma coisa. Mas eu não fiz nada. Fiquei parado e não fiz nada e a deixei morrer. Nunca me passara pela cabeça, até então, que eu fosse esse tipo de homem. Um covarde. Um medroso tomado por instintos egoístas. E o que será que ainda havia para descobrir sobre mim mesmo? Que sombras piores poderiam nublar minha consciência? Perguntas como essas desencadeiam toda espécie de medos. E esses medos não foram embora quando Andrew Hart, o assassino da sua mãe, foi condenado por seus crimes.

Ele era humano. Isso foi o mais difícil de engolir. Um ser humano com nome de ser humano. No tribunal, sem a carapuça, tive de lidar com o fato de que eu e aquele homem, com sua postura estranhamente simpática e estoica, éramos da mesma espécie. Quando o vi ali, sentado, os olhos negros destituídos da intensidade de antes, soube que jamais poderia confiar no rosto de um homem outra vez. Atrás até mesmo do mais dócil dos sorrisos, eu me dei conta, pode se esconder um assassino.

Passado um tempo, ele acabou transferido e foi trancafiado no Presídio de Ranby.

E quanto a mim? Era um homem enfraquecido, mas que sobrevivera. Mesmo que jamais conseguisse olhar novamente nos olhos chorosos de meu próprio filho sem pensar na morte da mãe dele.

Minha experiência do luto nunca foi de intensa tristeza, como muita gente diz que sente. A tristeza desacelera o tempo, faz a gente se agarrar ao sofá e rouba o dia. O luto não faz isso. O luto é como ser atirado para fora de um avião. É terror na sua forma mais pura. Aquele momento, em queda livre, em que a gente percebe que não estava levando um paraquedas às costas. Puxa a cordinha e nada. Continua puxando e puxando e puxando, e sabe que não adianta, mas não consegue parar porque isso significaria aceitar o fato absurdo de que embaixo está o chão, um fato que se aproxima numa velocidade também absurda e vai explodir a gente em pedaços. E a gente quer continuar inteiro, inabalável. Mas está lá, caindo, e não há nada a fazer exceto continuar acreditando que o tal paraquedas existe.

E então lá estava eu, dois meses depois da morte da sua mãe, ainda puxando a cordinha.

Tinha ido a Nottinghamshire, à Feira de Antiguidades de Newark, onde me vi parado diante de um estande de armas e armaduras. Entre os sabres, capacetes da guerra civil e adagas escocesas, havia uma tradicional coleção de armas de fogo, disposta de forma organizada na parte da frente da mesa. Numa situação normal, aquele era precisamente o tipo de estande pelo qual eu passaria reto, evitando as pessoas rústicas e mal-educadas que se aglomeravam ali. E no entanto lá estava eu, admirando a bela variedade de revólveres em exposição.

Olhava em particular para um estojo aberto, contemplando a arma que ali repousava sobre o forro de veludo. Uma sólida e bem-apanhada pistola automática do tempo da Guerra Civil Americana, com o corpo em bronze decorado com folhas intricadamente entalhadas. “New Haven Arms Co. Pistola Volcanic de Bolso com cartuchos”, dizia o certificado amarelo do revólver, escrito em letras no estilo Velho Oeste. Os cartuchos permaneciam virgens dentro do tambor envernizado, esperando pacientes pelo seu momento.

— Uma belezinha, não é? — disse o cara atrás do estande. Um sujeito acima do peso, vestindo uma camisa quadriculada de lenhador e bebendo café de uma garrafa térmica em uma xícara de plástico.

— É — disse eu. — Uma belezinha mesmo.

— Uma espécie rara, essa aí. Não se acha uma pistola americana dos anos 1860 nesse estado de conservação. Número de série 28, dê uma olhada na empunhadura. Um item realmente de colecionador.

— E ela funciona perfeitamente? — Olhei-o direto nos olhos, o que o perturbou.

— Sim. Sim. Funciona.

Segurei a arma, cujo peso me reconfortou.

— Se quisesse atirar, digamos, num coelho a cinquenta passos de distância, não seria difícil? — interroguei.

Ele riu, desconfortável.

— Vai depender da sua mira, eu acho. Não que eu o aconselhe a usá-la, de fato.

— Mas eu poderia? — perguntei, examinando a munição. — Hipoteticamente, se o tiro em Abraham Lincoln acontecesse hoje, naquele mesmo teatro, ele morreria da mesma forma? Certo?

Ele coçou a barba por fazer.

— Sim. Correto.

Mesmo levando em conta o fato de os colecionadores de armas serem tão pouco amistosos, dava para ver que eu havia impressionado aquele lenhador como um personagem meio assustador.

— Certo — falei. — Muito bom. Muito bom.

Sabe, eu estava convencido de que aconteceria de novo. Tinha certeza de que haveria um novo assalto e de que seria novamente confrontado por homens encapuzados ameaçando as pessoas que eu amava. "Faça alguma coisa, Terence." Era a voz dela, enquanto eu observava a demonstração de como fazer a limpeza do tambor e carregar o revólver. As palavras ainda ecoavam quando saquei o talão de cheques e confirmei a compra.

— Cuide bem dela — alertou o sujeito, como se me vendesse a própria filha.

— Sim — disse eu, minha alma em queda livre, mas agora mais devagar. — Claro.

Você sempre teve sono pesado. Foi a primeira diferença que reparamos entre você e seu irmão. Você dormia, ele chorava. Ainda assim, foi arriscado invadir seu quarto para instalar a babá eletrônica.

Na verdade, começo a pensar se não me arriscava de propósito, como se uma parte obscura de mim desejasse o flagrante. Algo dentro de mim que atuava sempre contra minhas intenções conscientes mesmo quando Reuben não estava lá para me manipular.

Mas você não acordou. Liguei a babá na tomada atrás do seu guarda-roupa e a escondi embaixo dele, bem atrás do pôster de Pablo Casals que você havia enrolado e abandonado ali. Você se virou na cama e esperei na porta até que ficasse imóvel.

Naquela mesma noite, no meu quarto, testei o transmissor. Podia ouvi-la, tive certeza. O ritmo reconfortante da sua respiração dando forma ao ruído baixo que saía do aparelho pelos mesmos furinhos que naquela ocasião se encarregaram de transmitir o choro fatal do seu irmão.

Escutei sua voz pela babá eletrônica. Você falava no celular com Imogen sobre mim, e sobre aquele rapaz logicamente, eu só ouvia a sua voz.

"Ele apareceu aqui" — disse você.

"Meu pai não deixou a gente se ver."

"É como morar com Hitler. Ou com Stalin."

"Se existisse um leitor de cérebros, ele estaria usando para ler o meu agora mesmo" — disse você. "Isso se ele não fosse esse cara da Era Vitoriana e soubesse ao menos usar um computador."

"Preciso ver o Denny."

"Você não está entendendo. Eu preciso."

"Tá legal, vou contar a você. É como se eu conhecesse ele desde sempre."

"É como se, quando estou com ele, nada mais importasse. Como tocar Beethoven ou algo assim. Tipo uma coisa real. Como se o mundo inteiro fosse um pesadelo e com ele eu acordasse, tipo voltasse a mim, e tivesse certeza que está tudo bem."

"Não ria, é como eu me sinto."

"Dane-se."

"Cala a boca."

"Não. Não."

"Nada a ver."

"Você é nojenta. Que horror."

"Não me interessa onde ele mora."

"Bem, eu dou um jeito." Você falava mais baixo agora.

"Na semana passada."

Suas palavras foram sumindo ainda mais, ocultando segredos no ruído do transmissor, mas continuei determinado a descobri-los.

Então, na noite seguinte, levei você ao conservatório de música e arranquei com o carro como se fosse embora, mas estacionei adiante na rua. Depois do incidente na noite do seu aniversário, sabia que todo cuidado era pouco.

Quanto a vi sair do prédio apenas dois minutos após ter entrado, saí do carro e segui você. Onde teria deixado o violoncelo? Devia tê-lo guardado em algum lugar no conservatório, pensei. Havia um colega que lhe dava cobertura nessa história toda? Será que você não sentia nem uma pontinha de culpa ou preocupação, com o Festival de Teatro e Música tão próximo? Nunca vou saber. Tudo o que eu soube foi o que vi. E o que via eram suas costas, viradas para mim, enquanto você caminhava a passos rápidos na direção de Clifford's Tower.

*

Parei à sombra da fachada de uma loja na Tower Street e observei você sentada esperando por ele, de roupa nova, num gramadinho elevado. Você ficou ali por dez minutos e então ele apareceu, vestindo uma jaqueta forrada, e lhe deu o embrulho que desde o dia anterior vinha tentando entregar. Você o abriu. Era alguma coisa numa moldura. Denny sentou perto de você no gramado. Estava escurecendo e eu não conseguia enxergá-los direito, mas ele conversava com você.

O que ele estaria dizendo? Eu não tinha ideia. Talvez se vangloriasse do showzinho de "heroísmo" no estábulo. Talvez por isso se achasse dono do seu coração. De fato, o que mais ele tinha para conquistar você? Rezei para que você acordasse de qualquer que fosse o feitiço que ele lançara. Os verdadeiros heróis não esperam recompensa, pensei comigo. Oferecem sua proteção a distância, escondidos à sombra de uma fachada, e permanecem invisíveis.

Um ideal nobre neste lugar, claro.

Ouvi passos e vozes atrás de mim, rua acima. Uma espécie de procissão. Virei e vi um cara fantasiado de Georgiano, túnica e uma barba loira desgrenhada, segurando um lampião. Atrás dele, numa fila estreita, caminhava um grupo de mais ou menos uns vinte turistas em duplas ou sozinhos.

Consegui ouvir a voz do guia à medida que a procissão se aproximava.

— Logo ali em cima vocês podem ver Clifford's Tower. De acordo com pelo menos 30 depoimentos ao longo do último século, podem-se ouvir gritos angustiados vindos da torre. Esses sons aterrorizantes quase sempre são acompanhados por um crepitar do fogo, o que sugere que as testemunhas do fenômeno ouviam as vítimas há muito desaparecidas no Massacre de Março...

Resolvi me esconder ainda mais debaixo da fachada, prevendo que você logo notaria o lampião ou a voz do guia e olharia na direção da Tower Street. Também tive a sensação de que conhecia aquela voz, mas minha mente estava ocupada demais pelo medo de que você me visse para me dar conta de quem era o guia.

Estranho como esse medo era profundo. Qualquer outro pai poderia ter avançado na direção do casal e arrastado a filha para casa. Mas eu já tentara isso uma vez, não é, naquela noite da fogueira? E o que ganhei? Não. Precisava me manter oculto, observá-la desarmada. Se você descobrisse que seus segredos tinham sido revelados, lançaria mão de mentiras ainda mais elaboradas e eu teria dificuldades para acompanhar. Escondido, eu estaria sempre um passo à sua frente. Foi assim que raciocinei naquele momento. E no entanto não havia aquela outra parte de mim que não era tão racional, que precisava vigiá-la de modo que...?

Deixa para lá.

O tour fantasma estava a apenas alguns metros de mim agora. Prendi a respiração enquanto o cara de barba loura passava por mim. Ele explicava sobre os judeus do século XII que sofreram sob as leis antissemitas de Ricardo I e que, em lugar de encarar a morte por linchamento, preferiram incendiar a si próprios na torre.

Então, bem no momento em que achei que o perigo de ser visto tinha passado, ouvi uma outra voz.

— O que é isso? Algum tipo de fantasma?

Um menino americano, apontando e rindo de mim, antes que a mãe o apressasse para saírem dali. Tarde demais.

O guia ergueu o lampião e olhou para trás. A chama vacilou quando ele me reconheceu.

— É o senhor — disse ele, um sorriso abrindo caminho no meio da barba como um saqueador que saltasse detrás de um arbusto.

— Não — disse eu. — Não sou eu.

— Sr. Cave?

— Não.

— Sr. Cave?

— Por favor — falei. — Saia daqui. Só me deixe me paz.

— Terence Cave?

Senti-me fraco e vulnerável ao ouvir meu nome ecoando naquelas construções medievais. A voz dele era tão alta que tinha certeza de que você e metade de York o escutavam.

Era o Sr. Weeks. O pai do George. O famigerado professor de história do Reuben. Eu o tinha visto duas vezes antes disso. Uma delas numa reunião de pais e professores na qual ele demonstrou solidariedade por eu ter um filho tão difícil. A outra foi na loja, quando ele e a Sra. Weeks compraram o baú de madeira ao lado do qual sua mãe caiu morta. Que na época eu acabara de recolocar à venda. Lembro que a Sra. Weeks ficou em silêncio perto do marido, tímida demais para demonstrar o entusiasmo habitual. Um casal tão esquisito, pensei na época. O gigante e peludo abominável homem das neves e o asseado ratinho dourado.

Eles acabaram se separando, claro. Não fiquei surpreso quando a Sra. Weeks me contou. Na verdade, ela já tinha dado a entender que o comportamento do marido não era dos melhores — uma tendência a ser violento com ela e George — e, além disso, havia o "incidente" que provocara sua demissão do St. John's. Ainda assim, era surpreendente vê-lo rebaixado à tarefa de conduzir pelas ruas aqueles caçadores noturnos de fantasmas.

Ele se aproximou com o lampião e recuei para dentro da fachada da loja.

— Escute — disse eu —, é um prazer revê-lo, mas obviamente o senhor está muito ocupado e não gostaria de atrapalhar.

Ele sorriu para mim, revelando uma falha nos dentes da frente que eu não havia reparado das outras vezes.

— Soube que o senhor teve um probleminha com o George, Sr. Cave.

— Ah — falei. — Não foi nada. De verdade. Nada.

— Não foi o que soube, Sr. Cave.

Havia algo de ressentido no tom com que falava, uma raiva reprimida a muito custo. Lembrei-me da carta que tinha encontrado no material do Reuben.

— Bem, já passou.

Sorri resignado diante da plateia de turistas, os quais assistiam à cena com interesse, embora confusos.

— Criar filhos é complicado, não é, Sr. Cave? Meninos, principalmente. A gente entende eles bem demais.

Ele bateu na testa nessa hora.

— Mas, claro, o senhor sabe tudo sobre meninos difíceis.

Fechei os olhos e tentei me manter calmo, mas senti Reuben tentando me possuir. As mudanças começavam a acontecer, e rápido.

— Meu filho está morto — consegui dizer.

— Sim, Sr. Cave — disse ele, como se meu comentário fosse desnecessário. — Eu sei.

À medida que o sorriso se retraía para dentro da barba, o véu negro baixou sobre mim.

— Seu garoto inútil, idiota! — Ele estava gritando alto, sem sequer mover os lábios.

— Garoto imbecil! Alguém roubou sua tarefa de casa, mas você não sabe quem foi? E você acha eu devo acreditar nisso, não é? Que tipo de idiota pensa que eu sou? Como é? O que você disse? Fala, moleque! Fala! Você é um caso perdido. Um caso perdido. Tire essa expressão dessa cara suja. Agora espere lá fora que cuido de você mais tarde. Classe, chega de rir!

E, então, voltando a mexer os lábios:

— Adeus, Sr. Cave. Certo, pessoal, vamos continuar nosso tour.

Senti uma última onda rápida de escuridão e ele voltou ao meu campo de visão. O sorriso, a barba, o dente faltando. Reuben tinha ido embora, sem conseguir ou mesmo querer continuar por ali.

O Sr. Weeks não disse mais nada e, com um movimento brusco de braço, se virou para continuar a conduzir seu grupo até a torre.

— Tchau, fantasma — disse o menino americano ao passar por mim.

Não falei nada. Suportei os olhares curiosos e fiquei exatamente onde estava.

Um passo à frente e você poderia ter me visto. Seu olhar estava, sem dúvida, voltado para aquela direção agora. Tive de esperar um bom tempo até poder dar uma espiadela pelo portão de madeira. Minha visão era atrapalhada pelo tour dos caçadores de fantasmas, que agora subiam a trilha que levava à torre.

Por entre os turistas que passavam, vi você e Denny, sentados tão próximos que pareciam um só corpo. Ele a estava beijando, eu tinha certeza. A mão boba provavelmente passeando pelo seu torso. A terra prometida para ele. Senti indignação e repulsa, mas nada fiz além de observar. Forçava os olhos na distância e na escuridão que aumentava e, passada a procissão, vi que ele estava se levantando, vocês dois se levantavam, e em seguida saíram caminhando pelo gramado.

— Ah, não. — Acho que murmurei. Vocês estavam cruzando a rua na direção da Tower Street. Senti uma onda de pânico e caí fora do meu esconderijo, me expondo como uma raposa na calçada. Caminhei na outra direção o mais rápido que pude e busquei abrigo numa passagem estreita. Meu coração batia num ritmo de mau agouro e ouvi as vozes de vocês se aproximando.

Vocês falavam sobre boxe. Ele lutava. Minha filha com um lutador de boxe. Estava piorando! Ao menos você teve o bom-senso de dizer que não entendia como ele podia gostar daquilo. Prendi a respiração como se ficar invisível dependesse de eu não soltar o ar e vocês não olharam para o meu lado. Foram em frente e eu os segui a distância, observando enquanto ele passava o braço em volta dos seus ombros, ouvindo as vozes mas não entendendo o que vocês diziam, à medida que descíamos Spurriergate e cruzávamos a St. Sampton's Square até que os perdi de vista quando entraram novamente no conservatório.

Voltei para o carro e fiquei sentado ali, ainda abatido pelo encontro com o Sr. Weeks.

Você saiu à rua, depois de um tempo, uma menina inocente com seu violoncelo, e eu estava lá para recebê-la. Mentiu para mim, e deixei que você mentisse porque, se a desmascarasse, sabia que teria de enfrentar uma dissimulação ainda maior. Não. Não deixaria isso acontecer. Reuben tinha morrido porque eu não o conhecia o suficiente. Com você, iria saber de tudo, e tanto fazia que as informações saíssem da sua boca ou não. E o que faria quando tivesse reunido toda a informação de que precisava? Bem, corrigiria o erro que cometera quando sua mãe morreu. Escutaria a voz dela repetindo: "Terence, faça alguma coisa."

Embora, claro, tenha terminado por fazer muito mais do que eu próprio pretendera.

Lembro-me de estar de pé debaixo de chuva, no meio da noite, sem saber por que tinha ido parar lá fora.

Eram quatro horas e cinco minutos e meu corpo tremia mais do que se fosse simplesmente pelo frio. A princípio não tive a mínima ideia de onde estava. Era uma esquina, o encontro de duas ruas desertas. Vi uma placa. WINCHELSEA AVENUE. A rua se tornava familiar agora. Percebi que era o atalho que costumávamos usar para ir à casa da Cynthia. Mas o que fazia ali? Teria saído da cama e caminhado mais de um quilômetro como sonâmbulo? Estava completamente vestido, mas não conseguia me lembrar de ter colocado a roupa.

Reparei que havia alguma coisa fria me tocando a barriga, algo enfiado na cintura da calça.

Tirei dali e segurei na mão a pistola antiga que comprara depois que sua mãe morreu. A mesma que mantinha sempre a postos no balcão da loja. Apressadamente, eu a escondi de novo e, correndo de leve, voltei para casa pelas ruas mais tranquilas. Um pânico crescente me tomou ao pensar na casa que me fizera sentir tão estranho àquela vez que íamos visitar sua avó — a de número 17.

O que eu teria feito? Ou o que seu irmão teria feito?

Eu não sabia, mas a pergunta não me abandonou pelo resto da semana. Ficava esperando que policiais entrassem na loja e me conduzissem para um interrogatório, mas isso, claro, não aconteceu. Talvez eu devesse ter voltado lá, ao número 17 da Winchelsea Avenue, para descobrir a resposta. Só não o fiz pela simples razão de que não confiava que conseguiria manter o controle sobre minha alma. Não queria correr o risco de sofrer um novo apagão.

E havia sempre uma preocupação ainda mais forte: se tivesse feito algo, se minhas mãos tivessem cometido um ato que ultrapassara minha consciência, não desejava correr o risco de incriminar a mim mesmo. Não se tratava de um medo egoísta posso lhe garantir. Era totalmente altruísta.

Na minha ausência, quem seria capaz de cuidar da minha queridinha e mantê-la a salvo?

Cynthia e eu estávamos tendo uma dificuldade considerável para arrastar a penteadeira de madeira maciça para perto da vitrine.

A ideia foi dela. Você sabe como sua avó era com a vitrine. Dava um passo atrás, mordendo o lábio, e analisava o conjunto com olhar tão crítico que fazia a gente imaginar que ela estava dirigindo um texto de Tchekhov.

— Então — disse ela naquela manhã —, precisamos mesmo tornar isto aqui mais dinâmico. Você não acha, Terence? Parece meio sem graça assim como está, não?

— Não sei — falei. Depois de uma noite confusa e exaustiva, em que de repente me vira em plena Winchelsea Avenue, tinha pouco a oferecer. E, além disso, tudo parecia "meio sem graça" ultimamente, de modo que era cada vez mais difícil saber a diferença entre duas coisas sem graça.

— Bem, está sem graça, Terence. Está. A razão por que você não tem mais conseguido vender para quem passa aqui em frente é que nada nessa vitrine chama a atenção. Tudo o que se vê é essa escrivaninha de carvalho gigante que não serve para nada além de tapar metade da luz natural que entra na loja. Sinceramente, parece que a gente está num...numa...

— Caverna? — sugeri, exausto.

— Sim, Terence. Numa caverna.

— É bem apropriado, então. Em se tratando da Cave Antiguidades.

— Pode ser apropriado e tal, mas não muda o fato de que ninguém vai querer gastar dinheiro em coisas que não pode ver. Acho que temos de caprichar mais no visual.

De modo que o plano dela era o seguinte: trocar de lugar a escrivaninha alta de carvalho pela penteadeira de madeira maciça, sobre o qual ela faria um arranjo dinâmico com algumas peças. Queria colocar o Barrias num lugar central. *A Natureza se Revela à Ciência*, era como se chamava a peça quase pornográfica que eu, para começar, relutara em comprar, e só o fizera pressionado pela sua avó. Ela tinha circulado o item num catálogo, junto com a Dançarina Árabe, acrescentando um pequeno recado: "DEIXE DE LADO SUAS TENDÊNCIAS PUDICAS E APRECIE A BELEZA!!"

É fácil para uma mulher, acredito, fazer esse tipo de afirmação. De fato, se as mulheres pudessem ver o mundo pelos olhos de um homem, entenderiam que a beleza é capaz de corromper a alma masculina mais rapidamente que qualquer droga ou doutrina. Beleza mundana em excesso pode lançar a psique masculina à insanidade, pois serve para lembrar o indivíduo daquilo que um dia ele terá de deixar no passado, e os homens, eternas crianças que são, nunca reagem bem quando lhe tomam algo.

O homem enxerga a beleza e quer possuí-la, em todos os sentidos, ou então irá destruí-la, mas nunca simplesmente apreciá-la. E, assim, onde houver beleza terá de haver violência também, para se obter um perfeito equilíbrio. Precisamos deixar feias cicatrizes sobre a face da Terra para nos sentirmos em casa. Precisamos ver saqueados e vandalizados os palácios, em tempo de guerra, do mesmo modo que a beleza do Império Romano tinha necessidade do Coliseu, templo de sangrentos assassinatos, e assim como o encanto do rosto de Helena provocou, inevitavelmente, a Guerra de Troia.

O que seria capaz de provocar uma Natureza em bronze, voluptuosa, eternamente se despindo para o deleite da ciência, eu não fazia a mínima ideia. Mas sabia que Cynthia tinha o olho afiado para esse tipo de peça, portanto confiei no seu julgamento.

O olho afiado dela resolveu também que aquela Natureza de seios avantajados estaria acompanhada de outros dois nus, embora em poses menos ousadas, e que o conjunto seria banhado pela luz de um candelabro dourado pintado à mão. Posicionado atrás, como pano de fundo, ficaria um velho prato decorado com frisos e as figuras de Adão e Eva, as partes cobertas por folhas de parreira, um de cada lado da Árvore do Conhecimento. A penteadeira estaria ladeada pelo guarda-roupa de acaju e pelo relógio de canto *art déco* cujo formato sugestivo trazia à tona outras conotações de alcova.

Defendi a inclusão de uma escultura completamente vestida, a Garota com Pandeiro, mas Cynthia insistiu que a peça ficasse sobre o baú alto perto do balcão. Estava cansado demais para discutir com ela, assim como me sentia exausto demais para arrastar aquela maldita mesa. Mas, enfim, lá estávamos nós, meia manhã perdida, meio caminho andado até a vitrine, quando Cynthia soltou um grito, sentindo uma dor repentina.

— Cynthia? Você está bem?

Ela dobrou o corpo estremecido.

— Está tudo bem — disse ela, a mão do lado esquerdo do corpo. — Não é nada. Só que isso está me matando faz umas semanas. — Ela tentou novamente ajudar a puxar o móvel enquanto eu empurrava do outro lado, mas teve de parar quase imediatamente. — Ah, sua imbecil — disse ela, ralhando consigo mesma. — O que há com você?

O que havia, claro, era uma hérnia que ela não deixaria que fosse diagnosticada pelos próximos dois dias.

— Tudo bem — disse eu, antes de enfiar a penteadeira direto numa mesa e, com isso, quase derrubar um vaso Doulton. E foi aí, precisamente no momento em que aquele vaso se reequilibrou sobre a superfície de mogno, que a porta se abriu e a Sra. Weeks entrou na loja. Parecia que fazia anos que eu não a via, desde aquele dia em que tanto a perturbara contando sobre o comportamento do filho dela. Por causa disso, eu havia pensado que jamais a veria na loja de novo. Do meu ponto de vista delirante, ela surgiu como uma visão e tanto, com sua blusa impecavelmente passada, sua saia plissada e sua cesta de compras. Na verdade, a aparição daquela beleza dourada e perfeita foi um estimulante tão eficaz no caos indecente dos meus pensamentos que levei uns bons segundos para reparar que George estava com ela.

— Ah, Sra. Weeks, por favor, desculpe a bagunça — disse a ela. — É que estamos mudando a vitrine.

Ao que ela respondeu com um sorriso triste e suntuoso:

— Ah, sim, entendo. Está tudo bem, Sr. Cave. O George veio aqui para lhe dizer uma coisa. Não é, George?

A voz dela era delicada e os olhos, quando olhou para o filho, mostravam um orgulho cheio de esperança.

Segui seu olhar até encontrar George, que parecia totalmente mudado em relação à última vez que o encontrara. Bem-vestido, usava uma camisa azul-escura enfiada para dentro de uma calça de veludo. O cabelo louro, agora sem a franja cor-de-rosa, estava arrumado e repartido de lado. Na verdade, só os óculos eram os mesmos. Ainda assim, enquanto o observava, fui quase imediatamente tomado pela lembrança do encontro com o pai dele na noite anterior e senti um calafrio.

— Desculpe — disse ele, olhando para o prato com frisos. — Não quis derrubar o senhor no chão. Aquele dia, lá no descampado. Estava querendo me exibir para os meus amigos.

A Sra. Weeks sorriu e sussurrou para o filho:

— Olhe para o Sr. Cave enquanto fala, George. Olhe nos olhos dele.

E ele realmente disse tudo de novo me olhando nos olhos, e fiz o possível para que a expressão do meu rosto fosse de perdão.

— Bem, George, não se preocupe muito com isso. É passado. Mas você precisa entender que não pode sair por aí empurrando os outros. Nem todo mundo vai ser tão tolerante quanto eu fui.

Uma breve imagem da minha mão apertando a garganta de Uriah deixou um rastro de culpa na minha mente.

Cynthia, ainda se contorcendo e com a mão do lado do corpo que doía, bufou com um tom perceptível de risada quando usei a palavra "tolerante".

— Ele realmente sente muito, Sr. Cave — disse a Sra. Weeks, seus belos olhos mostrando arrependimento à parte. — Na verdade, foi ideia do próprio George vir até aqui para se desculpar pessoalmente. Estivemos fora, em West Country. Um lugar adorável perto de St. Ives. Nos fez muito bem, não foi, George?

— Ah, St. Ives é um lugar, ai!, maravilhoso, não é? — Cynthia interveio.

George soltou um "sim" desajeitado respondendo a ambas as perguntas.

— Garanto ao senhor que ele mudou muito no último mês, Sr. Cave — acrescentou a Sra. Weeks. — Agora quer se redimir.

Isso, somado à atitude e à aparência diferentes de George, era de fato impressionante. Tive esperanças. Se ele pôde mudar tanto em poucas semanas, você também podia.

— Se houver qualquer coisa que eu possa fazer para compensar — disse George, os olhos tão tímidos atrás dos óculos que quase senti pena dele —, eu farei, Sr. Cave.

— Bem... — disse eu, avaliando as possibilidades.

Cynthia foi rápida no gatilho.

— Você podia ajudar, ui!, empurrando essa penteadeira até a vitrine — disse.

George concordou e logo foi posto para trabalhar, usando seu peso considerável para empurrar o móvel até a posição pretendida. O tempo todo, Cynthia ficou mexendo suas sobrancelhas desenhadas para me forçar a agradecer.

— Obrigado, George — disse eu, finalmente. — É muito gentil da sua parte.

— Um jovem simpático como você aqui na loja seria de grande auxílio — disse Cynthia, parecendo sentir menos dor agora.

O sorriso da Sra. Weeks brilhou por um instante, uma visão tão breve quanto a de um peixe saltando na correnteza.

— Ah, George, você adoraria, não é?

— Sim — respondeu ele, logo em seguida fazendo uso de uma bombinha para asma.

Demorei um momento para decidir o que pensava sobre o assunto, mas sabia que era uma ideia impraticável, dadas nossas dificuldades de caixa.

— Bem, infelizmente não estamos procurando um funcionário no momento. Simplesmente não temos condições de...

A Sra. Weeks me encarou. O sorriso sumira.

— Tudo bem, Sr. Cave, compreendemos perfeitamente. Não é mesmo, George? George?

— Posso trabalhar de graça — disse ele, para surpresa até da própria mãe. Tinha recuperado o fôlego e falava com mais confiança. — Conta como experiência.

— Ele quer trabalhar com antiguidades — disse a mãe com um movimento de cabeça mínimo e ligeiro.

— Mas e a escola? Ele não tem de...

— Ele já tem 16 anos. E não tem muito amor pelos estudos. Nunca gostou muito da escola.

Ela suspirou e olhou ao longe, e me enchi de compaixão. Pensei no seu marido horrível e na separação dos dois. Queria estender a mão àquele ser humano tão perdido quanto eu. Alternava o olhar entre a Cynthia, de novo com a mão na lateral do corpo, estremecendo com a dor que voltava, e a penteadeira, perfeitamente posicionada na vitrine.

Pensei nas consequências da presença de George para você. A mudança visível nele poderia servir como uma indicação do caminho de volta para a antiga Bryony. Afinal, ele era da sua tribo. Ou tinha sido. E talvez compartilhasse os segredos do grupo. Talvez soubesse coisas sobre você que eu não sabia, coisas que me ajudassem na minha batalha pela sua recuperação.

— Tudo bem — disse eu. — Vamos fazer um teste na quinta. Venha às nove para receber as instruções.

A Sra. Weeks sorriu, agradecida.

— Obrigada — falou ela. — Agradeça, George.

George olhou na direção do corredor e da casa que ficava além.

— Obrigado — disse ele, enquanto eu penetrava como um fantasma através das lentes dos óculos dele.

— Quinta. Nove horas.

E assim o jogo continuou. Você fingindo que obedecia às regras e eu fingindo que acreditava em você. Em cumprimento à regra número um, Imogen às vezes vinha à nossa casa à noite, infestando todos os cômodos com um cheiro de tabaco velho.

Todas aquelas ocasiões em que você pensou que eu fazia a contabilidade, ou repassava as listas dos leilões, ou restaurava alguma peça, estava com o transmissor grudado ao ouvido, escutando sua conversas com Imogen.

Por trás do ruído, as vozes de vocês, apagadas como fantasmas:

VOCÊ: Eu beijei ele.
ELA: Ugh.
VOCÊ: Foi bom.
ELA: Ah, meu Deus! Ugh. Desculpa. É só que... Ugh.
VOCÊ: Foi só um beijo. Nada mais. Gosto dele. Mais do que isso.
ELA: Imagino que você ouviu Mozart ou coisa parecida quando estava beijando ele.
VOCÊ: Para com isso.
ELA: Desculpa. É só que...
VOCÊ: Que o quê?
ELA: Ele...
VOCÊ: Ele o quê? Só porque ele não mora numa mansão? Não estamos falando de um romance da Jane Austen, sabe?
ELA: Continua. O que mais ele tem?
VOCÊ: Esquece. Você está com preconceito.
ELA: Ha. Orgulho e Preconceito.
VOCÊ: Muito engraçado.
ELA: Não estou sendo esnobe. É só que não curto meninos que usam essas roupas de atleta. Não me atrai.
VOCÊ: Ele luta boxe. É por isso que...
ELA: Coisa fina.
VOCÊ: Para. Ele é legal. É meigo. Dá para ver nos olhos dele. Sabe, tem algo mais profundo. Não no que ele diz, é mais...

ELA: Bryony, você é a figura mais estranha da face da Terra, às vezes. Você pelo menos sabe no que ele se liga?
VOCÊ: Como assim?
ELA: Que tipo de música e tal. Meu Deus, dá para imaginar ele lá n'O Poleiro?

Nessa hora você disse alguma coisa que não consegui entender, com o Higgins pulando em cima da cama para pedir o jantar dele.

ELA: Do que ele gosta, tipo bandas e tal?
VOCÊ: Sei lá. A gente não conversou sobre isso.
ELA: Eu não conseguiria encostar meus lábios nem no rosto de um menino se não soubesse essas coisas. Seria como, sei lá, ir numa igreja sem saber de que religião era.
VOCÊ: Não planejei o beijo. Aconteceu, simplesmente.
ELA: Ah, meu Deus. Você está revirando os olhos. Está apaixonada por ele.
VOCÊ: Não. Não estou. Não estou. Não estou.
ELA: Denny, Denny, por que logo Denny?
VOCÊ: Estou te avisando.
ELA: Dá-me o meu Denny: e, se eu morrer,/Retalha-o e faz estrelas com ele.*
VOCÊ: Para. Para.

Escutei o baque de um travesseiro e você parou de falar e começou a rir, e então ouvi Imogen oferecer alguma coisa e a janela se abrir. Foi nessa hora que bati na porta. Depois de algum tempo você abriu, e bufou ao me ver.

---

*A personagem cita, adaptando, um trecho de *Romeu e Julieta*: *Give me my Romeo; and, when he shall die, Take him and cut him out in little stars* (Ato 3, Cena II), assim como no diálogo anterior: *O Romeo, Romeo, wherefore art thou Romeo?* (Ato 2, Cena II). (*N. do T.*)

— Bryony, você poderia dar comida ao Higgins enquanto termino de fazer o jantar? — Acho que perguntei.

Você olhou para mim com desprezo, mas sem desconfiar de nada, e Imogen foi embora com seus cigarros intactos.

Aprendi uma coisa nesta vida: existem dois tipos principais de pertencimento — o de nascença e o que é preciso conquistar. É a diferença entre a família e a tribo. A família não exige que se prove nada, enquanto a tribo sempre espera que os menos influentes no grupo deem provas constantes desse pertencimento.

Acredito que faltava ao Reuben o básico desse sentimento essencial, que ele deveria ter junto a nós, e de minha parte especificamente, e por isso sua atenção sempre esteve voltada para a tribo. E a que tipo de provação essa tribo o submeteu? A tribo da qual Denny também fazia parte? O que Reuben precisou fazer para mostrar lealdade e provar que não era apenas um menino de classe média que fugiria da raia na primeira oportunidade? Bem, uma parte da resposta já sabíamos, não é? Mas uma informação nova apareceu no *York Daily Record*, e estranhas ideias invadiram meu cérebro.

O rosto do garoto me encarava na página dois. A cabeça raspada e o olhar duro, furtivo. Era o rapaz que havia se afastado, recuando da cena da morte de Reuben. Ao lado, em fonte Times Roman e negrito: O PESADELO DE UM SUICÍDIO ADOLESCENTE. Continuei a ler, assimilando apenas as palavras mais cruciais. "Aaron Tully", "overdose", "mãe no plantão noturno", "bilhete suicida", "sinto muito", "sob o efeito de antidepressivos", "mãe solteira", "em estado de choque", "um pesadelo real", "polícia", "não há suspeitas". E em seguida o endereço, não menos aterrorizante pelo fato de que se escondia na última linha: "Winchelsea Avenue, 17".

Fechei os olhos e vi o menino. Ele pressionava uma garrafa contra o meu peito.

— Vai, Mancha, dá um gole.

— Estou bem assim — respondi. — Não quero beber.

Estávamos todos numa sala de estar com brinquedos espalhados pelo chão. Usávamos uniformes de colégio. Era dia lá fora. Havia outros meninos ali, rindo, e eu sentia suas risadas como se fossem morcegos voando em redor da minha cabeça.

— Beba.

— Não, isso aí não — disse outro garoto. O pequeno, que estava com Denny e Aaron na noite em que Reuben morreu. O que vomitou na calçada.

— Minha mãe me mata.

— Cala a boca, Cam — disse Aaron, e para mim: — Beba.

O olhar duro não me oferecia alternativa, então peguei a garrafa e li o rótulo. Hierbas Ibicencas. Uma aguardente vagabunda, brinde de algum pacote de viagem, sem dúvida.

No interior do vidro verde-escuro havia uma planta que tinha espinhos em vez de folhas. Virei a garrafa na boca e a mantive assim. Gosto horrível. Forte, quente e ancestral, âmbar líquido extraído do ventre da Terra. Eu queria cuspir. Meu paladar virgem não aguentava aquilo. Mas tinha consciência de que o público me observava, de que esse era um daqueles momentos em que poderia me provar frente à tribo. Em que poderia confirmar meu pertencimento.

A bebida queimava meu peito, mas continuei a entorná-la, a goles forçados, enquanto alguns dos outros meninos batucavam nos móveis. A empolgação de todos aumentava, exceto Aaron, e o ruído que faziam se tornou inseparável do gosto e do calor à medida que o líquido descia. E então terminou e a sala estava rodando e eu via os outros meninos. Via as caras deles. Máscaras cômicas, gárgulas, uns cutucando os outros, e rindo.

Riam de mim. De Reuben.

Ele se inclinou. Aaron Tully.

— O Mancha vai vomitar. Deve ter se enxergado no espelho. Feio pra c... com essa mancha na cara. — Ele passeou os dedos pela minha bochecha, perto da marca de nascença. — Um passeiozinho aqui na Austrália.

As risadas aumentaram e vi Denny. O único que não ria. Ele sumiu de cena e sentei numa cadeira.

Alguém tirava sons aleatórios martelando um teclado. Daqueles baratinhos de brinquedo.

— Esse barulho — balbuciei (do mesmo jeito que ele deve ter balbuciado) — sou eu.

As risadas continuaram a queimar, e fechei os olhos, me deixando levar pelas notas altas e acidentais que eram nossa existência.

Nós, humanos, adoramos imaginar que os pensamentos dentro de nossa cabeça são trazidos à tona como que de um poço profundo e privativo, equipado com apenas um balde, do qual somos os únicos autorizados a beber. Passaríamos pela vida e veríamos chover a experiência dentro desse poço, e continuaríamos a baixar o balde dia após dia, certos de que a água bebida dali estaria protegida por uma parede circular de pedras. Sabemos que as mesmas nuvens leves ou carregadas levam chuva a outros poços, mas nos agrada pensar que a água que sai do nosso é propriedade exclusiva.

Mas você já pensou, como Tristram Shandy, que sua mente está cheia de pensamentos emprestados?

Consegue sentir ideias e imagens se infiltrando a partir de outros lugares?

Bem, sim, sei que você sente. Ou sei, ao menos, que você sentia. Isso naqueles dias tranquilos do passado em que ainda conversava comigo de modo civilizado, em que costumava especular sobre peculiares coincidências. Uma palavra esquisita que você pronunciava dois segundos antes que fosse dita no rádio. As vezes que pensava na Cynthia e em seguida ela ligava.

Agora, imagine que esses pequenos vislumbres se tornassem vistas panorâmicas. Imagine que você pudesse sentir a dor de outra pessoa como se fosse sua. Então, indo um pouquinho além, imagine que você se pegasse sabendo coisas que não gostaria de saber, com uma consciência tão completa delas que tivesse flashes da experiência de outro no seu próprio presente. Imagine que houvesse momentos em que as falsas barreiras que construímos ao redor de nós mesmos — mesmo aquelas que separam a vida da morte — fossem de repente derrubadas e ali, no convívio das almas eternas, pudéssemos nos lembrar de coisas que nunca soubemos e sentir dores que jamais poderíamos ter sentido.

Ah, Bryony, juro que eram as memórias dele que estavam dentro de mim. Todas elas. Aaron Tully. O Sr. Weeks. Uriah Heep. Não poderia, eu mesmo, ter imaginado essas coisas. Lá vinham elas, toda vez que ele me possuía, alimentar o poço. Tinha dificuldades para lembrar, portanto ele me punia, preenchendo todos esses espaços com o filminho da sua própria experiência. Fazendo compensações. Equilibrando o jogo. Preparando a invasão final.

Você estava na escola.

A loja não estava aberta, mas, sentado atrás do balcão, eu me entretinha com um pouco de benzina, um pano limpo e um relógio de ponteiros do final da Era Vitoriana. Enquanto limpava uma das engrenagens, pressenti alguém do lado de fora e, ao erguer os olhos, vi a figura gargantuesca de George Weeks através da vitrine, seu rosto pálido espiando para dentro com uma expressão intensa que não fui capaz de decifrar. Há quanto tempo estaria ali? Não fazia ideia, uma vez que estivera completamente concentrado no relógio havia pelo menos dez minutos, mas, assim que o vi, deixei o objeto de lado e fui abrir a porta.

— Olá — disse ele, com uma voz que parecia vir de algum outro lugar, ao longe, e não da sua boca.

Estava bem-vestido, com o cabelo arrumado, uma camisa xadrez e gravata, e falando baixo se desculpou por ter chegado antes do horário. Conduzi-o para o interior da loja, e em silêncio ele me ouviu explicar como funcionava o trabalho.

Concluí mostrando-lhe os catálogos dos leilões que ficam atrás do balcão.

— E então, George, alguma pergunta?

Ele fez que sim com a cabeça e apontou o estojo de madeira da pistola.

— O que tem ali?

— Ah — falei. — Só umas... peças e pedaços de coisas velhas. Material de costura. Para reparos de tapeçaria... tecidos...

— Posso ver?

— Não — disse eu, e a palavra saiu a tempo de interromper o gesto da mão, que já ia em direção do estojo. — Não, George, não pode.

Já começava a pensar naquilo como um grande erro. Nunca deveria ter concordado com aquilo. Se ao menos a Cynthia não estivesse com aquela hérnia. Se ao menos a Sra. Weeks não fosse tão atraente.

Ensaiei na cabeça a conversa que teria com a mãe dele ("Sra. Weeks, sinto que os talentos do George seriam mais bem aproveitados em outro lugar"). Mas, devo dizer, essa relutância inicial se dissipou ao longo do dia. George se mostrou um jovem verdadeiramente interessado e talentoso. Operava o caixa direitinho, provou ter aprendido com a mãe sobre um bom número de assuntos especializados (as porcelanas Royal Worcester, como usar o verniz francês e identificar couro de novilho) e até me ajudou com a limpeza e o conserto do relógio que eu havia começado naquela manhã.

Verdade que era um pouco desajeitado e sua respiração pesada perturbou Higgins, mas faturamos bem no dia, o que certamente era um bom presságio. E até a falta de jeito dele me encantou. Interpretava seus longos silêncios e olhar esquivo como sinais de timidez. Sintomas da vergonha que ainda sentia de seu comportamento no passado, do empurrão que me derrubara. Confiei nele a ponto de deixá-lo sozinho na loja por vinte minutos enquanto ia buscar você na escola.

— Mal posso esperar para apresentá-la ao meu novo assistente — disse eu. Você estava com a cabeça recostada na janela do carro.

— Quem é? — perguntou você, com o mais desanimado interesse.

— Você vai ver.

Passou o resto do caminho olhando para fora, para as ruas e para o tráfego, sem dizer mais nada.

*

Estava cada vez mais claro para você, não estava? Seu desprezo por mim crescia à medida que sua afeição por Denny aumentava. O desprezo e a afeição eram forças gêmeas, que não poderiam ser extintas nem intensificadas isoladamente. Aquele maldito garoto tinha devotado três minutos da sua existência para protegê-la lá no estábulo, naquela noite, e você fora fisgada, não é? Três minutos! Eu havia me dedicado durante toda a sua vida, 15 anos, exclusivamente à mesma tarefa e, mesmo assim, não era páreo para ele. O que isso revelava sobre mim? Ou sobre você? Eu não fazia ideia.

— Não é real, sabe — disse eu a você, enquanto esperávamos num cruzamento. — O que você está sentindo. Por ele. Por aquele rapaz.

Pressenti alguma suspeita nos seus olhos e decidi ir com mais calma. Não podia deixá-la saber que tinha ouvido suas conversas com Imogen, ou que a vira com ele em Clifford's Tower.

— Aquele garoto que apareceu querendo vê-la. Só mandei ele embora para facilitar as coisas. Ele parece realmente achar que tem alguma chance com você e acho melhor a gente cortar isso pela raiz, e agora. Você não acha, Bryony?

E então entrei de novo em território mais perigoso.

— Isso vai passar mais cedo do que você imagina. Apenas alguns dias sem ver esse rapaz, você vai cair em si e, quando tiver voltado à realidade, vai se desculpar. E vai me agradecer por cuidar de você.

Você fechou os olhos, determinada a não entrar na provocação. Tentei mudar de assunto, perguntando se estava ansiosa com o festival, mas você me ignorou. Talvez estivesse preocupada por ter perdido aquela aula de violoncelo. Eu não sabia. Mesmo quando viu George Weeks na loja, ao chegarmos, não mostrou reação visível.

— Oi, Bryony — disse ele, ajeitando o penteado com a mão.

— Bryony, diga olá — falei.

Estou tentando lembrar como você reagiu. Tento detectar algo no seu rosto que tenha me passado despercebido na hora. Você não disse nada. Disso me lembro bem. Você nos ignorou e subiu para o quarto para estudar violoncelo e, assim, recuperar a aula perdida.

Devo ter me queixado de você ao George.

Mais um erro, eu me dou conta, pelo qual lhe devo desculpas.

Ao longo dos anos, desenvolvi um olho especializado em diferenciar uma falsificação da peça original. Aprendi, ao visitar vendedores de móveis, a identificar acabamentos artificiais feitos para simular antiguidade. Sou capaz de detectar uma pátina genuína, o brilho marcado e chamativo sobre a madeira, tão facilmente quanto, nos talheres, enxergo o brilho da prata.

Apenas olhar e tocar um objeto me permite dizer se é original. Algumas vezes todas as evidências até podem estar ali, mas a gente sente algo errado, como se o objeto deixasse transparecer uma vergonha invisível que só aqueles que conheceram e amaram seu correspondente autêntico são capazes de perceber.

Ah, como queria ter esse dom com as pessoas!

Como gostaria de poder olhar nos olhos de alguém, livre de meus tantos preconceitos, e avaliar a natureza daquela alma. Se ao menos tivesse sido capaz de saber onde estava a verdade em tudo aquilo.

Veja, o erro fatal não foi simplesmente ter permitido que

minha alma perdesse força e, entregue, se deixasse possuir, às vezes por inteiro. Esse é apenas um elemento dessa tragédia. Na verdade, a loucura me atingiu de fora somente em parte. Foi também uma maldição semeada pela minha própria natureza, maldição essa que carrego desde que me entendo por gente.

Para resumir, nunca soube muito bem até que ponto confiar em mim mesmo, o que tende a turvar e distorcer minhas relações com os outros. Mesmo os ataques de Reuben a mim parecem brotar do solo fértil de meu próprio ser imperfeito. Não acabei transferindo toda minha própria culpa pela morte da sua mãe (uma culpa que tem ligação com aquele outro peso, este ainda menos justificável, da responsabilidade pelo suicídio da minha mãe) ao seu irmão? Será que não fui eu mesmo a fonte de tudo?

Não fui sempre o responsável por ver mentiras onde havia verdade, por tomar Iago pelo fiel Horácio?

Não foi assim que tudo se distorceu? Como foi que meu desejo de protegê-la se tornou tão perigoso quanto o dele de feri-la?

Tudo não acabou se transformando, afinal, na mesma coisa? Filhos do mesmo pai — do mesmo amor desproporcional? Sim. Posso responder agora que sim, era tudo a mesma coisa. Sim, era.

Ah, Bryony, era.

Você estava diante de nós, nossos rostos envelhecidos e ansiosos esperando que sua música quebrasse o silêncio da sala.

— Olha só para ela, Terence — sussurrou Cynthia. — Não está linda?

Vendo você ali, fiquei preocupado com medo de que o nervosismo a tomasse e a levasse a se esconder diante da pressão da plateia. Uma audiência que olhava e esperava e se remexia, desconfortável, enquanto aquela pausa não terminava.

Você olhou para a sua avó. Cynthia tentou disfarçar o próprio desconforto, causado pela hérnia, e a reconfortou com o sorriso acolhedor de seus lábios negros.

Você fechou os olhos, como sempre fazia Pablo Casals em suas apresentações, e começou a tocar. Fechei meus olhos também para sentir a mesma escuridão, para sentir o que você estava sentindo. Naquela cegueira voluntária, ouvi os compassos de abertura e imaginei que a música se transformava numa fortaleza invisível em torno de você, que a protegia do público e dos seus próprios medos, dando-lhe a confiança de que precisava.

O que aquelas pessoas escutavam? O despertar em desespero pretendido por Beethoven, ou simplesmente a satisfação de assistir a uma menina de 15 anos tocando música clássica?

Alguém entrou e permaneceu de pé no fundo na sala. Deixei a luz entrar novamente; você também. Virei para ver a cara de boxeador dele. E os olhos negros de um menininho esfomeado diante de um banquete suntuoso demais para o seu paladar. Você olhou fixo para ele, que sorriu e coçou a testa.

Eu o odiei tanto naquele momento, desejando poder impedir que as mensagens da sua música chegassem a ele. Era uma presença amaldiçoada que, para mim, arruinava tudo. De fato, foi um alívio quando acabou e choveram aplausos para você, e pudemos enfim levá-la para longe daqueles olhos famintos. De volta para casa, desavisados do perigo que nos esperava.

Percebo estranhas recorrências enquanto escrevo isto. Por exemplo, quando você se acidentou na escada. Uma queda que tão vividamente me lembrou daquela última imagem da sua mãe, estirada no chão da loja. Um acidente que eu estava convencido não ter sido acidente coisa nenhuma.

Você pode até acreditar que foi coincidência o Higgins ter se indisposto com você justamente na noite do seu concerto, mas vejo os fatos de maneira totalmente diferente.

Claro, aprecio o humor inconstante de nossos amigos felinos. Na verdade, sempre me encantou a sugestão de T.S. Eliot de que se deve dar aos gatos três nomes diferentes, mas você tem de admitir que nosso Higgins poucas vezes foi outra coisa além de Higgins. Não era como a Matilda, há tanto tempo desaparecida, que num minuto era Matilda e nos dois seguintes, Rainha de Sabá ou Maria Louca. Como você bem sabe, o Higgins jamais se comportou assim. Sabíamos quando estava com fome, certamente, mas a maior parte do tempo conservava seu temperamento estável e dócil, era sempre ele mesmo — isso tornou aquela transformação repentina algo ainda mais curioso.

Entrei na sala de estar e senti que algo estava errado.

— Bryony, qual é o problema?

Você tremia e segurava uma das mãos com a outra. Vi sangue descendo feito uma lágrima pelo teu polegar.

— O Higgins me arranhou.

O culpado estava lá sentado, gordo e contente, sem fazer menção de desaparecer da cena do crime.

— Venha, vamos até o banheiro. Você precisa de um curativo com antisséptico.

Fiz o curativo no corte. Uma gota de sangue caiu sobre a mancha que seu irmão fizera no carpete ao tentar remover sua marca de nascença com as cerdas da escova de dente. (Nesse ponto, pode ver: outro daqueles ecos.)

— Obrigada — disse você, quando prendi com cuidado o curativo no devido lugar.

Eram momentos de carinho que estavam desaparecendo, como frutas fora da estação, e eu sabia que devia apreciá-los.

— Não sei o que deu nesse gato — falei, embora já tivesse minhas teorias a respeito.

Claro, foi o incidente ocorrido meros dez minutos depois disso que, na verdade, fez cair a ficha. Seu grito desesperado chegou até mim quando eu estava no telefone, numa negociação fora de hora com um dos fornecedores de peças de mobília. No momento em que ouvi você gritar, levantei e corri. Encontrei você estirada ao pé da escada. Sua mãe e Reuben haviam morrido assim, pensei. Subitamente, de uma queda. E agora era sua vez. Havia um padrão, certa inevitabilidade, que me levou a pensar o pior.

A princípio não falamos nem nos movemos. Minha voz deve ter soado aterrorizada:

— Bryony?

Você ergueu a cabeça, me viu num ponto bem acima de onde estava e começou a gemer de dor.

— Minha pobre menina — disse eu. — Coitadinha da minha queridinha.

Desci correndo até você. Ajudei-a a sentar. Beijei sua testa.

— Consegue levantar?

Com o susto, você tinha voltado a ser criança.

— Não sei — respondeu você.

— Vamos tentar. Isso. Está vendo? Está tudo bem, tudo bem.

— Meu pulso — falou você. — Está doendo muito.

— Acho que devíamos ir a um hospital.

No carro você me contou o que havia acontecido. Descia a escada correndo para pegar uma bebida, um suco, e tropeçara em Higgins, que surgira de repente e saltara no seu pé. Você estava preocupada por talvez tê-lo machucado mas, enquanto falava, eu tinha outras preocupações.

Seria possível que Higgins também estivesse possuído? Por um hospedeiro maligno? Não, não era possível. Mas não era o que tinha me acontecido? E com Turpin, também? Se seu irmão estava mesmo tentando machucar você, sabia que contra o meu amor precisaria lutar para valer, de modo que talvez estivesse buscando meios mais fáceis de atacá-la diretamente: pelas almas pacíficas e silenciosas, desprotegidas, indefesas, dos animais.

Sei o que você está pensando.

Que eu havia perdido totalmente a razão.

Bem, sim, você está certa. Mas devo dizer que já perdera minha fé na racionalidade no dia em que, olhando daquela janela, vi seu irmão pendurado naquele maldito poste, à espera da queda.

Não, foi muito antes. Estude a história e você verá que não há nada de racional neste mundo. Todas as civilizações, das mais antigas até a nossa, buscaram explicações para a existência humana. Deuses entraram e saíram de cena, em nome de crenças e ideologias campos de batalha se encharcaram de sangue, e continuamos prisioneiros dessa mesma e misteriosa vida. Todos nós, como Sócrates, nada sabemos além do fato de reconhecer nossa própria ignorância. A noite em que seguira Turpin e topara com o fantasma de Reuben poderia ter sido só alucinação. Também poderia ter apenas imaginado que seu irmão me possuíra n'O Poleiro. Mas quem poderia me dar certeza dessas coisas? Em que mais podemos confiar, senão em nossas próprias mentes? Não existe verdade neste mundo, Bryony; só interpretações. Ainda não sabemos com precisão para onde vão nossas almas quando partimos, e portanto nada sabemos. Esses eram meus pensamentos divagantes dentro de um velho Volvo errante, até que a divagação foi interrompida por seu apelo nervoso.

— Pai? Devagar. É aqui. Pronto-socorro.

Esperamos por horas, não foi?

Horas olhando para o alto, vendo passar o noticiário nos monitores. Horas no meio dos habitantes da parte de baixo da pirâmide social, mais suscetíveis a acidentes. Lembra daquele bêbado que sentou na nossa frente, com a cara toda arrebentada, e não parava de nos perguntar se tínhamos visto um tal de Melvyn? Depois de algum tempo você foi chamada pelo atendente, um zumbi atrás do balcão. O médico, um indiano, disse que era uma fratura no rádio e envolveu seu punho com gaze branca. Pensei em Pablo Casals e na pedra enorme que esmagara sua mão e o obrigara a parar de tocar. Era isso que Reuben queria, eu me dei conta. Assistira ao seu concerto e ficara com ciúme. Sim, eu estava convencido disso.

— Minha filha toca violoncelo — falei. — Ela vai poder voltar a tocar?

— Ah, sim, sem dúvida — disse o médico. — Um mês, mais ou menos, e o punho já deve estar bom. Foi uma fratura pequena.

Ele sorriu para você e você correspondeu. Era um médico jovem e bonito e senti que o interesse e a gentileza não eram apenas dever profissional.

— Poderia ter sido muito pior — disse ele, e acho que o vi piscar para você.

Muito pior. A frase era um alerta, percebi. O médico, apenas o canal, um mensageiro do destino. Tive de escutá-lo, apesar da enervante atração que revelava por minha filha de 15 anos. Tive de escutar e agir de forma sensata. Você era tudo que havia me restado, a vela acesa de uma última esperança, e eu estava pronto a fazer qualquer coisa — qualquer coisa mesmo — para proteger essa chama.

O que me obriga a fazer a seguinte confissão:

Higgins não fugiu, na verdade. Não me surpreendi quando ele não voltou para casa na hora da comida, nem reapareceu no seu cestinho na noite seguinte. Estava mentindo ao dizer a você e à Cynthia que não tinha a menor pista de onde ele fora parar. Sabia exatamente onde estava, mas escondi de você, mesmo vendo-a chorar.

Devo confessar que suas lágrimas me surpreenderam, você podia ter morrido tropeçando naquele gato. Ainda assim, garanti a você que ele voltaria.

Agora a verdade, minha queridinha.

Descobri na lista telefônica uma mulher em Knaresborough que adotava gatos rejeitados. Liguei e fui até lá enquanto você estava na escola. Prendi "Higgins" na caixa transparente que usávamos para transportá-lo e coloquei-o no chão do carro, em frente ao banco do passageiro, de modo que não pudesse ver para onde estávamos indo.

Dirigi em velocidade, aqueles dois olhões verdes me encarando o trajeto todo.

— Desculpe, Higgins, se estiver fazendo uma besteira, mas você deve entender que preciso proteger a Bryony. Simplesmente não posso arriscar que ela sofra outro acidente. Se alguma coisa está... se tem alguma coisa que... se o Reuben é que está...

Seu irmão sempre quis um cachorro, não é? Nunca um gato.

— Escute, só quero dizer que...

Uma buzina soou atrás de nós e, quando voltei a atenção para a estrada, um carro de uma marca japonesa entrava bem na minha frente. Desviei para a pista do meio, evitando por muito pouco que meu cadáver esmagado fosse parar, no dia seguinte, no noticiário sobre o trânsito.

Dei mais uma olhada para o gato, que respondeu com a expressão de quem tudo sabe por algum dom divino. Senti um calafrio. Não disse mais nada, me concentrei na direção e em chegar a Knaresborough o mais rápido que pudesse.

A mulher dos gatos era uma viúva de bochechas avermelhadas e cabelo ralo chamada Janice Cobb. A mão gorducha agarrou a pele do pescoço de Higgins para trazê-lo à altura do seu rosto:

— Oh, que carinha de safado, hein? — disse ela, olhando nos olhos puxados do gato. E então repetiu a mesma frase, mais baixo, como se falasse entre parênteses. (— Carinha de safado.)

Quase sufoquei com o ar poeirento e o cheiro de urina da casa. Lembro-me de ter reparado, no meio de uns mil gatos, algumas das mais ordinárias peças de porcelana que jamais vira. Felinos fazendo poses humanas, trajando cartolas e boinas. Higgins saltou e se juntou às figuras na estante.

— Já para baixo (já para baixo) — disse a Sra. Cobb, muito séria. Ela o colocou de volta no chão, sobre o carpete em frangalhos, e ele me olhou sem entender nada. Era o velho Higgins outra vez, um gato idoso e prevenido, relutante em fazer novos amigos. Eu me senti cruel por abandoná-lo lá.

— Sra. Cobb — falei, pronto para mudar de ideia.

— Sim? (Sim?) — Um gatinho ruivo e desgrenhado fazia as vezes de papagaio no ombro dela. — Eu o amo, Angus. Sim, a mamãe o ama. (A mamãe o ama.)

— Nada — falei. — Não é nada.

Fechei os olhos, lutando contra minha culpa.

— Adeus, Higgins. Seja bonzinho.

*

Foi naquela noite que tive um novo apagão. Não havia conseguido dormir. Minha boca, inexplicavelmente seca, provocava uma irritante e compulsiva necessidade de engolir. Além disso, não conseguia tirar da cabeça a cara feia do Denny, exatamente como a vira na sala de concertos. Não ia embora. Insistiam em permanecer ali, na minha mente, os olhos esfomeados e todo o resto.

Saí da cama, apanhei um copo d'água e fui para a sala tentar ler um livro. Ia pegar *Raptado*, de Stevenson, que tinha devorado quando garoto e nunca mais relera, quando bati o olho nos nossos álbuns de família. Imagens substitutas, pensei, que ajudassem a expulsar o rosto de Denny de volta para a escuridão.

Peguei um dos álbuns e sentei, acomodando o copo sobre a mesa. A primeira fotografia já me fez chorar. Era sua mãe, recém-saída da maternidade, um bebê em cada braço. O sorriso no rosto dela, cansado mas radiante, atravessava o tempo no modo como me olhava naquela fotografia.

— Ah, Helen, se ao menos você estivesse aqui.

Continuei virando as páginas e vendo aquelas fotos de vocês juntos. A mãe e seus gêmeos. Na última página do álbum havia uma de nós quatro. Cynthia deve tê-la tirado. Você e seu irmão, um ao lado do outro, nos berços. Se Reuben não estivesse chorando, vocês pareceriam idênticos. Enrolados em mantas bege, feito dois feijõezinhos brancos. Sua mãe e eu inclinados sobre vocês, sorrindo felizes e desavisados.

Apanhei outro álbum, no qual havia uma lacuna de um ano — o ano da morte da sua mãe. Depois que ela morreu, não havia muita coisa que eu quisesse registrar ou guardar para a posteridade. Mais tarde, voltei a fotografar, mas nunca com a mesma frequência de quando vocês eram bebês. Explorei mais um álbum, e mais um, e mais um, repassando toda sua história de vida em imagens. Sua expressão de surpresa ao ver o bolo de aniversário que Cynthia fez para você, na comemoração dos seus quatro aninhos. Lembra, com o cavalinho de brinquedo e o estábulo feito de palito de fósforo? E outra foto sua, aninhando nos braços a boneca Handwerck, a Angélica. Em outra, você está segurando a mão da Cynthia na praia, em Whitby. Um passeio de domingo há muito esquecido. Pouco a pouco, avançando por aquelas páginas, reparei que ele ia desaparecendo das fotos. Quando pequeno, estava quase sempre ao seu lado, em primeiro plano, mas a preferência por você era inegável à medida que ambos foram crescendo e ganhando independência. Ele podia aparecer correndo, ao fundo. Um borrão azulado, distante. Mais tarde, quando os dois já estavam na pré-adolescência, ele simplesmente não aparecia. Era sempre você, brincando com o gravador, com o violino, com o violoncelo. Ou numa competição de montaria, inclinada sobre Turpin, fazendo-o saltar um obstáculo. Tinha umas duas fotos dele, cara triste, posando ao lado da bicicleta no jardim.

Encontrei uma fotografia antiga da escola, perdida entre as demais.

Você com 10 anos, trajando um vestido comprado num hipermercado de Aix-en-Provence, no verão anterior. Tinha o colarinho alto, com listras verticais brancas e azul-marinho. O cabelo curto, no estilo dos monges franciscanos da Idade Média, com as orelhas de abano saltando por baixo das mechas.

Seu sorriso, sua pele (um lírio branco, exceto pelo toque rosado nas bochechas), seu olhar que interpretei como alegre, ávido, inocente. Sagrado. O fotógrafo da escola se revelara um mestre dos retratos. Naquela imagem, feita sobre um fundo cinza-esverdeado sem graça, você parecia estar fora deste mundo, em algum lugar especial, intocável.

Um álbum inteiro tinha sido reservado para sua apresentação no Festival de Música e Teatro de York. Ao olhar para uma foto em que você, de testa franzida, concentrada, examinava uma partitura, levei um susto terrível. A imagem começou a se mover. Você, dentro da fotografia, a mão movendo o arco em movimentos lentos, estudados.

— Não — falei. — É uma ilusão.

De repente era eu dentro da foto. De perfil, olhando para você com devoção naquela sala de concertos. E mirava a mim mesmo de uma posição mais baixa, da altura dos olhos de Reuben, sentado na cadeira ao lado. E então a sensação estranha novamente. As pontadas no cerebelo. Faíscas dançantes de chamas invisíveis. Tomei um gole d'água, porém era tarde demais. O véu negro caía sobre meus olhos e eu mal conseguia enxergar. Um enxame de moscas zumbindo e se aproximando.

— Vamos, Terence, você é mais forte que ele. Tente se recompor.

Quando terminei de dizer a frase, estava de pijama em pleno parque. Tinha um frasco de plástico na mão. Uma embalagem de amônia. Emborcando-a, verifiquei, cada vez mais apavorado, que estava vazia.

Dei um passo à frente, um de meus pés descalços pisando num graveto. Com a ajuda do brilho amarelado do poste de Reuben, lá longe, distingui uma forma escura, enfiada na grama.

Senti o calor da terra quando me abaixava para olhar mais de perto. Era oval, com uma ponta fina para cima. Como uma lágrima gigante. Exalava um levíssimo aroma açucarado de seiva.

— Oh, não — sussurrei, minhas palavras encobertas pelo vento noturno. — O que foi que fizemos?

Estava cozinhando nosso mingau e ouvindo rádio quando você entrou na cozinha mexendo no curativo.

— Meu violoncelo — disse você. — Sumiu.

— Como é?

Você repetiu, displicente.

— Meu violoncelo sumiu.

— Como assim, sumiu?

— Não está no meu quarto. Não está em lugar nenhum.

Precisei me controlar muito para não chorar. Não podia acreditar. Seu violoncelo! Lembrei-me da lágrima gigante enterrada na grama, no parque, e rezei para que você nunca chegasse a vê-la e ligasse as coisas. O que estava acontecendo? Por que ele estava fazendo isso? Por que desejava que desaparecessem os símbolos mais preciosos do que um dia você fora, a verdadeira Bryony?

— Oh — disse eu, minha voz frágil demais, débil demais, para que soasse verdadeiramente convincente. — Oh, não sei onde está. Que estranho. Vamos ter de comprar um novo. Vou comprar outro para você. Não se preocupe: quando seu punho estiver melhor, já teremos comprado outro. Um melhor que aquele. Um Strad. Vamos até Manchester e você pode escolher o que quiser.

— Não quero um novo — falou você, um traço de suspeita na voz. — Cadê o meu? Estava no quarto e sumiu. Isso é mais do que estranho.

De fato era. Porém o que mais eu podia fazer? Botar a culpa em supostos assaltantes e arriscar ter de colocar a polícia na história?

— Como eu posso saber onde foi parar? Sério, Bryony, onde eu poderia ter escondido seu violoncelo? Adoro ouvir você tocar.

Eu estava olhando para baixo, concentrado no mingau, de

modo que não tenho como me lembrar da expressão do seu rosto. Imagino que fosse algo entre fúria e confusão.

Você não disse mais nada. Saiu e me deixou ali, misturando um mingau já queimado, enquanto o cara do rádio falava sobre a longa e lenta agonia do sol se pondo.

Ah, sim, teve mais uma coisa. A Sra. Weeks veio até a loja, aparentemente com a intenção de saber como o filho havia se saído na quinta-feira anterior, quando começara a trabalhar comigo. Tinha a aparência imaculada de sempre. Asseada, arrumada, penteada, mas havia alguma coisa fora de lugar. Enquanto eu contava sobre a performance de George, ela sacudia a cabeça afirmativamente e tinha espasmos e se agarrava à cesta de vime. Falei que ele, a despeito da minha desconfiança, provara ser um assistente da maior competência, muito bem informado a respeito de vários aspectos do negócio.

— A senhora fez um milagre, Sra. Weeks — concluí. — Conseguiu trazer de volta à perfeição o velho George. Diga-me, qual é o segredo?

Ela continuou concordando com a cabeça, em silêncio, como se eu ainda falasse. Olhava para mim, mas o olhar parecia me atravessar, mais do que se fixar em mim, como se houvesse outro Terence, bem atrás deste aqui, em quem ela estivesse de fato prestando atenção.

— O Stuart foi agredido — disse ela.

— Stuart?

Ela fechou os olhos e engoliu em seco.

— O pai do George. Ele estava voltando para casa a pé. Foi na frente da casa onde mora agora. Alguém saiu do nada e o atacou.

Um temor percorreu minha alma. Lembrava de ter visto o Sr. Weeks e seus turistas se encaminhando para Clifford's Tower.

Lembrava da voz raivosa no meu ouvido e dos lábios imóveis, sob a barba, e de que continuei ali, oculto sob aquela fachada.

— Oh — falei, a voz fraca. — Oh... que coisa horrível. Eu... ele... ele está...

— Sim. Ficou inconsciente por algumas horas, passamos uma noite terrível, mas ele está bem agora. Os médicos disseram que, pela violência da agressão, ele teve muita sorte de se recuperar tão rápido.

Eu me perguntava por que ela teria parado ali para me contar aquilo. (Claro, antiquários só perdem para padres e terapeutas no papel de confessores. Acho que isso tem a ver com a loja em si e todos aqueles velhos objetos que, ao longo de séculos, testemunharam calados tantas coisas. Mas a Sra. Weeks não era do tipo que costumava desabafar sem mais nem menos, mesmo que ficasse muito tentada a fazê-lo. Geralmente mantinha os próprios problemas bem junto de si, agarrada a eles como ao cesto que agora empunhava com firmeza.)

Aquilo me deixou preocupado, e me levou a perguntar:

— Quem faria uma coisa dessas? A polícia prendeu alguém?

A Sra. Weeks moveu a cabeça rápida e negativamente, o que me fez sentir aliviado, mas tentei disfarçar.

— Não. Ele não viu nada. A polícia acha que é muito improvável que o agressor seja encontrado. Por causa da hora e do local, não houve testemunhas, nem câmeras que registrassem o acontecido. Ah, Sr. Cave, eu me sinto tão culpada.

As palavras dela fizeram ressoar meus medos.

— Culpada?

Ela respirou fundo, um suspiro ao contrário, antes de destilar aquela culpa.

— Sabe, ele quis ficar conosco, mas insisti, principalmente pelo bem do George, que saísse de casa e repensasse sua decisão. Se estivesse a caminho da nossa casa, isso nunca teria ocorrido.

— Ah, entendo — disse eu. — Tudo bem. Não seja tão severa consigo mesma. Não dava para adivinhar o que ia acontecer, não é? O mais importante é que ele vai se recuperar, certo? Sra. Weeks?

O rosto dela começou a se enrugar na minha frente, feito uma fruta amadurecendo rápido, e antes que me desse conta ela estava soluçando.

— Ah, Sra. Weeks, Sra. Weeks, Sra. Weeks... — Saí de trás do balcão e a abracei, o cesto incomodamente entre nossos corpos.

— Eu me sinto tão ridícula — disse ela, entre soluços. — Afinal, o senhor tem enfrentado coisas muito piores este ano.

Por sobre o ombro dela, olhei para a vitrine montada pela Cynthia, para a exposição de figuras nuas sobre a penteadeira, e fiquei envergonhado de repente. Sentia algo mais por aquela pobre mulher, além de solidariedade.

Ah, é tão estranho. Sou capaz de me expressar para você sobre toda sorte de coisas horríveis, mas, quando se trata de um sentimento intenso como o que resultava daquele encontro, minha vontade é escapar à confissão sincera. Mas sei que devo ser honesto com você sobre isso. Preciso. Tenho de dizer que, além de pai, eu era um homem como muitos outros, um homem que sabia que a praia mansa de seu lado romântico estava sujeita, a qualquer momento, às ondas do desejo.

Beijei a testa dela. Senti seu corpo pequeno contra o meu e a vida que pulsava ali dentro. E o perfume floral do xampu que ela usava, vendo a curva loira de sua cabeça desfocada logo abaixo dos meus olhos. Ela se agarrou ao meu corpo como aos destroços de um naufrágio.

— A separação foi tão difícil — disse ela.

— Não se preocupe — falei. — Está tudo bem. O tempo cura tudo.

Fiquei ali, de pé no preciso local onde sua mãe havia morrido, segurando aquela outra mulher em meus braços. Reconfortei-a como somente um pai ou um marido têm o direito de fazer.

Alisei as costas dela, minha mão consoladora apreciando a divina maciez da blusa de caxemira que ela usava.

— As coisas vão melhorar — disse eu, o doce conforto da mentira. — Tudo sempre melhora.

— Que boba eu sou — choramingou ela, limpando as lágrimas com um lenço branco brilhante. — O que o senhor não deve estar pensando de mim!

— Não estou pensando nada — falei.

Mas será que estava? O desejo de proteger e o desejo de possuir seriam a mesma coisa? O desejo de amparar é também o de abraçar mais forte? O desejo de amar é também o de destruir? Em meio a essas divagações, um ônibus cruzou a frente da vitrine. Um dos de dois andares exibindo o anúncio de um perfume francês.

"*Ange ou Démon?*", perguntava o modelo vampiresco, espiando o dia iluminado.

"*Les deux sont la même chose*", foi minha resposta silenciosa, enquanto continuava a consolar a Sra. Weeks até que ela tivesse parado de chorar.

E então, veio a manhã seguinte, aquela em que disse que me cortei fazendo a barba. Mentira, Bryony. Não foi com a lâmina de barbear, mas com a escova de dente. E nem foi um ato meu, mas do seu irmão, com suas travessuras malévolas dentro da minha mente.

Vi sangue.

Vi uns pingos na escova.

Vi uma mancha pequena respingar no espelho.

Senti queimar, mas não tanto quanto aquela palavra.

Mancha. Mancha. Mancha.

A escova se movia mais rápido, mudando de cor, do marrom ao vermelho, a dor penetrante.

Vi sangue pingando e olhei para a pia, num vislumbre da loucura que estava fazendo. Continuei, a palavra ecoando dentro de mim.

Mancha.

Escutava Aaron pronunciá-la. Como se fosse o único nome para mim. Para ele. Para mim.

— Tudo bem, Mancha.

— Essa foi boa, Mancha.

— Até mais, Mancha.

E a mesma ideia voltava. Se esfregasse forte e fundo, em movimentos largos, ela iria embora.

— Argh.

Falei alto. Os olhos fechados. Meu rosto inteiro enrugado pela dor intensa.

Então me vi largar a escova na pia e senti latejar a bochecha. A dor aumentou.

Abri os olhos e fiz descer pelo ralo o sangue rosa-claro. Apanhei um pedaço de papel higiênico. Respingos atingiram a tampa da privada e o carpete, ganhando uma cor mais escura.

Limpei a ferida vermelha. O papel se desmanchava.

Minha própria voz, do lado de fora.

— Reuben? O que você está fazendo aí dentro? Reuben? Será que você precisa gastar toda essa água?

— Pai — disse eu. — Eu só estou... Não vou...

Fechei a torneira e a porta se abriu. Não era eu que estava ali, do lado de fora, no patamar da escada. Era você, de uniforme.

— Pai?

— Bryony?

— Oh, meu Deus! O que aconteceu? O que você está fazendo? Esse sangue!

Olhei para o meu rosto e o que vi foi minha própria pele marcada e envelhecida, a pele de Terence, e o sangue que escorria. E então vi o pedaço de papel molhado e avermelhado na minha mão.

— Eu me cortei fazendo a barba.

Você chegou a ver a escova na pia? Não ficou desconfiada de um machucado tão grande? Se viu ou ficou, não disse.

— Senta, pai. Senta na privada. Vou buscar um pano. Vou resolver isso.

Eu estava delirando. Sentei na privada e olhei para o quadro de Turner, ondas quebrando na praia, pendurado atrás de você.

Lembro que você me ajudou a fazer o curativo, afixando-o devagar, cuidadosa com o próprio punho machucado.

— Minha queridinha. Minha Florence Nightingale — falei, e ignorei sua careta ao me escutar dizer isso. Fiz uma careta também quando você pressionou o curativo com o dedo. Um espasmo de dor localizado e repentino, no meio da ferida. Foi nessa hora, acho, que você me perguntou se podia ir ao centro esportivo mais tarde. Pretendia nadar, você disse.

— Vai ajudar o pulso a melhorar. Foi o médico que aconselhou.

— Tudo bem — disse eu, fraco demais para conseguir lembrar se aquilo era verdade. — Claro, eu levo você.

Deixei você no centro esportivo e esperei no estacionamento, meu rosto ainda latejando de dor.

Estava de péssimo humor. Odiava esse joguinho que estávamos jogando. Sabia, desde aquele dia em Clifford's Tower, que tinha de me manter firme, mas rezei para que desta vez você não estivesse mentindo. E, de fato, como não havia nem sinal de Denny, comecei a acreditar. Talvez você fosse uma filha normal, inocentemente aproveitando a tarde para nadar, como costumava fazer sempre. E talvez eu fosse um pai normal e paciente, que esperava pela filha no carro.

Estava me iludindo, claro. A única razão para ter esperado naquele estacionamento era por que precisava permanecer ali. Não havia nada neste mundo que me convencesse a acreditar que você entraria naquele galpão horroroso e faria exatamente o que me dissera que ia fazer.

Precisava vê-la desaparecer por aquela porta adentro e ficar olhando para essa mesma porta, para o caso de você sair por ela mais cedo que o combinado.

Isso não aconteceu. Na verdade, minha convicção de que você estava mudada começou a crescer. Talvez suas mentiras tivessem acabado. Talvez tudo tivesse sido apenas uma fase ruim. Talvez você tivesse recuperado o bom-senso e terminado a relação, ou o que quer que fosse aquilo, com aquele garoto. Talvez tivesse ficado envergonhada ao vê-lo chegar atrasado ao concerto. Ou quem sabe tivesse finalmente se dado conta de que o tesouro precioso do seu espírito merecia muito mais do que ele.

Mas foi então que ouvi. Um estrondo que pareceu tirar o centro esportivo do lugar. O urro de uma multidão, como o de uma revolução, me gelou até a alma. Quando parou, eu já estava fora do carro, me dirigindo às enormes janelas do prédio. Inclinei-me, espiando através do vidro fumê a área da piscina. Vasculhei cada uma das raias de água azul, mas não a achei. Talvez ainda estivesse se trocando. Sim, esperaria ali, do lado de fora do vidro, até ver você emergir do vestiário, e então voltaria ao carro, ligaria na Rádio 3 e ouviria um pouco de música.

A julgar pela cara de preocupação com a qual os frequentadores do lugar me olhavam, aquele curativo manchado de sangue na bochecha não estava ajudando muito. Sabia o que aquelas senhoras, nadadoras lentas, estavam pensando, e tentei parecer o mais relaxado e desinteressado que pude, considerando as circunstâncias.

Mas então ouvi de novo. A vibração, como uma ventania violenta. Um vento que me arrastou na direção da entrada, aquela porta vermelha de duas folhas, e direto até a moça que, mascando chicletes preguiçosamente, atendia num balcão. Disse a ela que estava procurando por você, e que me preocupava que alguma coisa pudesse ter acontecido no vestiário, mas não adiantou nada.

— Parece que você se machucou, hein — disse ela, exibindo poderes dedutivos que dificilmente fariam inveja a Sherlock Holmes.

E então, pela terceira vez, ouvi o urro selvagem.

— Que barulho foi esse? — perguntei.

— Boxe — informou ela, no movimento letárgico, bovino, das mandíbulas.

— Boxe?

Aí me virei e vi. Ele. Os olhos dele me encarando por detrás dos punhos. Um entre oito jovens gladiadores em formação. Liga de Boxe Amador Sub-18 do Norte da Inglaterra. Vi o nome completo dele pela primeira vez. Dennis "Martelada" Hart.

Hart.

Uma bela martelada, de fato — embora estivesse tão determinado a encontrar você que não tenha registrado o nome na hora.

— Cê tem que pagar pra ver o boxe.

As palavras preguiçosas me seguiram pelos corredores cheirando a cloro, o piso assobiando a cada passo, de tão limpo, em direção à área de esportes. Chegando lá, espiei pela porta, através do vidro reforçado, e vi Denny no ringue. Tinha encurralado o adversário, um rapaz negro, e massacrava a cintura dele com uma série de socos cuja potência parecia emanar da plateia, ganhando força com o volume crescente dos gritos.

Não foi difícil achar você. Era a única pessoa, no meio daquela ralé, que não estava socando o ar ou clamando por mais violência. Na verdade, parecia perturbada com a sede de sangue que a cercava. Apavorada, quase. Minha pobre queridinha, no meio daqueles desclassificados!

Dois impulsos competiam dentro de mim. O primeiro era o que poderíamos chamar de "reflexo de Cynhtia": fique aí, calma, não interfira. Afinal, agora sabia onde você estava. De qualquer jeito você teria de sair dali pela porta principal, de modo que, em tese, eu poderia ter voltado para o carro e esperado, sabendo que estaria segura. E, também, isso combinava com meu plano. Não tinha prometido a mim mesmo não intervir exceto se fosse absolutamente necessário? Não era assim que poderia melhor controlar sua vida dupla?

E o segundo impulso: levar meu oponente para as cordas. Havia algo de horrendo naquela cena. Sentia a natureza selvagem daquela multidão a macular sua inocência, fazendo-a derreter como a derradeira neve do inverno. Não. Era demais. Não podia mais ficar só olhando. Precisava mudar minha estratégia.

Já bastava, era a última mentira que suportaria. Sair para um passeio a pé com ele era uma coisa, mas aquilo...

Não. Pare. Seja honesto, Terence. Certo, acho que o que realmente me impeliu a entrar naquele lugar foi saber que você o amava. Sabia agora, estava mais do que claro. Você o amava. Por que outra razão estaria sentada ali, tão fora do teu hábitat quanto um falcão no oceano, assistindo àqueles pugilistas e sua interpretação bastante livre das regras do jogo?

Empurrei aquela porta e me livrei da mão de um sujeito que agarrava meu braço.

— Posso ver teu ingresso, parceiro?

— Não — respondi, soterrado pelos urros. — Não pode.

Corri na sua direção. A essa altura, algumas pessoas da plateia já haviam reparado naquele invasor sendo perseguido pelo segurança, e a vibração sedenta de sangue começou a esmorecer. Enquanto eu escalava o corredor do meio das arquibancadas, todos, exceto os dois rapazes trocando socos no ringue, haviam se aquietado. Atrás de mim, soou o gongo anunciando o fim de um assalto.

O que você sentiu ao me ver? Qualquer coisa remotamente parecida com vergonha? Vergonha que a fez esconder a beleza do rosto nas mãos.

Pedi licença para avançar por aquela fila de joelhos, ignorando as obscenidades resmungadas enquanto abria caminho até você.

— Bryony? Achei que você estaria nadando.

— Vá embora — disse você, baixinho, por entre os dentes cerrados. As bochechas estavam vermelhas. Os olhos não conseguiam me encarar.

— Bryony, você mentiu. Agora venha, vamos para casa.

— Pai, sai daqui.

— Você escutou a menina, amigo — disse o espécime com uma enorme cabeça e dentes podres sentado ao seu lado. Um cara com uma cruz celta tatuada no braço e um medalhão dourado vagabundo por cima da camiseta disse:

— Sai da frente, coroa.

E ainda o sujeito da porta:

— Cara, a menos que você prove que pagou esse ingresso ou queira pagar agora, vou ter de pedir para sair imediatamente. Parceiro... parceiro... parceiro...

O gongo soou para o próximo assalto, mas metade da plateia ainda estava olhando para nós. Agarrei seu braço.

— Deixa a menina em paz — disse o dos dentes podres.

Você percebeu que aquilo ameaçava acabar em violência, e sabia que não podia se arriscar a passar mais vergonha. Levantou e veio atrás de mim. Abrimos caminho na multidão enfurecida e cruzamos de volta a área do ginásio.

A meio caminho da porta, você se virou para olhar Denny no ringue. Ele percebeu e esqueceu o que estava fazendo. Largou os braços ao lado do corpo e parou de mover os pés sobre o tablado.

Você teve um sobressalto, sofrendo em silêncio ao ver a luva do outro lutador acertar o queixo dele, fazendo-o cambalear. Saímos dali no momento em que Denny caía para trás, os braços enroscados nas cordas, um segundo golpe nublando seus sentidos. Caminhamos por aqueles corredores, passando por quadros de avisos, máquinas de venda automáticas e jogadores de squash com os rostos vermelhos.

— Bryony, não compreendo o que você sente por esse rapaz, ou por que sente isso. Mas devo dizer que seus sentimentos estão confusos. Ele não é para você. Você merece coisa melhor. Merece um garoto que goste das mesmas coisas que você. Alguém interessado em cultura. Alguém civilizado. Alguém que tenha outras habilidades além de saber usar os punhos.

Você virou para mim e me olhou com tanto ódio que me perguntei se a violência que amava nele não começava a contaminá-la.

— Você não sabe nada sobre ele. Você é um esnobe alienado. Ele se machucou. Se machucou. Por sua culpa. Você não sabe de nada.

Uma lembrança — de estar entrando numa casa com Denny — me atingiu como uma facada. Um fedor pútrido de vômito se sobrepôs ao cheiro de cloro.

— Sei muito bem que a Imogen não gosta... — Eu me segurei a tempo e tomei outro rumo. — Se isso tem alguma coisa a ver com seu irmão, você está errando feio. Esse garoto não se importava com o Reuben. Ele estava lá quando o Reuben morreu. Sei que ele foi um dos que deixaram seu irmão escalar aquele poste só para dar umas risadas. Se não fosse por ele e o resto da sua tribo cruel de vândalos, Reuben ainda estaria vivo.

Você fechou os olhos, balançou a cabeça e continuou guardando para si o que quer que soubesse e eu não.

— Você não é um pai — disse você, já no ar fresco da noite. — É um ditador. Um fascista esquisito e asqueroso. Eu o odeio. Por mim você podia morrer.

— Não — disse eu. — Você não quis dizer isso. Só está hist...

— Um dia você vai acordar e eu vou ter ido embora. Vou fugir e você nunca mais vai me achar.

Enquanto andávamos em direção ao carro, olhei para você, para o seu rosto, para a testa enrugada que marcava sua beleza como uma lasca num vaso.

— Você não está falando sério.

— Estou. Estou, sim. Você vai ver. Vai ver.

E, claro, você nunca parecera falar tão sério.

Uma coisa pela qual devo me penitenciar:

Dick Turpin não foi um homem admirável. Sei bem que, quando crianças, você e seu irmão adoravam me ouvir falar sobre ele e até confesso que eu também gostava da coisa, mas agora sou corroído pela dúvida — não sei se era correto.

Dick Turpin foi um bandido aventureiro, é verdade, mas sem nenhum heroísmo. Não houve um cavalo chamado Black Bess, nem uma cavalgada de 24 horas de Londres a York, nem preocupação com o bem-estar das vítimas. Tudo invenção, floreios românticos de escritores da Era Vitoriana. O verdadeiro Richard Turpin era um torturador malvado, que queimava velhinhas na lareira até dizerem onde estava o dinheiro. Foi um homem que atirou no melhor amigo e, em vez de se entregar, incriminou o próprio pai. Foi estuprador e terrorista, se escondia em cavernas e se aproveitava dos velhos e dos indefesos. Um homem que, apesar de toda a esperteza, foi pego por matar um frango, exagerava suas maldades para quem se dispusesse a escutá-lo na masmorra de York e pagou para ter gente no seu funeral.

Errei ao sugerir que um escroque poderia ser um herói. Errei, na primeira vez que você foi ao hipódromo, ao mostrar o lugar onde ficava o cadafalso e estimular sua imaginação com a famosa história de como, galantemente, Turpin se atirou da escada para a morte. Errei ao permitir que você batizasse seu cavalo com o nome dele. Quem dera tivesse enchido seus ouvidos com histórias sobre santos, sobre gente que luta contra o mal e a violência, mas não foi o que fiz. De modo que colaborei para a sua cegueira, para sua inabilidade em reconhecer o mal, para esse sofrimento que agora devo reconhecer como meu também.

*

Tive meio que uma briga com a Cynhtia ao telefone.

— Ela anda mentindo para mim — falei.

— Ah, Terence — explodiu ela, daquele jeito desdenhoso. — Bryony é adolescente. Ela precisa mentir para sobreviver.

— Ela está se arriscando. Disse que ia nadar e foi a uma luta de boxe. Boxe!

Um suspiro longo, bem ao estilo da Cynthia.

— Ela precisa de liberdade, Terence. Você não pode sufocar sua filha.

— Liberdade — bufei. — O que significa liberdade hoje? A liberdade é um mito, Cynthia. Segurança é o que importa. Segurança é tudo. E, se não sei onde ela anda, como posso cuidar dela?

Aí ela começou a ficar irritada.

— E você acha que eu sempre sabia onde a Helen andava? Claro que não. Estava sempre por aí, no salão de festas da vila, vendo bandas. Fazendo sabe Deus mais o quê.

— Era outro tempo. E Helen sempre foi forte. A Bryony é tão...

— Tão... o quê?

— Tão delicada.

O lado amargo da Cynthia.

— Isso é papo de homem. De pai.

— Bem, sou homem e sou pai, então por que a surpresa? E o seu papo, qual é? O papo de uma avó turrona?

— Tudo bem — disse ela. — Vamos dizer que você esteja certo. Digamos que ela seja mesmo uma coisinha delicada. E vamos dizer que ela tenha... — ai!

— Cynthia, está tudo bem?

— É só esta desgraçada desta hérnia. Enfim, onde eu estava?

— Digamos que ela seja mesmo uma coisinha delicada... — socorri, para em seguida ela embarcar numa interminável metáfora sobre a arte de segurar borboletas que parecia saída de um biscoito da sorte.

Foi minha vez de suspirar.

— Você tirou isso de um daqueles seus livros de autoajuda?

— Ah, Terence, para com isso — devolveu ela.

— Só quero que ela esteja em segurança, só isso.

Alertado pelo som dos seus passos, ressoando no teto acima da minha cabeça, comecei a falar mais baixo.

— Quero impedir que ela corra perigo.

— Você precisa deixar ela respirar.

— Sim. Mas preciso ter certeza de que ela está respirando o ar certo. Beijar aquele Denny é como se envenenar com gás: o dano virá a longo prazo.

Ela riu uma risada dolorosa.

— Você já se ouviu falar? As consequências de beijar a longo prazo! Sinceramente! Você precisa voltar à razão. Precisa ver o mundo em que vive. Não estamos na Idade das Trevas, sabe. Você não pode trancafiar sua filha numa torre até ela completar 21 anos.

Cynthia estava errada. Aqueles eram dias negros. A luz morria dia após dia.

— Você fala como todo o resto!

— Que resto? — perguntou ela.

— Eles! Os voluntaristas! Os bobos sentimentaloides que estão nos entregando aos lobos.

— E qual é a solução? Colocar a menina numa redoma e não a deixar escapar da sua vista?

Ela se acalmou.

— Escute, você só tem de deixar ela se expressar. Você precisa deixar ela... viver.

Naquele exato momento, soube que estava sozinho. Cynthia era uma aliada, mas não lutaria ao meu lado naquela guerra.

— Tá bom, Cynthia. Tá bom. Preciso desligar.

— Certo, bem, tchau. Mas não faça nenhuma bobagem.

— Não, não vou fazer. Tchau.

— Tchau.

E lá fiquei, ouvindo o eterno murmúrio do tom de discagem do telefone, enquanto a natureza das minhas obrigações ia, lentamente, se tornando mais clara.

Quando eu disse ao George que sentia muito pelo seu pai, ele concordou com a cabeça e fechou os olhos e a boca como se uma vespa estivesse rondando seu rosto.

Ele aguentava um monte de coisas calado, era minha impressão. Na verdade, eu o admirava por isso. É assim que nos superamos, não é? Mantendo bem fechada a porta para nossas emoções, na melhor tradição britânica.

Coloquei-o para trabalhar na cômoda baixa, consertando os trilhos e encaixes das gavetas. Na hora do almoço já tinha terminado, e lhe passei outra tarefa, desta vez na rua.

Agora, deixe-me ver. Devia ser uma e dez da tarde quando George voltou, sem fôlego, com nosso almoço e a cera de polimento que eu pedira. Não disse nada, a princípio. Na verdade, foi só quando já estava na segunda mordida do meu sanduíche de queijo que ele soltou:

— Acabei de ver a Bryony — disse.

Falou de um jeito tão relaxado que, num primeiro momento, passou em branco. Aquiesci e dei outra mordida no sanduíche, como se o comentário tivesse sido sobre o clima. Então o alarme soou.

— Como é? O que você disse?

Ele engoliu o que estava mastigando e ajeitou os óculos mais para cima no nariz.

— A Bryony. Acabei de ver ela.

— Não, George. Acho que você se enganou. Ela está na escola — falei. — Ela almoça na escola.

Ele deu de ombros e olhou para o outro lado, para uma das esculturas na vitrine. A Garota com Pandeiro.

— Devo ter me enganado, então. Mas parecia com ela. Chamei e ela se virou, mas aí continuou andando. Parecia que não queria ser incomodada.

— Ela estava sozinha?

— Estava — disse ele, ajeitando outra vez os óculos.

— Onde? Onde ela estava?

— Na Mount — disse ele. — Andando em direção à...

— À escola?

— Isso.

Um precioso elixir guardado num barril. A gente tapa com a mão o buraco por onde está vazando, mas aparece outro, escondido, que tinha passado despercebido.

Senti-me um idiota. Onde você havia estado? Onde fora se encontrar com ele?

Liguei para a escola. Pedi para falar com você. Foram chamá-la e eu não tinha nada a dizer. Só precisava ouvir sua voz e estava ouvindo, mas você esperava que eu dissesse alguma coisa. Que desse alguma razão para ter telefonado.

— A Cynthia vai ser internada — falei.

— Sim, eu sei.

George estava olhando para mim, a cara entupida de sanduíche paralisada, esperando pelo pior.

— Por causa da hérnia.

— Eu sei disso. Por que você ligou?

— Ela já marcou a data. Dia 18. Ela ligou hoje de manhã e disse que vai ser internada no dia 18.

— Eu estava na aula de francês.

— Ela vai precisar passar a noite no hospital.

— Foi constrangedor ter de sair da sala.

— Ela parecia bem preocupada.

— É só isso?

— Sim.

Você fez um ruído alto para dar a entender sua frustração.

— Vejo você às quatro — falei para ninguém, só o tom de discagem do outro lado, de novo.

George estava confuso.

— É complicado — disse eu. — Preciso ter cuidado com a Bryony. Ela esconde as coisas de mim.

Ele concordou com a cabeça, os olhos faiscando detrás dos óculos como se, ao falar, eu tivesse omitido algo muito importante.

— George, você sabe de alguma coisa? Sobre a Bryony?

Ele fez uma pausa longa demais.

— Não — falou ele. — Não vejo mais aquele pessoal.

— Mas, e antes? Você andava com eles? Aconteceu alguma coisa?

Ele deu uma última mordida no sanduíche e balançou negativamente a cabeça, desviando o olhar para a cômoda que estivera consertando.

— George? Aconteceu alguma coisa, qualquer coisa?

— Não — disse ele. — Bem, nada de mais.

— Nada de mais? O que isso significa?

— Nada — respondeu ele. — Não quero criar problemas para ela.

Ele não entendia.

— Você não vai criar problemas para ela, George. Vai ajudar a Bryony, se falar.

Ele refletiu, ou ao menos pareceu estar refletindo, e inalou duas vezes a bombinha para a asma.

E então, depois de muita insistência, ele me contou uma coisa que sou incapaz de repetir aqui. Uma coisa que aconteceu naquela noite da fogueira. Um incidente ocorrido quando você estava bêbada, envolvendo um outro garoto, e na frente de todo mundo. Um ato grotesco do qual você, totalmente submissa, participou. Lembrei-me da mão do Uriah Heep deslizando pelas suas costas na outra noite, n'O Poleiro, e achei a história muito plausível, especialmente porque George avançava por ela a passos lentos e relutantes.

— Não devia ter contado — disse ele. — Desculpe, Sr. Cave.

O gosto adocicado de chutney no fundo da boca vinha somar certo enjoo àquelas cenas horripilantes que me atormentavam a mente. Sentia ânsia de vômito só de pensar que você se permitira se tornar nada mais do que um objeto do prazer alheio. Minha Bryony. Minha queridinha inocente. O que acontecera? O que se passara desde a morte do Reuben que a fizera passar a se dar tão pouco valor? Não conseguia me impedir de pensar. Não conseguia afastar as imagens dessa menina que eu adorava, mas que também desprezava. A garota que era, ao mesmo tempo, minha filha e a pessoa que estava destruindo minha filha. Estava chocado. Era como se eu tivesse acabado de presenciar Marcel Duchamp colocando um bigode na Mona Lisa. Você era minha obra de arte, minha queridinha inestimável, embora claramente não se considerasse mais do que um cartão-postal barato. Um souvenir da Bryony que fora um dia.

— E aí você me deu aquele empurrão — falei. — George, você me empurrou para o chão.

Ele aquiesceu. As bochechas vermelhas, queimando. Havia compreendido seu crime.

— Desculpe, Sr. Cave. Só queria me enturmar. Só queria ser aceito. Não sou mais assim.

Estava quase chorando. Juro para você, lágrimas brilhavam nos olhos dele.

— Claro, posso ver que não é — disse eu. E então, ao me dar conta de que George era um aliado, e um aliado com boas informações, entendi que não podia ser tão severo com ele. — Não se preocupe, George. Agradeço por ter me contado.

— O senhor não vai... não vai falar para a Bryony, vai? Que eu contei?

— Ah, não, George — falei, Reuben rondando, rindo em silêncio da gente. — Este vai ser o nosso segredo.

Fui buscar você na escola. Vi pelo para-brisa do carro quando, rindo, conversando, as vozes animadas com a promessa do fim de semana, as alunas normais e as internas se misturaram no portão de saída. Quatrocentas alunas, mas não você. Alunas e mais alunas sendo expelidas portão afora, na direção dos carros que aguardavam e da estação de trem, prontas para assumirem sua outra personalidade. As risadas se tornavam medonhas agora, os semblantes, atormentados, à medida que ficavam algumas poucas, a multidão minguando e os carros, um a um, partindo.

Avistei Imogen, mas você não estava com ela. Quando me aproximei apressado e toquei o braço dela, Imogen se assustou e demorou um momento para me reconhecer — um momento em que eu não era apenas seu pai, mas um estranho saído do nada para abordá-la.

— Imogen? Você viu a Bryony?

Ela olhou para umas amigas, as quais eu nunca vira antes,

que acharam graça na minha pergunta, e disse, dando de ombros, na mais pura indiferença:

— Ela tinha hóquei hoje, eu acho.

Lembrei que você carregava o taco de manhã, quando saímos, e lembrei-me do sereno conforto de ter você ali, sentada ao meu lado no carro, antes de descobrir sobre sua aventura na hora do almoço e sobre o incidente na noite da fogueira. Estava recordando sua pureza naquela manhã, quando Imogen se afastou, somando sua voz às risadinhas das outras. Perguntei-me se havia acontecido alguma coisa entre vocês duas, algo que um pai não saberia nem jamais chegaria a saber.

Olhei em volta e só o que vi foram alguns corpos uniformizados, montando em bicicletas, ajustando capacetes, ou (meninas de outro tipo) fazendo concha com as mãos para acender cigarros contra o vento.

Até mesmo elas, essas moças desviadas, foram desaparecendo, e fiquei ali, olhando o prédio da escola, as altas janelas vitorianas e a arcada sombria da entrada, olhos e boca exauridos de uma criatura que acabara de cuspir para a rua a última de suas alunas.

Entrei, tentando me localizar no labirinto de corredores que levava à sala dos professores, o tempo todo sentindo a imperceptível opressão daquelas paredes.

Um rosto surgiu do nada. Uma expressão vaga mas afiada, feminina mas severa, encabeçando um corpo vestido com roupas longas e folgadas e acessórios imitando motivos tribais.

— Com licença, senhor? — perguntou ela, olhando preocupada para a cicatriz recente no meu rosto. — Posso ajudar?

— Estou procurando minha filha, Bryony Cave — falei. — Ela não apareceu na saída. Sempre me espera lá, pontualmente, e estava me perguntando onde ela poderia...

O rosto se inclinou para trás, minhas palavras suspensas diante daquele queixo.

— Acho que a Bryony não é minha aluna, mas vou perguntar na sala dos professores, ver se alguém sabe de alguma coisa.

Eu a segui até lá e fui informado de que o treino de hóquei fora cancelado porque "a Valerie" havia faltado. Vi o Sr. Winter, que reconheci da reunião de pais.

— As meninas foram aconselhadas a esperar na biblioteca ou informar os pais de que iam sair mais cedo hoje — disse ele, numa voz tão fria e burocrática que quase pude ver o tipo de letra que usava para falar.

— Não fui avisado — falei. — Ela não me avisou.

O Sr. Winter deu de ombros e fechou a pasta azul que trazia consigo.

— Sinto muito, mas posso lhe garantir que a Bryony sabia muito bem que deveria permanecer na escola, a menos que tivesse conseguido entrar em contato com um responsável. Temos plena consciência das nossas obrigações.

Minha raiva saiu da jaula.

— Sou responsável por ela a partir das quatro horas. Uma hora antes ela está sob os cuidados da escola. Da mesma forma no horário de almoço. E sei de fonte segura que ela também não permaneceu aqui dentro durante o almoço de hoje. O senhor não pode simplesmente deixar que suas alunas fiquem passeando na rua.

Todos na sala olhavam para mim. Eu estava dando um show. Para eles, eu claramente reagia com exagero. Não compreendiam o perigo fatal que circula no ar desta cidade, emanando das velhas ruas do tempo dos saxões para arrebatar aqueles que se mostrarem fracos e não forem capazes de resistir às loucuras da juventude.

— Ela me disse que havia telefonado para o senhor, que estava vindo buscá-la — disse o Sr. Winter.

— E o senhor acreditou? Não foi até o portão para conferir?

— Infelizmente, não temos condições de oferecer a cada uma de nossas crianças um tutor individual, Sr. Cave. Não sem ter de aumentar significativamente nossa mensalidade.

No canto da sala, onde ficava um filtro d'água, alguém riu.

— O senhor não compreende — murmurei, saindo dali.

— Sr. Cave, tenho certeza de que a Bryony...

Dez minutos mais tarde, eu forçava, com todo meu peso, uma porta que não se abria. Estava do lado de fora da minha própria loja procurando a chave nos bolsos. Onde andaria o George? Por que não estava atendendo no balcão? Consegui entrar.

— George? Bryony?

O piso sobre minha cabeça estalou. Corri escada acima e o encontrei ali, no patamar. Mas não andando, apenas parado.

— George?

— Precisei ir ao banheiro — disse ele, num tom que poderia ser de vergonha ou de raiva.

— Cadê a Bryony? Ela voltou?

Ele parou, e então respondeu lentamente.

— Sim — falou, cauteloso, como se aquela palavra por si só tivesse trazido você de volta. Passei por ele e entrei no seu quarto e, quando a vi ali, parada em frente às medalhas conquistadas montando Turpin, senti um alívio tão grande que somente agora percebo que seus olhos estavam úmidos e vermelhos.

Claro, você não soube que fiquei aliviado. Só o que pôde ver foi o medo que disparei em palavras furiosas.

— Que diabos você pensou que estava fazendo? Por que mentiu para o Sr. Winter? Onde você foi? Você foi encontrar com ele, não foi? Foi ver aquele garoto. Me diga! Me diga! Pelo amor de Deus, garota, me diga!

Não queria ter lhe dado aquele safanão, não queria ter feito você chorar mais.

Quero voltar àquele momento, quero entrar naquele quarto outra vez e tentar de novo. Desta vez, vou escutar e você vai contar o que, tenho certeza, teria dito se ao menos eu fosse um pai, e não um tirano, se ao menos tivesse me esforçado para amar você como deveria. Mas não foi o que fiz, e você não me contou nada. Dentro da sua cabeça, já estava tudo planejado.

Não interessava mais. Nada mais interessava.

Nada exceto ele, aquele garoto que era seu mundo, aquele garoto que provocara um apocalipse na sua mente e transformara o resto de nós em pó. E foi assim que deixei você desabar na cama e enterrar o rosto no travesseiro, para em seguida voltar lá para baixo e reabrir a loja.

Por favor, Bryony, entenda isto: a dor do filho é a dor do pai.

Vejo tudo agora. Era eu. Eu era ele e ele era eu.

Eu me vejo naquela janela. Vejo minha cabeça ocupada com a contabilidade da loja e grito, tentando chamar a atenção. Lá embaixo, eles entendem que o grito foi de vitória e cantam meu nome. Todos eles. Exceto um.

No segundo grito já sinto dor no meu ombro esquerdo, uma dor tão intensa e repentina que se torna impossível separá-la de todo o resto. Das vozes, das casas geminadas ("Gladstone Villas, 1888"), dos fiapos de luz amarela, de meu outro eu correndo, atravessando o parque — tudo são pedaços da mesma dor.

Mas preciso me aguentar. Preciso esperar até que eu mesmo esteja lá, na rua, ainda correndo na minha direção. Eu me vejo escalar o muro do parque e saltar para o calçamento, aterrissando de mau jeito.

— Reuben! Reuben!

Estou abrindo caminho entre os garotos e sei que é a hora. Estava esperando por isso, é por isso que estou aqui, e sei que não tenho escolha a não ser me soltar.

— Reuben! Não!

Com força e velocidade, eu caio.

Num segundo meu grito cessou, mas continuo ali, como sempre estive, só que escapando do recipiente que me continha.

— Chamem uma ambulância! Agora!

Little Cam vomitou na calçada enquanto Aaron recuava para longe, em direção à rua deserta.

Olho para mim mesmo, direto nos olhos, e vejo o medo que estou sentindo. Desvio o olhar. Denny está ali, em silêncio, anestesiado, e vejo meu ódio ao olhar para ele.

— Não vá embora — digo a mim mesmo, enquanto acaricio minha própria mão, e vejo a confusão e o pânico descendo sobre a expressão do meu rosto. São minhas últimas palavras. — Não vá embora.

Abandono meu corpo e a dor que ele me causava, e o mundo material submerge na escuridão. A rua, o parque, a loja. Cada casa e cada objeto. Tudo o que posso ver é o brilho fosco das almas dos vivos, em meio à neblina, a me guiar feito mil faróis.

George tinha acabado de ir embora quando vi Denny passar em frente à vitrine. Ele deu uma olhada para dentro, mas fingi abertamente não ter notado, enfiando a cara, compenetrado, num exemplar da *Revista do Antiquário*.

Claro, assim que ele passou, pulei da banqueta e saí para a noite: pacotes de salgadinho pelas calçadas, ônibus de turismo transitando vazios na direção da Catedral, o trepa-trepa deserto, Vikings com suas capas de chuva em farrapos entornando o conteúdo de latas douradas.

Ele não estava lá. Vasculhei o parque, até o poste do acidente de Reuben e em seguida em toda a extensão da rua, mas não havia sinal dele.

O ar frio e úmido encheu meus pulmões enquanto fazia aquela busca. Aí me dei conta de que faltava uma peça nessa história: George. Ele havia saído da loja apenas um momento antes de eu ver Denny. Se tivesse ido para casa pelo caminho de sempre, ainda não teria chegado à lanchonete especializada em peixe com batatas fritas. Talvez tivesse entrado ali para comprar um bacalhau para o jantar.

Já me preparava para dar meia-volta e retornar à loja, conferir se estava tudo bem com você lá em cima, quando ouvi alguma coisa. A princípio, achei que fosse o resfolegar da suspensão de um ônibus de turismo diminuindo a marcha, embora logo tenha me dado conta de que o ruído não vinha da rua. Ouvi de novo, o mesmo barulho, mas desta vez acompanhado de um ganido animal. Uma garganta rascante engolindo ar. Choque? Pavor? Dor? Segui o som e, um instante depois, escutei outro. Um grito, agora indubitavelmente humano, clamando por algo ou alguém. Minha mente procurava dar sentido àquela palavra mutilada, mas não conseguia.

Continuei a correr na direção da travessa de onde vinha o som, e os encontrei ali, engalfinhados numa luta em que um dos lados claramente prevalecia. George, o gigante flácido que certa vez quase conseguira me levar a nocaute, sendo surrado pelo seu boxeador. Os óculos quebrados, junto com o inalador, estavam no chão perto de uma poça.

Agora que escrevo isso, lembro que, parado ali, hesitei por um momento. Talvez estivesse curioso para ver do que seu garoto era capaz, tentando avaliar a natureza daquela violência que era tão evidente nele. E me perturba, de verdade, dizer que, ao vê-lo ali, chutando o estômago de um George já entregue, senti uma breve onda de alívio. Não posso explicar. Ou talvez possa. Repare, minha angústia em relação ao Denny necessitava daquela confirmação, de algo substancial como aquilo, para que pudesse começar a me livrar dela. Era como se mil inquietações de repente falassem numa só voz, e a ameaça que ele representava para sua segurança pessoal não pudesse mais ser ignorada. Quantas vezes mais deixei que ele acertasse o pé no estômago do George? Tantas quanto foi preciso para que entendesse que aquilo não teria fim se alguém não o fizesse parar.

Será que Denny chegaria ao ponto de matá-lo?

— Pare!

O pé terminou a trajetória de um último chute, ele se virou e me viu, mas não consegui perceber a expressão do seu rosto, coberto por uma sombra. Devo dizer que não tive medo dele. Ou melhor, não sentia medo do que aqueles pés e punhos podiam contra mim, ou da dor que ele era capaz de infligir ao meu corpo. Não, meu único medo era quanto a você, porque sabia que estava tão envolvida emocionalmente com aquele brutamontes que qualquer tentativa de afastá-la dele, ou ele de você, seria uma tarefa perigosa.

Ah, por que ele simplesmente não sumia da nossa vida? Se ao menos ele nunca tivesse existido! Se tivesse nascido como outra coisa! Um inseto para ser pisoteado, ou uma minhoca para ser arrancada da terra. Alguém no mundo se importaria se ele jamais tivesse estado por aqui? Ficaria uma lacuna, um buraco, que você iria querer preencher?

Ele ficou me encarando, um gato suicida sob os faróis do carro, então virou as costas e fugiu pela travessa, alcançando a Swan Street. Assim que sumiu de vista, fui até o George e me debrucei sobre ele. Estava num estado deplorável, tossindo e gemendo com a mão no estômago.

— George? George? George? Sou eu. O Sr. Cave. George, consegue me ouvir?

Ele abriu os olhos, ou o que pôde abrir deles, e me ver pareceu ter o efeito de mais um golpe.

Dei a ele os óculos e o inalador.

— George? Por que ele fez isso? George? Precisamos ir ao hospital. Você consegue levantar? George?

— Acho que sim — disse ele, numa voz de dar pena.

Ajudei-o a ficar de pé e peguei meu celular do bolso para chamar uma ambulância. Ainda fazia a ligação quando um pensamento me assaltou: eu precisava voltar para casa. Você estava sozinha, indefesa, com Denny à solta.

— O serviço de ambulância, por favor. Alô? Sim, preciso de uma ambulância o mais rápido possível. Um jovem foi...

— Não — disse George, levantando a mão. — Não chame. Por favor, Sr. Cave. Vou ficar bem.

Hesitei. Havia desespero na sua expressão. Uma espécie de súplica que eu não podia ignorar.

— Não, desculpe — disse para a mulher do outro da linha. — Não precisamos mais da ambulância.

Pus o celular de volta no bolso. George chacoalhou o inalador e sugou o conteúdo. Um Golias ferido e sem forças. Estava preocupado com o que a mãe dele ia pensar quando o visse daquele jeito.

— Vamos — falei, pensando que ele devia ter outras informações para dar. — Vamos deixar você novo em folha outra vez, que tal?

*

Peguei um pano úmido e uns analgésicos.

— Lá em cima? — perguntou ele, olhando preocupado para o teto.

— Sim — respondi.

— Não. Tudo bem. Não precisa. Estou bem. Estou bem.

— Não parece, George — disse a ele.

Ele suspirou.

— Estou bem, sim.

Ele parecia nervoso. O que era compreensível, claro. Mesmo assim, parecia muito estranho o jeito como olhava o tempo todo para o corredor. O jeito como se sobressaltava cada vez que ouvia um estalo vindo lá de cima.

— Você conhece aquele rapaz? — perguntei, tentando esconder o jogo, inseguro.

Ele concordou com a cabeça mas não conseguiu me olhar nos olhos. Começou a manipular nervosamente uma das estatuetas. A Garota com Pandeiro.

— De onde? — perguntei. — De onde você o conhece?

Ele demorou um tempo considerável para responder, manuseando a peça em círculos, no sentido horário.

— Todo mundo conhece ele. Denny Hart, um encrenqueiro de marca maior.

Uma certa raiva transparecia na voz dele, o que não combinava com o personagem, pertencendo mais ao George da noite da fogueira do que àquele George de agora. Mas novamente, naquele contexto, acho que era compreensível.

Aí, depois de um tempo ainda mais longo, ele disse:

— Ele anda saindo com a Bryony.

— É — falei. — Eu sei. Mas ainda não entendi. Por que ele fez isso com você?

Ele ficou de boca aberta. Parecia chocado por eu saber que você estava saindo com aquele garoto.

— Faz quanto tempo que o senhor sabe?

— Algum tempo — respondi, num tom impaciente. — Diga para mim, George, por favor, por que ele bateu em você?

Ele novamente olhou para as estatuetas.

— Porque ameacei contar uma coisa para a Bryony. Uma coisa que ele fez com uma menina da sala dele, na escola.

— Uma menina?

Ele fez que sim e tocou o olho inchado por trás dos óculos.

— Alison Wingfield.

O nome era familiar. Já o ouvira antes. Talvez Reuben tivesse me falado dela.

— Alison Wingfield?

— Estava na mesma série que eu. Meu pai foi professor dela. Foi por isso que descobri a história. Sabe, meu pai foi a única pessoa para quem ela contou.

Pensei no Sr. Weeks, o implicante e abominável homem das neves, que Reuben odiara a ponto de abandonar suas aulas.

— Contou o quê?

— Que ele... — Ele afastou a mão da estatueta. — Que o Denny estuprou ela.

Estuprou. A palavra era tão terrível, tão violenta, que devassou cada canto da sala. Até a Garota com Pandeiro, perto da mão dele, pareceu ter sido privada de sua inocência. Não havia mais dúvida. Estava olhando para o rosto inchado e escoriado de George, um rosto que por si só era a prova do que Denny era capaz.

— E eles não comunicaram à polícia?

— Não. Não, ela não queria. Alison. Ela não podia fazer isso. Mesmo quando...

— Mesmo quando...?

— Mesmo quando descobriu que estava grávida.

Senti uma fraqueza. Odiava o que estava ouvindo, e no

entanto podia acreditar em cada palavra. Soava como uma verdade que eu já conhecia, enterrada bem fundo dentro de mim, mas que só agora emergia. Minha intuição estava certa. Denny tinha o mal dentro dele. Era um animal. Um predador de uma espécie sub-humana que caçava meninas jovens e, com seu apetite primitivo, se empenhava em arruinar seus futuros.

— Ela... teve o bebê? — travei na pergunta, mas consegui fazê-la sair, afinal.

— Acho que os pais obrigaram, no fim das contas.

— Os pais?

— Eram católicos. Muito, muito fervorosos — disse ele. Fui transportado direto de volta ao Vaticano, aos teus ombros nus debaixo do sol escaldante.

— Então foi por isso que aquele selvagem o espancou? Para garantir que você não contaria para a Bryony?

Ele fez que sim.

Inclinei-me para ele.

— Você precisa contar para ela.

Os olhos se encheram de pavor.

— Não, eu não posso... eu...

— Não se preocupe, ele não vai machucá-lo. Confie em mim.

Ele balançou a cabeça. Dava para sentir o pânico pesando na respiração do garoto.

— Não devia ter contado nada, Sr. Cave.

— Não, você precisava contar, sim, fez bem. Por favor, George, você tem de contar para ela também. Precisa fazer isso.

Ele estremeceu — de dor ou pela situação. Eu levantei e fui até o corredor.

— Bryony? Bryony? — continuei chamando, num volume plenamente capaz de escalar os degraus até você, mas você não veio.

— Bryony? — gritei uma última vez e esperei um pouco mais do que deveria naquele corredor.

Ouvi a sineta soar na porta da loja e corri de volta para lá.

— George?

Mas ele, claro, já tinha ido embora.

Enquanto comíamos nossas costeletas de cordeiro, disse a você o que tinha de ser dito. Cada uma daquelas verdades sujas, complicadas. E que pai agiria diferente? Você, claro, não me escutou. Ou até escutou, mas não da maneira como eu havia previsto. O canto da boca, levemente levantado quando contei sobre a cara arrebentada do George, decaiu em expressão de fúria quando você ouviu a história sobre Alison Wingfield. Achou que eu estava contando tudo aquilo para magoá-la. Repassou a lista de um século inteiro de ditadores, somada a qualquer outro insulto que conseguiu atirar contra mim. Afastou o prato e foi para o quarto, e fui atrás. Estava tão violenta e fora de si que tive de exercitar toda a minha paciência.

Comuniquei a você uma nova regra, que substituiria todas as outras. Você nunca ficaria longe de mim, exceto quando estivesse na escola. Ficaria detida para sua própria segurança.

Você berrou e esperneou e me chamou de fascista e psicopata e bateu a porta na minha cara. Deixei-a ficar sozinha. Tínhamos uma hora até o horário da visita que faríamos à Cynthia, operada da hérnia e internada no hospital, então fui para o meu quarto e liguei a babá eletrônica.

Ouvi sua respiração furiosa. Ouvi passos de quem pisa duro de raiva. Ouvi você desabar na cama. Ouvi você dizer algo. Não falava no celular, mas somente para si mesma e para o quarto.

— Eu o amo. Amo. Amo...

*

Comecei a me perguntar por que ele se mantinha à parte, na coxia, afastado do centro do palco. Seu irmão, quero dizer. Minha mente andava sobrecarregada, mas voltara a ser minha. Talvez ele tivesse ido embora. Talvez não houvesse mais memórias que precisasse implantar em mim. Talvez não houvesse mais testes a que ele quisesse me submeter. Era cedo demais, claro, para ser otimista.

Agora me pergunto como minha vida vai afetar a sua. Será que, com o que fiz, já coloquei limites em você? Não é isso o que os pais fazem? Não são eles que estabelecem as fronteiras da experiência que as crianças viverão no futuro? E elas, por sua vez, não passam a viver dentro dessas fronteiras como um pé dentro de um sapato, lavando o couro mas jamais colocando os dedos de fora?

Vou responder a essa pergunta com uma história rápida sobre a primeira de três mortes não naturais. Devo, antes de chegar ao meu fim, falar um pouco do meu começo. Devo, em suma, dizer algo sobre minha mãe.

Ela foi uma chapeleira do mais alto nível. Tinha uma loja em Piccadilly. Gardênia Chapéus. Para você, ela não passa de uma fotografia na parede da nossa sala. Talvez você pense que se trata de uma foto dos anos 1930, a julgar pela maneira como ela está vestida, mas evidentemente foi tirada muito mais tarde. Ela vivia no passado, no seu tempo de infância, quando a moda dos chapéus ainda estava no auge. A fotografia diz muito. A maquiagem à Greta Garbo mal consegue esconder a expressão, demasiado humana, no rosto ansioso. A loja foi inaugurada pela mãe dela, nos anos 1920 e 1930, quando vendia os chapéus populares para as moças independentes da época e decorava as cabeças da Sra. Simpson e de Lady Mountbatten. A filha herdou a missão de tentar manter o negócio e expandi-lo com outros estilos de chapéus, inclusive masculinos.

Acabou pouco a pouco se endividando, dívidas enormes, e a mulher por trás da maquiagem foi entrando em desespero cada vez maior. Terminou por se matar, em 1960, emborcando um frasco inteiro de barbitúricos. A pobre mulher foi encontrada no apartamento da sobreloja, babando espuma sobre os números intransigentes do livro de contabilidade.

Agora tente me imaginar.

O menininho na sala de chapéus, gritando para quem quer que pudesse escutá-lo. Na escrivaninha, a cabeça da mãe, que não pende mais como antes, sonolenta; os olhos abertos sem enxergá-lo ou ver os números com os quais ela se debatia havia pouco, naquela mesma manhã. O livro que agora, aberto, inútil travesseiro, acolhe seja lá o que for que ela está expelindo pela boca.

Ouça o grito que se torna palavra.

— Mãe!

Ela não responde. Os braços pendurados dos lados do corpo.

— Mãe!

Sua primeira palavra é agora a única, a única que importa.

Ele então a chacoalha, e percebe que o corpo dela não se move como antes, do jeito que os corpos devem se mover. O grito desaparece, sem resposta, misturado às lágrimas, mas o cara do rádio nem ao menos finge entender o que acontece.

É um terremoto ou só uma balançada?
É a autêntica sopa de tartaruga ou só uma imitação?
É da bebida, essa sensação boa?
Ou o que sinto é de verdade?

A voz sorridente palpita nas ondas radiofônicas, vinda de outro mundo, uma voz que não pode ver a mulher, nem o menino, nem os chapéus de abas largas em velhos anúncios e recortes.

Ele tenta endireitá-la na cadeira, a mãe que é uma boneca de pano, esse fantoche pesado, sem as cordinhas para manipulá-lo, mas é muito pesado. Ela cai sobre ele, e depois escapa do seu abraço, a bochecha roçando seu ombro.

Desconjuntada, ela se pendura. Ela devia estar sentindo dor, ele queria que estivesse. Mas ela não sente. Aquilo não sente nada.

O grito é, agora, um uivo. Um uivo que, quando o proprietário do apartamento, o Sr. Steer, chega à cena, vai gradualmente se transformado em choro convulsivo. Por dias, semanas, meses, o menino vai chorar, e logo o som do seu próprio choro terá se tornado um consolo para ele, a única ligação entre a vida na cidade e a vida na fazenda em Dorset, onde vai viver com os pais adotivos. Uma nova vida, a céu aberto e cheirando a esterco, o único pai que chegará a conhecer distribuindo-lhe pancadas na cabeça.

Eu costumava me culpar pela morte da minha mãe. Sempre me lembrava de ouvi-la dizer que me odiava e que desejava que eu nunca tivesse nascido. Essas não são lembranças confiáveis. A primeira em que posso confiar é a primeira de que tenho provas. Aquela que mora dentro de todas as outras; das bonecas russas, é a menor. Algo que guardo comigo não importa a distância percorrida desde aquela loja, desde aquele apartamento, em Piccadilly. Afinal, essa lembrança deixou vestígios. Um corpo, um frasco de comprimidos vazio, uma garganta exaurida até uma laringite de tanto gritar.

Mas não havia um bilhete. Nenhuma explicação por escrito para o que ela fizera ou sobre a motivação. Nada das regras de etiqueta dos suicídios — "você não tem culpa", "me perdoe por", "por favor, busque forças no teu coração para" — não, nada disso. Mais tarde, quis ter alguma coisa que pudesse segurar nas mãos, algo que pudesse ler para me ajudar a definir meu sentimento por essa mulher que foi algoz de si própria, mas não havia nada. Tudo que tinha era aquele fato cru.

Os números no livro de contabilidade eram uma explicação melhor para aquela morte do que qualquer outra que seu filho de 3 anos pudesse encontrar, dali em diante, na vida.

Durante anos, tentei pensar racionalmente. O suicídio da minha mãe não fora minha culpa. Eu tinha 3 anos. Ela era uma mulher adulta, que devia ter desistido da loja. Não era culpa minha que uma guerra mundial tivesse bombardeado o glamour com que se vivia antes dela.

Não, não era minha culpa. E, sendo uma criatura racional, essas explicações deveriam ter me bastado. Criatura racional? Não existem criaturas racionais. As máquinas são racionais, porque não são capazes de amar. E o amor, não importa o que nos digam os cientistas do cérebro, não é algo mecânico.

Sentia uma ausência, uma sensação, no sentido literal, tão real como a do amputado que ainda sente o membro ausente. Perdeu o braço, mas ainda consegue sentir o punho fechado. Os médicos chamam esse sintoma de "membro fantasma". Pode persistir indefinidamente, pelo resto de uma vida, a sensação de que o braço ainda é parte do corpo, apesar de se saber que há muito já se foi. Acostuma-se àquela coisa que se tem quase como natural, sempre junto de si, e a cuja ausência nunca se consegue conceber completamente. Tem estado ali a minha vida toda. Um punho invisível, tentando se fechar sobre algo que não encontra. Nesse processo, eu me cerquei de objetos pertencentes ao passado na vã esperança de que poderia voltar no tempo, ou pelo menos desacelerá-lo, e impedir sua marcha cruel rumo ao futuro.

Foi demais para mim, eu me dou conta. E aquele punho foi se fechando ainda mais sobre o mundo com as perdas da sua mãe, depois do Reuben.

Só me resta esperar que, à medida que esse aperto vá se afrouxando, você possa, um dia, correr livre como jamais consegui, e deixe os fantasmas insatisfeitos da família entregues a seus próprios ressentimentos eternos.

As casas da Era Georgiana passavam velozes pela janela do carro enquanto subíamos a Mount em direção ao hospital. O silêncio que compartilhávamos parecia minimamente civilizado, a calmaria que antecedeu a tempestade de pouco antes.

A ilusão se quebrou com o silêncio.

— Como você está se sentindo? — perguntei.

— Por que um fascista se importaria com os sentimentos de alguém? — disse você, puxando uma ponta solta do curativo.

— Não sou fascista, Bryony. Sou só um pai.

— Mussolini também foi pai — respondeu você.

— Precisava contar a você a verdade sobre aquele garoto — falei. — O que mais poderia fazer?

— Aquilo não é verdade — disse você, e a ameaça de mais lágrimas me fez parar de pressioná-la.

Chegamos à enfermaria a tempo de vê-la flertando com aquele jovem médico.

Quando ele saiu, dando lugar para que ficássemos em volta da cama de Cynthia, ela olhou para você e piscou, a expressão do rosto cheia de malícia. Lembro que você riu e, estranhamente, senti ciúmes da sua avó e da capacidade tão natural que tinha para conquistar você.

— Ele daria um ótimo Heathcliff, não daria? — Ela se dirigiu a você, rindo abertamente. E, em seguida, em tom mais discreto e sério: — Tem mais ou menos a mesma idade do seu avô quando o conheci. Pobre Howard.

Ela olhou a enfermaria ao seu redor, e engoliu em seco. As lembranças nublaram seus olhos. Pobre Cynthia. Foram horas sem fim ao lado do seu avô naquele mesmo hospital, conversando com os oncologistas ou ao pé da cama, depois de mais uma cirurgia frustrada. Ajudando-o com as palavras cruzadas de qualquer jornal que conseguisse comprar na banca mais próxima, o câncer avançando e se entranhando por todas as partes do corpo dele.

Estou me perdendo de novo, não estou? Andando para trás quando o que preciso fazer é ir adiante e me explicar. Talvez esteja relutando em contar mais um dos meus atos vergonhosos. Revelar mais uma das minhas traições. Mas é o que devo fazer. Eu havia entrado no seu quarto naquele dia, enquanto você estava na escola. Vasculhei todas as gavetas e bolsas. Achei o porta-retratos que ele lhe dera na outra noite, em Clifford's Tower. O presente de aniversário atrasado. A foto que ele, ou alguém, havia tirado de Reuben. Seu irmão sorria, sem a mão escondendo a marca de nascença, olhando de cima para baixo, recortado contra o céu azul de um dia qualquer.

— Ah, Reuben, me perdoe — falei para a fotografia. E depois da culpa veio a raiva. Como Denny ousava usar seu irmão para tentar ganhar você?

Coloquei o porta-retratos de volta na sua bolsa e tentei ligar seu computador. Fui bombardeado por caixas de diálogo e avisos de entrada proibida. Era como tentar adentrar na Cidade da Neblina Eterna.

Depois de algum tempo, admiti meu fracasso e desliguei a máquina. Então, quando já ia saindo do quarto, senti o súbito impulso de conferir os bolsos do casaco que você deixara em casa naquele dia. O cinza de flanela, que comprei para você no outono passado. E ali estava. Num pedaço de papel cuidadosamente dobrado. O endereço do Denny, escrito em letra horrível, à mão, pelo próprio. Uma combinação aleatória de maiúsculas e minúsculas. Caracteres feios, disformes. Imaginei sua pobre caneta na mão dele, sentindo-se tão desconfortável quanto Fay Wray no punho fechado de King Kong.

Copiei o endereço com a sensação de que já o conhecia,

como se fosse o único local possível, como se ele só pudesse mesmo morar lá.

Se era Reuben o responsável por essa sensação, ele logo recuou para a sombra. Um vislumbre rápido e turvo de uns casebres a distância e, depois disso, mais nada.

Então, vamos adiante, Terence. Vamos com isso. Certo, no hospital, olhando para Cynthia na cama, a expressão triste, desfeita. Ela parecia tão estranha sem a maquiagem preta nos lábios e nos olhos. Sem acabamento. Como se fosse um rascunho a ser pintado a óleo. Dois de seus desagradáveis colegas de teatro amador apareceram. O cara de bule e a mulher. Vendo-os, a enfermeira veio dizer a Cynthia que não eram permitidos mais do que três visitantes por vez. E eu, jogando a isca para você como tantas vezes você já fizera comigo:

— Tudo bem, Bryony, melhor a gente ir então.

Funcionou. Você olhou séria para mim.

— Quero ficar. Quero conversar um pouco com a Cynthia.

E o cara de bule, se metendo:

— Não tem problema, Tel. Posso esperar lá fora.

— Não. Não, não faça isso — falei, talvez um pouco apressado, já me retirando. — Preciso ir resolver umas coisas. Mas a Bryony pode ficar aqui, se quiser. Está tudo bem, Cynthia. De verdade. Volto em uma hora.

Cinco minutos depois de ter deixado o hospital, seguia em direção a Greensand Estate por um bairro de casebres geminados do pós-guerra. Casas construídas para os heróis militares, parecendo brilhar na luz noturna, coradas de vergonha de seus atuais ocupantes. Virei à esquerda na Leverson Road, onde outras construções, mais novas, pareciam ter encolhido proporcionalmente ao descaso do governo. Casebres colados uns nos outros, o chão de pedrinhas na frente, e, para completar, como ornamentos vulgares nas janelas, crucifixos de São Jorge e um desespero monótono.

Tudo o que já havia adivinhado, antes, naquele vislumbre que tivera.

Número 35. Encostei o carro e aguardei um momento com o motor desligado. A casa ficava no final de uma elevação e parecia igual a todas as outras, exceto pelas cortinas fechadas. Será que você já estivera ali? Era um pensamento repulsivo. Talvez até tivesse ido ao quarto dele.

Desci do carro e caminhei pela trilha estreita, cruzando o gramado da entrada, gasto e abandonado. Bati na porta e então vi que a casa tinha campainha. Nenhuma resposta. Tentei novamente, dando um passo para trás para ver se havia alguém espiando por trás das cortinas. Pensei em voltar para o carro e esperar por ele, ou pelo pai dele. Estava determinado a só sair dali quando fosse obrigado. Afinal, tinha tempo. Sabia que você não sairia de perto da Cynthia até que eu voltasse.

— O que o senhor tá procurando?

Eu estava a meio caminho do carro quando ouvi a voz de uma mulher. Virei-me para olhá-la. Cabelo preto e pele clara, como o filho, um rosto que podia ter sido bonito algum dia. Usava jeans e uma camiseta larga, pendendo nos ombros, feito uma menininha brincando de ser adulta. Tive a vaga sensação de já tê-la visto antes.

— Olá — disse eu. — Só queria ver se seu filho está em casa. Dennis. Denny. Precisava ter uma palavrinha com ele, se possível.

Ela me devolveu uma espécie de sorriso defeituoso. Estava bêbada, me dei conta.

— E que palavrinha o senhor teria para ele? *Inútil?*

— Escute, preciso falar com ele. A senhora sabe onde ele está?

Ela deu de ombros, olhando ao redor, para as casas todas, até mesmo para o céu.

— Então será que eu poderia falar com a senhora?

O sorriso se tornou uma carranca.

— Quem é o senhor? É da polícia?

— Não, não sou, não. Sou Terence. Terence Cave. Seu filho conheceu o meu. Reuben.

— Ah — disse ela, num esgar exagerado. — Ah. Aquele pobre moleque que...

— Sim — falei, me protegendo da solidariedade alcoólica dela. — Esse mesmo.

Um grupo de jovens delinquentes passou por nós — caminhavam enquanto trocavam passes com uma bola de futebol.

— Venha, então — disse ela, deixando a porta aberta para que eu a seguisse. — Desde que não seja polícia, pode entrar.

Avancei por um corredor estreito e a mulher, sem jeito, gesticulou indicando que continuasse até a sala, que parecia a de uma casa vazia, exceto pelo cheiro de cigarro e por uma tigela suja que alguém tinha usado para comer cereal. Havia ainda uma bolsa estropiada, perto da cadeira, e uns envelopes no parapeito da lareira. Perto deles, duas fotografias pequenas, de aspecto melancólico. Uma delas estava num porta-retratos — era de um rapaz, não muito mais velho que o próprio Denny, de uniforme militar. A outra, mais antiga, de um outro homem. Um homem com um bigode preto, o braço envolvendo uma moça, posando em frente a uma casa que não era aquela.

— O que o senhor quer com o Denny?

A pergunta interrompeu meus pensamentos, e me virei para ela, para aqueles olhos que se arregalavam e novamente se espremiam, como se tentassem ajustar o foco.

— É um assunto meio delicado, na verdade — falei.

— Manda — disse ela, imitando um revólver com os dedos.

— Bem, é que... tem a ver com a minha filha. Sabe, acho que ela e o Denny talvez estejam mantendo algum tipo de...

— O senhor pode sentar, viu? — disse ela. — Mas com cuidado.

Ela riu, e fiquei com a sensação de que ou eu estava sendo alvo de algum deboche, ou tinha levado uma cantada, mas não tive certeza de qual das duas coisas.

— Obrigado. — Eu me acomodei no sofá, sentindo que esmorecia, deixando escapar minha determinação.

— O senhor gostaria de uma xícara de chá?

Ela pronunciava cada palavra com todo cuidado, feito uma aristocrata senil.

— Não, estou bem assim.

Foi até a cozinha.

— Vou pegar um copo de Coca. Minha boca está tão seca...

Escutei-a servir o que pareciam duas bebidas diferentes, com uma pausa entre uma e outra, mas ela voltou com um copo só na mão.

— Continue — disse, e fechou os olhos para um longo gole.

Olhei para ela e, por um momento, me perdi. O ombro aparecendo, o cabelo solto, o sorriso alcoólico. Eram as armas postas ali por um inimigo invisível para me desviar do que eu fora fazer. (Bryony, preciso lhe dizer para jamais confundir amor e desejo. Existem as necessidades da carne e existem as necessidades do coração, e confundi-las é o mesmo que confundir um macaco com uma águia.)

Fechei os olhos e me concentrei.

— Denny estava lá na noite em que Reuben, meu filho, morreu.

— Ah, foi mesmo horrível isso que aconteceu — disse ela, em seu tom sincero.

— Ele contou para a senhora?

— Não. — E a resposta não soou, para mim, como uma

revelação. Na verdade, apenas confirmava minhas piores suspeitas. A morte do seu irmão, evidentemente, não significara nada para Denny. — Um polícia veio aqui falar com ele.

Concordei com a cabeça, e me peguei olhando para um pequeno sinal no ombro dela que estava à mostra.

— Seu filho e minha filha têm se encontrado regularmente. A senhora sabia disso?

Ela riu, um riso nervoso.

— Pobre garota.

— O que a senhora...

Desviei o olhar para a lareira. Para os envelopes, daquela cor marrom sem graça dos documentos oficiais. Vi o nome dela, "Lorraine Hart". Voltei a lembrar: "Denny 'Martelada' Hart".

Hart. Hart. Hart.

E foi então que vi.

Olhei novamente para a foto do casal em frente a uma outra casa. A mulher era ela. Mais jovem, feliz e sóbria, mas ela mesma, definitivamente. Mas foi o rosto do homem que me perturbou. O bigode. O sorriso atraente, enganador. Aqueles olhos.

— Onde está o pai dele?

Ela riu disso. Uma risada desencantada, de bêbada. Ria para encobrir as fissuras de uma emoção bruta.

— O pai dele está longe.

— Longe?

— Em Ranby.

A palavra foi como um tapa na cara.

— Na *penitenciária* de Ranby?

Ela concordou com a cabeça, sem demonstrar vergonha. Aquilo estava ficando cada vez pior. Sentado ali, tinha a sensação de uma derrocada. A exata e real sensação de uma descida ao abismo.

Meu estômago se contraiu. O pânico me acertou em cheio no peito.

— Andrew Hart — sussurrei em voz alta, e o nome se projetou na mente conforme o vira pela primeira vez, na primeira página de um jornal da cidade. E aqueles olhos, que eu conhecia melhor que o próprio rosto, me encaravam da fotografia. O nome rodopiou à minha volta. Precisava sair dali, precisava sumir daquele casebre vil.

— Você estava lá, não estava? — perguntei a ela. — No tribunal.

Nos olhos encharcados de vodca, nem sinal de reconhecimento.

— Sua mulher estúpida — gritei, e senti uma dor breve, mas intensa, dentro da cabeça. — Você estava lá. No tribunal.

O sorriso desapareceu.

— Quem é você? Vê se não fala comigo assim, seu maluco. Cai fora... da minha casa.

Levantei e falei lentamente:

— Diga ao seu filho para ficar longe da minha filha. Diga para não chegar nem perto dela. Diga para ele...

Tudo começou a ficar escuro. Estava deslizando para fora de mim outra vez, e outra das lembranças de Reuben invadiu minha mente.

Estava com Denny, chegando à casa dele, e senti o cheiro de vômito assim que cruzamos a soleira da porta.

— Mãe? — chamou Denny.

Largamos nossas mochilas e entramos na sala.

— Mãe?

O rádio ligado se esgoelava da cozinha.

— Mãe?

Ela estava deitada no sofá como se tivesse sido atirada ali. Denny a chacoalhou.

— Mãe, acorda, acorda.

Ele olhou para a bolsa de onde subia o fedor adocicado. Ela errara o alvo e tinha um pouco no carpete também. Duas garrafas vazias de uma Vodca Imperial estavam meio encobertas pela jaqueta jeans da mulher.

— Mãe, acorda!

Os olhos se moveram debaixo das pálpebras, criaturas ainda por nascer, prestes a rebentar.

Por um momento, nada mais aconteceu além da canção que vinha do rádio:

Se você se pegar em Nova York em noite de lua
O melhor que você faz
O melhor que você faz
É se apaixonar.

E aí ela riu e fechou os olhos, e Denny se virou para mim, para Reuben, e disse:

— Desculpe.

— Diga para ele... — Não consegui concluir a frase. — Sai — sussurrei. — Sai, Reuben.

A mãe do Denny arregalou os olhos, agora sóbrios. Virei e saí daquele lugar. Vi os delinquentes chutando a bola contra o Volvo, e os enxotei sem me importar com seus gritos e gestos truculentos enquanto arrancava com o carro.

Estava a meio caminho do hospital quando o vi correndo, voltando para casa. Tinha acabado de ligar os faróis, e lá estava ele, brilhando como uma aparição, os músculos reluzindo de suor e esforço para escalar a ladeira. Subi com o carro na calçada e bloqueei sua passagem.

— Pare — disse a ele, baixando o vidro da janela. — Precisamos conversar. Sobre a Bryony.

Ele obedeceu, as mãos no quadril, recuperando o fôlego.

— Conversar o quê? — falou. — O que você quer?

Precisava agir rápido, pois corria o risco de que Reuben viesse interferir novamente. Ainda podia senti-lo perambulando pela minha mente, a casa infecta cujas luzes ele tentava apagar outra vez.

Eu tinha um novo plano, criado no desespero do que havia acabado de descobrir.

— Posso dar a você 3 mil libras — disse ao Denny. — Três mil para você deixar a Bryony em paz.

Ele me olhou, incrédulo.

— Como é?

Repeti, já sentindo as pontadas na parte de trás da cabeça.

— Três. Mil. Libras. Para você nunca mais procurá-la. Consigo o dinheiro amanhã.

Ele passou a mão no cabelo preto suado.

— Tá falando sério?

— Sim — falei. — É uma oferta concreta. — E era. Tão concreta quanto o asfalto em que pisava. E eu teria pagado o dobro. Teria vendido a loja e tudo que havia dentro dela. Teria vendido meus rins para que ele a deixasse em paz.

— Você não saca nada, né? — falou ele, balançando a cabeça, ainda incrédulo.

— Sobre o quê?

— Eu a amo. Amo mais que qualquer coisa.

Reuben estava indo embora. Eu não sentia mais dor, nenhuma pontada no cerebelo. Estava livre, restabelecido. Meu ódio era puro. Todo meu.

— Sei tudo sobre você, Denny Hart. Sei tudo sobre seu pai. Sei tudo sobre aquela coitada que teve a vida arruinada pelo que você fez. Sei a porcaria toda. Estou avisando-o para ficar longe da Bryony. Ouça o que eu digo: pegue esse dinheiro e desapareça.

Ele continuava a balançar a cabeça, sussurrando suas palavras torturadas.

— Eu amo ela e ela me ama, tá entendendo?

Uma mulher vestindo uma jaqueta larga e segurando uma coleira passou por nós praticamente arrastada pelo cachorro, um cocker spaniel agitado.

— Não, Barney, venha — disse ela para o cão, que farejava a pele suada do rapaz.

— Você não a ama — falei, assim que a mulher e o cachorro foram embora. — Você não sabe o que é amar. O amor é uma bênção do espírito, e não uma necessidade do corpo. Quantos anos você tem?

— Quinze.

— Aí está. Quinze. Daqui a um mês você não vai sentir mais nada por ela. Vai estar em outra. Ela é uma menina vulnerável. Perdeu o irmão gêmeo e está procurando qualquer coisa... qualquer um... para preencher o vazio. Aconteceu de você aparecer e ocupar esse lugar. Ela logo vai estar em outra, se não for você. Vai deixá-lo rapidinho. Melhor você aceitar minha oferta.

Ele fez uma careta, olhos, nariz e boca agrupados como uma tropa pronta para atacar. Por um momento, pensei que ele fosse me arrancar do carro pela janela e me arrebentar.

— Reuben tinha razão sobre você — disse ele.

— Como é? — perguntei. — O que você disse? Como ousa envolver Reuben nisso? Se não fosse por você, ele ainda estaria vivo, e você precisaria mudar o curso dos rios da Inglaterra para a Bryony dar bola para voê. Você tirou a vida dele e não vou deixar que acabe com a dela também. Olhe só para você. Olhe. Olhe.

Ele baixou o olhar para o próprio corpo, encharcado de suor, a camiseta colada. Uma sombra de dúvida encobriu por um instante a expressão canhestra do rosto. Naquele breve momento, ao menos, ele soube que eu tinha razão. Soube que você era milhões de vezes superior a ele. Soube que não merecia seu amor — era como um corvo levando uma estrela do céu.

O instante passou.

— Cê não tá entendendo. Eu amo ela. A gente fomos feitos um pro outro.

— Que best...

Uma súbita tontura, acompanhada das familiares pontadas, do zumbido, do enxame de moscas, e minha frase sumiu na neblina do desconhecido. Reuben tinha voltado, e mais forte, tentando provocar um apagão.

Denny não entendeu o que estava acontecendo e continuou com os próprios delírios.

— Posso cuidar dela. Depois que terminar a escola, vou arranjar um emprego. Posso fazer ela feliz. Sei que posso. Já planejei tudo. Posso...

— Não — falei, lutando contra Reuben na mesma medida em que tentava afastar o que ele dizia. — Não. Pare. Pare. Pare. Você vai deixá-la em paz. Vai pegar o dinheiro e esquecê-la, ou vou fazê-la esquecer você. Este é o acordo, você me entende, seu ignorante...

Denny tinha balançado outra vez a cabeça e já retomava seu caminho, trotando, levando com ele a rua e todo o resto, tragados pela escuridão que me tomava. Pisquei, me mantive firme, o rapaz ainda andando, se afastando.

— Vou conseguir — gritei para ele, que a essa altura já alcançara a elevação do final da rua. — Vou fazer você deixá-la em paz. Fácil. Você vai ver. Ela vai saber quem você é, Dennis Hart.

Voltávamos para casa pelo mesmo trajeto. A imponência georgiana que sempre me saltara aos olhos parecia, de repente, perdida, como se se tratasse de mera réplica, um cenário de filme. Você estava no banco de trás, mania que tinha adquirido aqueles dias, o olhar perdido lá fora, na calçada por onde Denny tinha passado fazia pouco mais de meia hora.

Contei a você — com calma, falando com clareza e cuidado, pausadamente — o que tinha descoberto. Claro, não contei exatamente como descobrira, pois isso você não precisava saber. O que precisava, eu contei. Quem ele era. Suas origens. A árvore podre de onde caíra aquela maçã também podre. O pai cujos olhos figuravam em meus pesadelos havia 15 anos.

— Então, você me entende agora? Está escutando o que digo? Andrew Hart é o homem que matou sua mãe. Preciso dizer mais alguma coisa sobre aquele rapaz para você compreender?

Você não disse nada. Vi as sombras da rua atravessarem seu rosto, o olhar ainda perdido lá fora. Não piscou. Não moveu um músculo da face. Seus pensamentos eram um livro enterrado que eu havia esquecido como fazer para desenterrar.

Chegamos em casa.

Você subiu para o quarto.

Ligou o computador que desejei jamais ter comprado para você, me deixando ali, plantado na sala, tomado por uma ausência que eu parecia partilhar apenas com a velha mobília e seu retrato sorridente na moldura da parede. Senti falta do gato roçando a cabeça nas minhas pernas. Senti falta de escutar ioloncelo. Senti falta do Reuben — do verdadeiro Reuben, – estirado no sofá. Senti falta da sua mãe para me dizer que tudo daria certo. Lamentei mil coisas que não podia trazer de volta e ali fiquei, à deriva naquela sala, o momento presente, como minhas próprias lembranças, se apagando aos poucos.

A noite toda fiquei escutando, a noite toda lá, com aquela maldita babá eletrônica grudada no ouvido, esperando que você ligasse para ele. Você não ligou. Nem para ele nem para Imogen, como tinha feito nas outras vezes que nos desentendemos. Na verdade, não pronunciou sequer uma palavra. Não, você disse, sim, duas: — "Meu Deus." Aquelas que nos restam, sempre, quando todas as outras desapareceram.

Nada mais se ouvia além da sua respiração furiosa, e me cansei. Recostei na cama e coloquei o transmissor ao meu lado, sobre o travesseiro, já sentindo as pálpebras pesadas.

— Pai?

Era a mais suave das vozes, a que saía daquele transmissor. E ele disse alguma outra coisa que não consegui compreender direito. Me deixe? Me ajude? Me vingue?

— Reuben — chamei, mas eu já caía agora, mais e mais fundo, para dentro da escuridão.

Eu estava no seu quarto, ao pé da sua cama, mas não me lembrava nem como fora parar ali, nem há quanto tempo. Meus olhos, perfeitamente habituados à escuridão, captavam a infinita variação entre sombra e luz, a suave luz dourada que atravessava a cortina. Atravessava o parque em frente para chegar a você. A luz dele.

Foi o som da minha própria respiração que me trouxe de

volta. O leve assobio do nariz indicando uma sinusite. Mas não chegara a acordá-la. Você continuava ali, deitada, perdida num sono desavisado, o pescoço exposto para fora dos lençóis e do cobertor, a cabeça arqueada para trás, de lado sobre o travesseiro, numa pose de orgulho e desafio, senhora do império dos seus sonhos.

Meu coração disparou. O que estava fazendo ali? Tinha estado sonâmbulo ou era coisa dele? Não sabia, nem poderia saber. Ainda assim, no limite mais longínquo da consciência, no exato instante em que voltava a mim, senti os últimos efeitos daquilo que levara meu coração àquele ridículo galope. Uma estranha e indefinível emoção, com a intensidade cega do amor e do ódio, mas que não era, na verdade, nenhum dos dois, ou talvez uma tal mistura de ambos que não dava para rotular como sendo um ou outro. Uma emoção que me pareceu intrincadamente associada à visão do seu pescoço, àquela forma esguia na escuridão. Meu cisne. Meu pobre, amado cisne.

A urgência de Keats. Dos artistas e restauradores de velhos móveis. O instinto contraditório, o impulso de destruir para consertar.

> *Criação e destruição, de uma só vez,*
> *Preencheram os vazios do meu cérebro.*

O sentimento rapidamente se recolheu, como a onda de um oceano em retirada, e não pude investigá-lo melhor.

Estava na loja, na manhã seguinte, quando recebi o telefonema.

— Mudei de ideia — disse ele. — Vou pegar o dinheiro. Vou deixar ela em paz.

Parei, olhando para o aparelho, então apertei o fone com

mais força contra o ouvido. Uma senhora saía da loja com o bule Worcester que havia comprado.

— Você está falando sério? — perguntei a ele.

— Tô — disse ele. — Três mil libras. Mas agora. Quero hoje. Vou encontrar você. Às onze.

Não fiquei contente. Você precisa saber disso. Não me deu satisfação alguma descobrir que aquele garoto que mandava e desmandava no seu coração ia desistir de você pelo preço de um relógio de canto. Mas só veio confirmar minhas suspeitas.

Agora não havia mais dúvidas de que meu julgamento sobre ele tinha sido mais acertado que o seu. O incidente no estábulo e o porta-retratos com a foto do seu irmão, e qualquer outra coisa que ele tinha usado para se aproximar, haviam conquistado você. Ou, ainda, você o considerava um pouco exótico, aquele lutador de rua semianalfabeto, saído de um bairro problemático, que seu pai desaprovava tão ostensivamente. Com todos os meus mais terríveis receios, sabia que sua atração por aquele rapaz não era física. Sabia que você não era uma Jezebel, ou uma Lili, ou uma Heródia, por mais que seu guarda-roupa apontasse para esse tipo de personagem. Sabia disso. Seu amor, erguido sobre as bases de uma mente vulnerável, era uma mistura de pena com uma leve admiração por ele, a infeliz combinação de tudo de bom e caridoso que era da sua natureza. Mas e o amor dele? O que era, senão uma necessidade animal, uma coisa descartável, que se vende facilmente? Ali estava a prova, enfim.

Acertamos o local do encontro. Esvaziei o caixa e fui à agência bancária. Tirei até o último centavo da conta. Nos encontramos num banco perto do rio, dois espiões infiltrados que éramos, e entreguei a ele um envelope abarrotado de notas de 50 libras. Ele estava usando o uniforme da escola, ou o que era sua versão bastante livre do traje obrigatório, e comecei a me preocupar, pois aquilo podia parecer assédio a um menor. Mas não havia ninguém por perto. Éramos só nós dois.

— Se vocês se encontrarem de novo, vou contar a ela sobre isso. Você entendeu, não é? Agora acabou. Mais nenhum contato. Nada. Como eu tinha dito.

Lembro dele me olhando. Ah, sim, ainda posso ver seu rosto. Aqueles olhos brilhando de incompreensível orgulho, os olhos de um leão ao lado da presa. Tenho certeza de que vi o leve vestígio de um sorriso quando ele apalpou o envelope.

— Tá bom — disse ele.

— Então é isso? Fim?

Ele fez que sim e desviou o olhar para a água marrom do rio Ouse, a apenas um metro do nível de transbordamento.

— É. Tá bom. Fim.

Uma hora depois, fechei novamente a loja, peguei o carro e fui até sua escola. Uma decisão bem idiota, já que o horário de almoço das sextas-feiras era um dos mais movimentados da semana em termos de clientes, e Cynthia ainda não saíra do hospital, então não havia ninguém para ficar de guarda. Mas eu queria saber se você ia sair da escola durante o almoço. Precisava descobrir se ia encontrar com Denny, e se ele cumpriria a palavra da lucrativa promessa que havia feito.

Estacionei com vista para os dois portões principais e esperei. Cinco, 10, 25 minutos, e você não apareceu. Vi sair um pequeno número de alunos e professores naqueles poucos minutos, mas não você. Talvez tivesse cometido um erro. Talvez você tivesse me escapado. Talvez tivesse usado outra saída.

Saí do carro e dei a volta na quadra do colégio a pé, para confirmar. Não havia outras saídas visíveis. Talvez você tivesse pulado o muro. Afinal, não tinha permissão para sair. Claro. O muro era bem baixo.

O verde monótono do campo de hóquei se estendia bem além da cerca de ferro. Alguns meninos do St. John's passavam por ali, do outro lado da rua, e lançaram insultos contra mim, todos dos quais conseguiram se lembrar. Eu os ignorei, saquei meu binóculo, do tipo usado pela infantaria na Segunda Guerra, e a vi sentada junto ao jardim ao longe. Estava num banco, sozinha. Onde andariam suas amigas? Vasculhei as adjacências de onde você estava e vi Imogen, cercada por uma fauna de garotas de cabelos exóticos. Você se virou para elas, uma ou duas vezes, mas elas se recusavam a admitir sua presença.

Fiquei aliviado. Você não havia fugido da escola para encontrar Denny e estava em segurança.

Mas parecia tão tola, sentada ali, puxando o cabelo para a frente e analisando as pontas. Imagino que devo ter sentido um pouco de pena por vê-la assim, tão sozinha. Uma ilha entre continentes, perdida no meio dos impérios de pertencimento erigidos a cada recreio. Sim, devo ter sentido pena de você, mas preciso confessar que me lembro melhor da sensação de alívio. Talvez já tivesse acontecido. Talvez ele já tivesse lhe contado que era o fim. Você não estava com ele, isso era o mais importante. Não, na verdade isso era *tudo.*

Baixei o binóculo e olhei de novo para você. Uma delicada mancha cinza-esverdeada se misturando, no quadro sem foco, à massa sólida das construções vitorianas de tijolo à vista atrás de você.

e estávamos lá dentro no aconchego do sangue vermelho juntos você e eu entrelaçados naquele espaço você e eu antes de termos nomes você e eu antes de sabermos que havia outras pessoas no mundo você e eu antes de sabermos que existia um mundo lá fora ou um mundo aqui dentro antes de sabermos que havia algo além de você e eu e da batida dos nossos corações que não sabíamos que eram corações e ficaríamos ali para sempre você e eu na única vida que conhecíamos você e eu e tão juntos que não entendíamos haver qualquer diferença entre você e eu e não sabíamos que algum dia isso ia mudar e que chegaria o dia em que a luz rebentaria na nossa cara e seríamos separados e sugaríamos o leite separadamente e separadamente conheceríamos aqueles que nos tinham gerado e competiríamos pelo amor de cada um dos dois separadamente no mundo de luz branca cheio de espaços vazios onde as pessoas precisam lutar e sorrir e gritar para se sentirem juntas e amei você e você me amou e ainda éramos felizes porque o amor em si não tinha nome e nós não tínhamos nomes que já soubéssemos só o que conhecíamos eram os rostos seu e meu e os rostos dos que nos tinham gerado e um dos rostos feito luz era ele apenas com amor dentro dele apenas para um apenas para você e seu rosto sem marcas e ele nos mostrou palavras este que nos tinha gerado e as palavras eram outra coisa a nos separar e as palavras fizeram aumentar cada vez mais a distância entre o planeta e seus habitantes e a distância entre você e eu e o amor e o ódio que ele nos dedicou e eu queria voltar àquele tempo que não podia lembrar no aconchego do sangue vermelho ou da luz brilhante da vida antes disso quando éramos o mesmo delicado nada você e eu você e eu.

Na noite seguinte, na casa da Cynthia, você estava sentada na cadeira de braços de jacarandá, uma bela peça antiga, que destoava naquele bangalô atulhado de velharias. Sentada bem embaixo de um dos esboços de nu da sua avó, feito a carvão, lia o velho exemplar dela de *O retorno do nativo*.

— Adoro esta história — disse Cynthia, a mão sobre o estômago. — E sua mãe também adorava. Acho que leu este mesmo exemplar.

Ela estava certa. Sua mãe adorava Thomas Hardy. A natureza como símbolo. A paisagem como divindade rústica que delineia nossos propósitos. Ela era bem romântica, nesse sentido, o que possivelmente explica por que quis dar à nossa filha o nome de uma sebe selvagem.

— Você leu algum outro dele? — perguntou ela a você.

— Estamos lendo *Tess* — disse você, recuperando a capacidade de falar. — Na escola.

— Ah, *Tess* — sua avó respondeu melancólica, como se falasse de uma amiga, alguém que conhecera, mas já havia morrido. — Mas esse não tem final feliz, era esse o problema de Hardy. Um homem típico. Chafurdando no próprio mistério como um hipopótamo na lama.

Nessa hora, ela me lançou um olhar acusador, que resolvi ignorar.

— Escute, Cynthia — falei, erguendo a sacola da lojinha de produtos naturais e colocando-a sobre a mesa horrorosa dela. — Trouxe os suplementos alimentares que você pediu. Quer ver? Aqui na cozinha?

Arqueei as sobrancelhas de modo que ela percebesse que estava querendo falar em particular. Deixamos você passeando em Egdon Heath e fomos para a cozinha.

— Acabou — cochichei, acomodando um frasco de comprimidos no armário. — A história com aquele garoto. Acabou.

Ela suspeitou do meu entusiasmo.

— O que você fez, Terence?

— O que eu fiz? — respondi, com ar de deboche, como se tivesse sido insultado. — Não *fiz* nada. Acho que ela finalmente se tocou, só isso. Enfim, e interessa o que aconteceu, exatamente? Acabou. Está acabado.

Ela fechou os olhos.

— Pobre menina. Ela está chateada? Disse alguma coisa?

Parecia que Cynthia não estava entendendo.

— Não. Não disse nada. E não acho que esteja chateada, na verdade. Ela parece ter voltado a ser praticamente como era antes. Você sabe como são esses jovens, deve ter sido só uma fase.

— Mas, Terence, não estou entendendo. Como você sabe que acabou?

— Porque sei.

Ela estremeceu de dor e levou a mão ao estômago.

— E o que você vai fazer agora? O que vai fazer quando aparecer um novo rapaz? Vai trancá-la num armário? Colocá-la numa redoma de vidro e interrogar os pretendentes, como um velho rei?

— Ah, Cynthia, para com isso! — falei. — Se você soubesse o que eu sei sobre aquele garoto, estaria tão aliviada quanto eu.

Aparentemente, a dor tinha passado. Ela conferiu a composição nutricional de um dos suplementos que eu comprara.

— Então por que você não me dá uma luz? Como ele era? Terence? Terence?

Eu estava olhando através dela, para os ímãs na porta da geladeira. Você sabe quais. Aquela coleção de palavras soltas que você e Reuben estavam sempre mudando de posição. Quatro delas, em meio à bagunça das outras peças, estavam juntas numa linha contínua.

— Deixa pra lá — falei. — Outra hora conto a você.

De novo fui parar no seu quarto. De novo não fazia ideia de como chegara até ali. De novo você estava abandonada a um sono inocente. De novo a desconcertante urgência de Keats.

Mas com uma diferença: um travesseiro — o meu — nas minhas mãos.

— Ah, Reuben — sussurrei, de volta à minha cama. — O que você ia fazer?

Quietude, quebrada apenas pelo tique-taque do relógio. Apertei bem os olhos e mordi o lençol, lutando contra o calor que antecipava o choro culpado do seu irmão.

Minha ida a Horncastle estava marcada para a segunda-feira seguinte, não foi? Fiquei em dúvida se fechava a loja, mas como Cynthia ainda estava debilitada da cirurgia, e me pareceu um pouco demais pedir ao George para me substituir, decidi que valia a pena apostar. Afinal, não conseguia uma venda significativa numa segunda-feira desde a mesa dobrável que vira sair dali na noite da morte de Reuben e, agora que sabia que o Denny tinha saído da sua vida, resolvera tentar voltar a uma certa normalidade. Não ia montar estande naquele ano, mas ainda assim valeria a pena ir para me atualizar sobre a concorrência e caçar pechinchas com outros colecionadores.

O plano foi abortado por conta de mais um apagão que sofri

na estrada. Estava a caminho fazia apenas dez minutos quando, sem os costumeiros sintomas de alerta, o tempo se acelerou. Num momento estava na pista rápida, tentando apressar a chegada (passei a confiar em você nos intervalos de almoço, mas queria estar de volta, em frente aos portões da escola, às quatro); no momento seguinte deslizava em diagonal pela estrada. Os outros carros, levando fechadas do meu, buzinavam feitos loucos à minha passagem. Um motorista de caminhão colocou o braço para fora da janela com um gesto obsceno.

— Sai — implorei ao seu irmão. — Me deixe em paz.

Consegui sair para o acostamento, estacionei e me recompus. Liguei o rádio e a "Sonata ao luar", de Beethoven, pouco a pouco recuperou meu estado mental. Respirei algumas vezes e a decisão estava tomada. Seria muito perigoso seguir viagem. E se Reuben tentasse novamente assumir a direção?

Não.

Voltaria para casa por um atalho, atento a qualquer sintoma de vista escura ou sensação estranha no cérebro.

Claro, não aconteceu mais nada. Cheguei em casa em segurança, com a ajuda de Beethoven e de uma estrada sem movimento. Então, de volta à perfeita noção de tempo, eu me dei conta de que ele não tinha mais motivo para interferir. Eu estava voltando para casa, como ele queria. Sim, como ele queria.

Entrei na loja, mas tranquei a porta. A verdade é que ainda estava um pouco preocupado pelo que ocorrera na estrada e não queria me debilitar ainda mais tendo de atender clientes.

Em vez disso, decidi refazer o enchimento da cadeira de mogno George IV que vinha pensando em restaurar havia semanas. Assim, fui até os fundos buscar a tesoura e o formão e, quando os encontrei, de repente ouvi um ruído vindo do andar de cima. Música. Baixinha, baixinha. Fiquei parado por um tempo, pois tinha certeza de que meus ouvidos tentavam me enganar. Era a "Serenata ao luar" de Beethoven que vinha de lá. A gravação da Orquestra Filarmônica de Londres, por certo, mas verdadeiramente peculiar era o fato de se tratar do mesmíssimo trecho que eu havia ouvido no carro. O belo lamento no final do primeiro movimento, "delicada poesia para além de toda e qualquer linguagem", conforme o definiu Berlioz.

Talvez o rádio tivesse ficado ligado lá em cima, mas, se era o rádio, por que estaria tocando exatamente a mesma parte que já havia tocado minutos antes? Com o formão em punho avancei, cuidadoso, escada acima. Na metade da subida, pensei em voltar à loja para buscar o revólver, mas desisti da ideia. Afinal, por que um invasor colocaria Beethoven para tocar?

Parado atrás da porta do seu quarto, esperei. Ouvi alguma coisa que se sobrepunha ao som suave do piano — uma batida lenta e rítmica. Muito curioso, uma vez que eu sabia que nesta peça não havia percussão.

— Bryony? Bryony? É você? Querida?

Você não respondeu, então chamei de novo.

— Bryony? Você está aí?

Talvez fosse só mais uma ilusão. Outra das minhas alucinações auditivas. Depois do que acontecera no carro, não dava para descartar a hipótese. Encostei o ouvido na porta e nada escutei além das últimas notas daquele primeiro movimento.

Adagio sostenuto.

Claro, você sabe o que houve em seguida. Abri a porta com a mão direita, o formão na mão esquerda. Vi você ali, só você, na cama. Seu corpo tenro coberto apenas pelos lençóis.

Um segundo e desviei o olhar para esquerda, ele surgiu, já de jeans, enfiando a camiseta branca.

Denny.

Pisquei, tentando me livrar daquela visão, mas ele continuava lá: aquele animal suado, um predador dentro da minha própria casa. Ele olhou para o formão e calculou do que eu seria capaz. Avancei.

— O que você fez com ela? — perguntei, mas podia ver a resposta, ouvi-la, sentir-lhe o cheiro.

— Nada — mentiu ele, de olho no formão. — A gente não estava fazendo nada.

Com mais um passo à frente, mantive os olhos fixos na cara dele.

— Você prometeu — falei. — Eu te dei...

Não podia dizer. Você não podia saber o que eu fizera, não ali.

— Para, pai — disse você. — É minha culpa. Não foi o Denny, fui eu. Por favor, pai, você está me assustando. Por favor.

O segundo movimento começou a tocar. Aqueles compassos de abertura, estranhos, inquietantes, tornando a atmosfera mais pesada.

— Nada — repeti o que Denny dissera. — É o que ela significa para você, não é?

— Não — disse ele. — Não, não é isso, ela...

— Cala a boca, pelo amor de Deus, cala a boca!

— Pai, por favor.

O que eu ia fazer? Não tinha ideia. Na verdade, não estava raciocinando. Só o que me passava pela cabeça eram imagens dele por cima do seu corpo, uma cena que provavelmente estava além do que de pior eu podia imaginar.

— Você acha, querida, que pode consertar um moleque como esse com música? Acha, queridinha, que pode pegar esse pedaço de rocha e transformá-lo em alguma coisa decente? Que esteja à altura da sua natureza? Bem, você não pode. Olhe para ele. Não tem nada ali.

Eu não estava olhando para você. Era impossível olhar. Olhava, em vez disso, para a fúria silenciosa nos olhos dele, enquanto meu próprio ódio começou a se dissipar. Uma imagem surgiu como um flash na minha mente. Não a de vocês dois na cama, mas outra coisa. Eu o vi brigando com um garoto, cujo rosto não consegui discernir. Havia brinquedos espalhados pelo carpete. Um flash, nada mais, mas que provocou um súbito arrefecimento da minha determinação. Meu corpo ficou parado ali como uma carcaça vazia, e o formão caiu aos meus pés.

O quarto foi saindo lentamente da escuridão, como uma camada antiga de tinta sob um maçarico, e vocês dois não estavam mais lá.

Liguei para a escola. Você estava lá. Tinha chegado atrasada, às dez e meia. Dissera, aparentemente, que sua avó tinha sido levada para o hospital.

Mentir era tão fácil para você, agora. Tão natural. Podia atirar fora a verdade a qualquer momento, fácil como despir uma roupa incômoda.

Um dia de horror, monótono, vazio, e então fui buscá-la na escola.

Não conversamos sobre o que aconteceu. Na verdade, não conversamos sobre nada. Sentia seu olhar em mim, do banco de trás, claramente desconfiada do meu silêncio, mas não o desafiou. Estávamos, ambos, perdidos em nossos próprios planos, formulando estratégias secretas e opostas que, pensávamos, nos libertariam.

e eu estava dentro da cabeça dele e afastava todas as luzes e mantinha elas todas afastadas o tempo todo enquanto olhava pelas janelas que não eram janelas e para você e era tão difícil manter as luzes afastadas que eu mal conseguia me manter ali dentro mas quando ele se aprumou eu olhei para você da minha torre de observação e a vi deitada e vi que você VÁ EMBORA POR FAVOR não vi você e vi pelos seus olhos impenetráveis um sonho seu PARE e vi você e vi aquela vez que fomos caçar besouros luminosos pequenos besouros verdes luminosos e vi você e as luzes continuavam ofuscando mas continuei a afastar o brilho delas você se lembrou FORÇA você se lembrou daquela hora que ele não estava olhando para nós de quando ele tinha virado as costas pra gente e agarrei sua boca e você mordeu minha mão e REUB e a empurrei e a deixei lá caída nas urtigas e senti as cem EN picadas que você sentiu tentando sair dali e ele viu e você contou pra ele como a menina boazinha que sempre foi e levei um tapa e senti a vermelhidão e a vergonha da tua mordida e das picadas que ele me fez ver e a tristeza quando ele aplicou a penicilina em você e o cheiro de leite de rosas quando voltamos pra casa ME DEIXE EM PAZ e as luzes que continuavam a ofuscar e continuei a espiar por trás dos olhos dele e fiz ele levantar as mãos e andar devagar até sua cama e estava tão próximo de fazer a coisa acontecer tão próximo de libertá-la do amor dele mas parei e perdi o poder de continuar ali dentro daquela torre sólida que era ele e as luzes foram ficando mais e mais brilhantes e muito brancas como o sol e como as luzes que me ofuscam agora e as mãos pousaram dos lados do corpo e ele ficou parado ali quando saí dele com as luzes me expulsando e às minhas mentiras na direção da verdade e me fazendo girar tão rápido ao redor da terra tão nublada o tempo todo e não consegui mais voltar e achar aquela luz dele ME DEIXE e voltei de novo pro lugar pra onde vou agora sem você EM PAZ

Em meio ao ruído sussurrado da babá eletrônica, ouvi você conversando com ele pelo celular. Estava combinando de encontrá-lo. Marcaram o encontro para a cabana em Rawcliffe Meadows e pretendiam fugir juntos naquela noite. Rawcliffe Meadows! Rawcliffe Meadows! Ah, o próprio Aristóteles teria de sorrir diante de tamanho *páthos*. Rawcliffe Meadows. O lugar onde levei você e seu irmão, certa vez, para caçar besouros luminosos. Encontrá-lo lá foi ideia sua? Eu não sabia. Não sabia para onde vocês planejavam seguir depois. Talvez pensassem em ficar escondidos na natureza selvagem, caçando coelhos e pescando carpas no rio poluído. Eu não sabia. Tudo o que sabia eram a hora e o lugar do encontro.

Você parou de falar. Abriu a porta do quarto.

— Bryony?

O pé suspenso no ar, mas a boca não dizia nada.

— Bryony? Querida? É você?

Uma pergunta ridícula que ficou sem resposta. Saí do meu quarto e olhei para você.

— O que pensa que está fazendo?

— Vou sair — disse você. — E você não pode me impedir.

— Não — falei. — Você não vai.

— Pai? O que você está fazendo? Sai da frente!

Balancei a cabeça e abri os braços. Um crucifixo improvisado, bloqueando sua passagem.

— Desculpe, Bryony, mas você não é mais você mesma. E sinto dizer que, até que Bryony volte a ser Bryony, suas ações estão sob minhas ordens. Você entende que isso é para o seu próprio bem, não entende? Compreende que a coisa mais irresponsável que eu poderia fazer agora é deixá-la sair desta casa? Você sabe que não posso deixá-la se encontrar com aquele animal, não é?

— Como é?

— Aquele animal. Denny. Não posso deixá-la sair para encontrar com ele. Não depois do que presenciei no seu quarto.

— Do que você está falando? Estou indo à casa da Imogen.

— Pare com isso — disse a você. — Chega dessas mentiras.

— Não estou mentindo.

— Você não está indo à casa da Imogen e sabe muito bem disso. Você nem é mais amiga dela.

Foi aí que você me empurrou para alcançar a porta? Foi aí que arranquei o celular do seu bolso? Foi aí que agarrei seu braço e a puxei escada acima até o sótão, enquanto você berrava feito um espírito maligno? Você arranhou meu braço, lembra, quando subíamos os últimos degraus? Chegou a puxar meu cabelo, me obrigando a tratá-la de forma mais bruta do que pretendia, e peço desculpas por isso.

— O que está fazendo? — você cuspiu essas palavras. — Aonde está indo?

— Aonde eu estou indo não interessa — falei. — O mais importante é que você não vá a lugar nenhum.

Você olhou para mim sem acreditar.

— Você não pode me trancar no sótão, seu nazista psicopata.

— Garanto que posso, e é o que vou fazer.

— Isso é abuso. É ilegal. Você está louco. Precisa ser internado.

— É para sua própria proteção.

— Eu o odeio — disse você, e eu soube que falava sério. Sua boca, seus olhos, as pernas chutando para todo lado; você inteira falava sério.

Empurrei você para dentro.

— Desculpe, Bryony.

E então tranquei-a no meio das caixas velhas e dos pertences da sua mãe e do Reuben.

*

Pés e mãos ressoavam contra a porta.

— Me deixa sair! Me solta! Fascista!

Devo confessar que senti medo de você naquele momento, medo dessa força dentro de você, o medo que se tem de uma tormenta violenta e imprevisível. Mas era minha única opção, e agora me sentia com mais coragem para agir. A porta era forte o bastante para segurá-la. O carvalho Tudor, espesso, aguentaria seus golpes, a fechadura de ferro não cederia. Fechei os olhos e coloquei a chave no bolso. Ia ser assim.

Eu ouso fazer tudo que convém a um homem;
Quem ousa ir além não o é.

Sabia exatamente o que tinha de fazer. Era como se, de repente, o futuro tivesse se tornado tão sólido quanto o passado. Eu estava sendo conduzido por alguma força externa, como se minha história, sobre a qual não tinha muito controle, fosse escrita por outra mão. Não era a história de Reuben e não era a minha, mas a de outra pessoa. Era impossível afirmar se, nessa narrativa, eu era o herói ou o vilão, e não fazia muita diferença, na verdade, pois minhas ações já haviam sido escritas.

— Estou saindo e vou abrir a porta para você quando voltar — falei, minhas palavras competindo com chutes e grunhidos. — Não demoro mais do que umas três horas. Tem uns livros velhos numa das cômodas. Uma edição antiga de *Alice no país das maravilhas*. O livro número oitocentos da primeira edição. Ou algo por aí. Ainda tem o número nele, se não me engano, na capa interna.

— Abra a porta! — berrou você, mais alto que eu. — Abra a porta!

Fiquei ali no corredor, ainda impressionado com a força da sua reação. Estava tão possuída que, eu soube, nunca estaria ao meu alcance compreender aquilo.

Seus gritos se desmancharam em choro.

— Abra a porta.

— Tchau, Bryony — disse eu, baixinho demais para que você escutasse, e desci até a loja.

Com o estojo de mogno aberto, ali estava aquele velho revólver à minha frente, o aço entalhado do protetor do gatilho brilhando no escuro como um olho que desperta. Parecia tão bonito, tão delicadamente forjado, que era quase impossível acreditar que se pudesse realizar com ele o que eu tinha em mente.

Peguei a pistola. Apanhei as velhas balas da caixa de metal e carreguei-a.

Eu tentava mantê-la em segurança, como faria qualquer pai. Só pensava nisso, em como garantir a você um futuro longo e feliz. Mas me parece que qualquer esforço que fazia nesse sentido tinha um efeito colateral. Cada tentativa de intervir na sua vida serviu para afastá-la ainda mais, e pouco a pouco fui perdendo seu respeito e sua confiança.

Mesmo nas vezes em que disfarcei, e só permitia que visse o fantoche, sem as cordinhas que o manipulavam, minhas ações se mostraram igualmente inócuas. Era como se houvesse um inimigo dentro da minha própria mente, um agente duplo que, de propósito, colocasse em risco cada missão. Claro, o que digo não está assim tão longe da verdade.

De fato, nas últimas semanas e meses, passei a compreender muito melhor as forças invisíveis que frustram nossos maiores esforços. Percebo que não existe grande diferença entre nossos quadros psíquicos e a realidade física. Ambos, por caminhos distintos, são narrativas contínuas nas quais as ações dos vivos são determinadas pelos que já se foram.

Na nossa cidade, por exemplo, com suas fundações romanas, ruas do tempo dos saxões, aparatos de defesa da época dos normandos e uma linha férrea vitoriana, pode-se ver como as coisas se encaixam. Como o que é velho e ancestral envolve o presente e este, por sua vez, trabalha para selar o futuro. A gente vive e caminha e respira por entre essas camadas de tempo.

Com a mente ocorre o mesmo. Não se trata de uma cidade construída à nossa imagem e semelhança, mas sim erguida sobre a totalidade da experiência humana, sobre tudo o que já foi, sobre o conhecimento deixado por aqueles que sobrevivem na memória, nos livros, na loucura.

Mas, se a mente é uma cidade, pode estar vulnerável a ataques, a forças invasoras no meio da noite, quando esmorecemos e não há sentinelas nas torres.

Repare, Bryony, era isso o que estava acontecendo. Tudo o que fiz para protegê-la apenas serviu para provocá-lo, levar o ciúme à alma insepulta dele. Enquanto a vigiava, eu mesmo vinha sendo observado. Talvez, se tivesse agido diferente, me preocupado um pouco menos com você e mostrado a ele que sentia um pouco mais a dor por tê-lo perdido, jamais adquirisse essa consciência. Talvez jamais fosse obrigado a me dar conta de que nossa mente não é nem um pouco mais forte que a dos animais. É um território que pode acabar invadido e tomado como qualquer outro.

Mas só agora percebo haver uma maneira de sossegar a alma dele, saciar sua sede medonha. Tomada essa providência, acredito que ele vai conseguir amá-la de novo, de verdade, e descansar na paz que oramos para que sua alma encontrasse. É minha última esperança, será meu último ato. Como fazer terra arrasada da cidade da minha mente e criar um espaço novo, mais aberto, onde os espíritos vingadores possam circular sem pausa.

Era uma caminhada e tanto, mas eu estava com tempo. Depois de ter atravessado o parque e passado debaixo do poste do Reuben, fui na direção do rio. Peguei o caminho tranquilo, e mais longo, da ciclovia, de modo a ter poucas testemunhas. Fui sempre em frente, na escuridão, sentindo a pistola pesando contra meu corpo. E adiante, passando a Ponte Lendal, e logo seguindo pela Stripe Lane. Sentia o cheiro das flores selvagens e das sebes próximas e escutava as cotovias, o que significava que estava quase chegando. Qual era o plano? Vocês passariam a noite ali, antes de seguir para o norte, até Beningbrough, e desse ponto pegariam um trem para algum outro lugar? Ou pretendiam ficar vivendo junto à natureza, como caçadores da era Neolítica, longe da civilização?

Minhas suspeitas aumentavam. Por que ele teria escolhido encontrá-la no meio do nada? Tinha visto o que ele fizera ao George. Escutara a história do que tinha feito àquela garota, Alison Wingfield. E sabia muito bem do que o pai dele era capaz. Talvez houvesse marcado com você ali para fazer o impensável, coisas mais terríveis do que aquelas que eu já conhecia — e pelas quais poderia negar responsabilidade, sabendo que tudo pareceria ser apenas a história de dois adolescentes fugindo felizes noite adentro.

Um cisne mudo bloqueou minha passagem. Não o vi até estar muito perto, as asas abertas, sibilando um sinal de alerta. Talvez tivesse uma família a proteger, mas, até onde podia ver, agia em causa própria, um cisne saqueador, procurando pilhar coisas que eu não tinha para lhe dar. Era uma espécie de impasse. À minha direita, o rio. À esquerda, o bosque. Como o cisne não dava sinais de que arredaria pé, tive de me aventurar no capão denso e baixo, contornando a via principal.

Quando voltei à estrada, ouvi uma voz atrás de mim.

— Papai? Papai? Olhe.

O cisne não estava mais lá.

Tinha desaparecido, simplesmente.

Em seu lugar, havia um menino de uns 7 anos, com uma marca de nascença no rosto. Estava com o braço esticado, mostrando a mão.

— Olhe, está no meu dedo. Olhe!

Eu me agachei e ele veio até a mim. A escuridão era total agora, mas o besouro luminoso, verde-garrafa, pousado na mão dele era completamente visível, assim como os próprios olhos do jovem Reuben. Aquele olhar intenso que ele costumava ostentar, sério e inquisitivo, pressionando por uma resposta.

— Reuben — falei.

— Isto é um besouro *luminhoso*? Achei um?

— Reuben? O que você está fazendo aqui?

A voz ganhou um tom de irritação.

— É ou não é um besouro *luminhoso*?

— Sim — disse eu, e me deixei levar pela lembrança. — Mas é luminoso que se diz. Luminoso.

Ele pareceu ficar triste.

— Não queria ter empurrado a Bryony nas urtigas. Desculpa, papai.

— Não tem problema, Reuben. A Bryony está bem.

Ele franziu a testa, como se eu estivesse mentindo.

— Ela foi embora.

— Não — falei.

— A gente perdeu ela. No escuro.

— Não. Ela está segura. Em casa.

— Ela ficou invisível. Não está mais aqui.

Fiquei bravo. Não com Reuben, mas comigo mesmo, com a mente confusa que inventava uma aparição como aquela.

— Não — disse eu. — Você é que não está aqui.

— E onde eu estou?

Bati a ponta dos dedos contra minha têmpora.

— Aqui.

— E este besouro?

Fiz o mesmo gesto.

— Aqui também. Você não é real. Você não é real. Agora preciso ir.

— Não me deixe aqui, papai — falou ele. — Não me deixe, não me deixe, não me deixe...

A alucinação começou a chorar. Fechei os olhos e implorei para voltar à razão.

— Ah, não me faça enlouquecer — disse eu. — Não agora.

Não podia permitir ser possuído naquela noite, então, com os olhos bem apertados, avancei minha mão lentamente, com cuidado, na direção do rosto imaginado. Claro, esperava não sentir nada. Esperava que meus dedos atravessassem o vazio, confirmando a ilusão. Em vez disso, subitamente, senti uma mordida das mais dolorosas.

Você deve ter em mente que, àquela altura, eu ainda estava agachado, de modo que o gesto de recolher a mão, mais a visão do cisne, de volta ao lugar onde estivera aquele tempo todo, me fez perder o equilíbrio. Caí para trás.

Como o cisne batia as asas violentamente e soltava aqueles silvos demoníacos, tentei desesperadamente me levantar, mas ainda me movia muito devagar. Encurralado e em desvantagem, eu me vi debaixo daquele pássaro selvagem, o pescoço dele avançando sobre mim, as asas abertas na envergadura máxima se debatendo contra minhas pernas.

Não havia como parar o bicho.

Novamente tentei levantar, mas ganhei um safanão tão forte no peito que fui a nocaute, desta vez ainda mais definitivo, aterrissando na lama. Ele teria me matado, com certeza, e, olhando em retrospecto, talvez enxergássemos aí uma intervenção divina (ou de seja lá qual fosse o autor que continuava a controlar minha história), mas eu precisava salvá-la e sobreviver mais algumas horas. Então enfiei a mão no casaco, peguei o revólver e, enquanto a outra mão lutava sem sucesso com o pescoço do pássaro, atirei contra o peito dele. Depois do estouro, que ecoou de tão alto, houve um último silvo e o pescoço desabou. Rapidamente um sangue escuro começou a vazar, quase aos borbotões, e fiquei momentaneamente paralisado pela cena. A vida que ali havia num minuto já não estava, e num curtíssimo espasmo o pobre bicho caiu inanimado sobre minhas pernas.

Fraco e em pânico, carreguei-o até o rio e tentei evitar que mais sangue manchasse minhas roupas. Quando avistei a família do cisne, até então oculta na sombra, dormindo em seu ninho d'água, senti um tal terror desabar sobre mim que não consigo nem descrevê-lo. Oh, Bryony, foi um sentimento tão horrível! Aqueles pobres animais de alma pura e inocente. Depois que o corpo foi levado pela correnteza, já afundando, vomitei nos arbustos à beira d'água e tentei clarear minha mente inalando um pouco do ar gelado, mas não funcionou. Se chegasse a sobreviver àquela noite, sabia que aquele cisne muito branco me assombraria, como o albatroz ao velho marinheiro, pelo resto dos meus dias.

Na saída do bosque, a trilha abre caminho para um campo de feno. Como daquele ponto dava para ver a cabana, decidi parar por ali e me esconder entre os últimos arbustos.

O incidente com o cisne me fizera perder mais tempo do que tinha imaginado. Meu relógio dizia que já passavam dez minutos das nove horas. Denny já devia ter chegado. Mas continuei oculto nos arbustos de frutinhas pretas, sobre os cardos rasteiros, esperando que ele aparecesse. Foi ali mesmo que senti um cheiro. Alguma coisa que sobressaía ao aroma das flores selvagens. Um cheiro de caramelo queimado. A distância, a fumaça da fábrica de doces subia apagando as estrelas. O turno da noite. Devia haver pessoas lá, trabalhando. Elas poderiam ouvir o tiro e correr para ver o que era antes que eu tivesse tempo de desovar o cadáver.

Vi uma sombra cruzar a janela da cabana. Era ele. Pude reconhecer os contornos daquela jaqueta forrada, horrorosa, que ele estava usando quando vi vocês juntos em Clifford's

Tower. Um casulo preto e inchado. Desapareceu de vista. Meus pensamentos eram perguntas. O que estaria fazendo lá sem acender uma luz? Teria arrombado a cabana? Conheceria o dono? O que estaria armando? Em quanto tempo desistiria de esperar por você? E por onde sairia?

Não conseguia enxergar nenhuma porta. Devia haver uma, obviamente, que havia sido arrombada, mas não podia vê-la dali.

Ah, por favor, tente me imaginar naquele lugar.

No meio daqueles arbustos. Agachado no escuro. Molhado do sangue do cisne e da lama do chão. A mão trêmula segurando uma pistola antiga. Quero que você compreenda a loucura veloz dos meus pensamentos. As excruciantes dúvidas que enfraqueciam minha determinação. As sensações já familiares tomando meu cérebro, trazendo junto estranhas imagens de outra vida.

Eu vi na minha mente. Denny e os outros na East Mount Road. Ele estava olhando para mim.

— Não faça isso — disse ele. — Você não precisa fazer isso por causa do Tully.

E minha boca passou a sussurrar as falas do Reuben.

— Não estou fazendo por causa do Tully.

E o próprio Andrew Tully ali, rindo e olhando para os garotos em volta, e o riso deles me humilhando como devia ter humilhado Reuben.

E Denny, balançando a cabeça e olhando para mim:

— Você vai acabar se matando.

Afastei a lembrança. Era uma falsa lembrança, disse a mim mesmo. Tão falsa quanto aquelas outras alucinações. Não tinha acontecido. Denny era tão culpado quanto o resto deles. Claro que era. Mas podia sentir a coisa acontecendo, a mudança dentro de mim.

Estava prestes a perder o controle novamente, minha alma destruída por aquele fogo devastador dentro da mente, e no pior momento possível.

— Fique firme, Terence — repeti para mim. — Firme, Terence.

Meu nome soava vazio, como se para mim não significasse mais do que para as plantas e árvores em torno, mas eu ainda estava lúcido.

Denny ia machucar você. Não podia duvidar disso. Em algum tempo e lugar, no futuro, ele se revelaria como o que realmente era, sua face real e assustadora, e faria com você o que fizera com Alison Wingfield. Reuben estava brincando comigo. Ele queria que Denny a machucasse. Claro que queria. O próprio Reuben vinha tentando a mesma coisa, usando de métodos variados, desde a morte dele. Segui o cavalo, que me levou a ele — aquilo foi um primeiro sinal. Depois o incidente com Higgins. Ele encontrara meios de entrar nas mentes daqueles bichos, assim como encontrara um jeito de entrar na minha. Seu espírito ciumento não descansaria enquanto você estivesse junto de mim, de modo que para ele teria sido muito desejável vê-la fugir com aquele marginal violento.

Tinha de agir rápido, pois Reuben ainda me atormentava. Fiquei de pé e saí para o campo.

Quando me pus a caminho, pisando aquela terra ancestral, não era mais do que um recipiente vazio. Reuben poderia ter chegado e me arrebatado, mas não o fez. Era somente eu ali, assistindo a mim mesmo, aquele Terence que carregava um revólver, tentando permanecer fora do campo de visão da janela.

*

Terence ganhou velocidade e tentou não pensar nos próprios passos, e na dor que fazia latejar sua perna esquerda.

Já conseguia ver a porta. Um retângulo negro de madeira na lateral da cabana, movendo-se lentamente. Ele parou. Levantou a pistola. Ali ficou, quieto com um lobo à espreita. Sentiu os arbustos e as árvores baixas se encolherem atrás dele, o rio correndo mais à direita. O garoto então surgiu, vestindo a jaqueta forrada. Uma silhueta que lhe pareceu pequena demais para a distância entre eles, como se a noção de perspectiva tivesse se perdido.

O rapaz o teria visto? Terence não sabia. Tudo que Terence compreendia era o revólver que tinha na mão, que ele apontou e disparou.

Errara. Tinha certeza. Por um momento o garoto ainda permaneceu de pé, nenhum som que denunciasse dor.

Terence estava vasculhando os bolsos em busca de outra bala quando ele tombou, a mão no ombro, e veio o grito. E então apareceu outra silhueta. Um garoto do mesmo tamanho do Denny. Não, um pouco maior. Um homem, que se curvou sobre o corpo caído.

Sentia-se totalmente confuso na escuridão. Terence, que agora posso ver que voltava a ser eu mesmo, começou a entrar em pânico. Quem seria esse outro homem, arrastando Denny para dentro, para fora do meu campo de visão? Eu não sabia. Precisava ir embora. Mil moscas negras me atacaram num enxame, zunindo seu murmúrio de ódio em torno da minha cabeça.

Ouvi alguma coisa mais. Um bebê chorando, berrando, em algum lugar atrás de mim, no bosque. Dei meia-volta e andei — trotei, manquei, tropecei — na direção daquele som, a multidão de moscas me acompanhando. Atrás dos arbustos, mas antes de chegar às árvores, dois bebês deitados, contorcendo-se numa cama de urtigas. Ele, resmungando como sempre fizera, e você quieta ao lado.

— Shhh — falei para o Reuben. — Shhh. Por favor. Shhh.

Eu me abaixei para pegá-lo, fechando os olhos e a boca para me proteger das moscas. O zunido parou. E o choro. Não havia mais bebê nenhum.

Foi aí que tomei o rumo de casa. Pelo capão baixo até a trilha, ouvindo o grito silencioso da natureza em cada árvore, cada inseto, cada ser vivo.

Você está sentada, não está? Está na casa da Cynthia? Posso ver a expressão do seu rosto, como se estivesse aqui comigo, a mesma testa franzida de quando olha para uma partitura que vai tocar pela primeira vez. Os olhos se estreitam. Desviam-se, quase.

Por favor, não tenha medo. Não consigo aceitar a ideia de que me tornei alguma coisa assustadora mesmo aqui da minha sepultura.

Minha sepultura.

Ah, já posso sentir. As margaridas crescendo acima de mim, assim como Keats as sentiu nos dias que precederam sua morte. É tão estranho, sabe, estar aqui. Escrever dentro deste carro, me esforçando para enxergar com tão pouca luz. Saber que amanhã não serei nada, que não haverá o que acrescentar a estas palavras, que não mais terei consciência. Ou que talvez ganhe um tipo diferente de consciência. Do tipo que Reuben tem.

Não.

Preciso parar com isso, e agora. Com essa fraqueza patética. Com esse medo de que...

Esqueça.

Imagine meu pânico. Imagine, por um momento, como me senti quando cheguei em casa, abri a porta do sótão e descobri um quarto vazio e uma janela aberta.

Foi um desespero tão terrível que procurei atrás da porta, debaixo da velha cama em formato de trenó, entre as caixas, com a esperança de que fosse apenas mais uma ilusão. Uma alucinação ao contrário: sua presença disfarçada de ausência. Então reparei numa página arrancada, caída no chão.

"Conselho de uma lagarta."

E outras páginas também, todas arrancadas, soltas sobre o assoalho pintado de verde como o mapa de uma terra estrangeira, um arquipélago de texto e ilustrações de um chá das cinco.

— Bryony? Onde você está? Querida? Queridinha? Querida? Cadê você? Bryony? Pare de se esconder.

Deve ter sido nessa hora que avancei até a janela aberta e passei a avaliar sua única rota de fuga. Até agora não entendo muito bem como você conseguiu. Arriscar a vida, equilibrando-se para fora daquela janela e sobre aquelas telhas soltas, seus pés vacilando ao pisar na calha, dependurando desajeitada até alcançar a janela do seu quarto, avançando pelo beiral como se montasse um cavalo, enroscando-se na trepadeira para descer pelo caramanchão. Louca e cega de amor.

Por um momento, tive certeza de que você estava morta. Vi uma telha faltando e imaginei que tivesse se soltado quando você pisou, fazendo-a cair dali. Desci correndo aqueles lances de escada, a adrenalina correndo solta pelo meu corpo. Apanhei as chaves que tinha deixado na loja, esbarrando novamente o quadril na cômoda e quase pondo a perder a Garota com Pandeiro.

Lá fora, enxerguei suas pegadas molhadas a partir de uma poça, desaparecendo depois da entrada de casa. Meu alívio por você estar viva foi logo engolido pela preocupação sobre onde teria ido. A rua não dava pistas. O parque, o poste, o ronco do tráfego indiferente. Vasculhei de um lado e de outro com os olhos, mas estava claro que havia chegado tarde demais. Você tinha desaparecido de cena.

E então, o mais distante dos sons. O telefone, a linha da loja, naquela hora tardia.

Meus ouvidos ainda zuniam alto do tiro, mas aqueles toques do telefone, é certo, só fizeram aumentar o pavor.

— Pois não?

De início, nada.

— Pois não? Alô? Alô?

Um som indistinto de respiração.

— Pois não? Quem é?

E então a voz dele.

— Sr. Cave?

Olhei em torno, para os objetos na escuridão — as estatuetas, os vasos, as mesinhas de centro, os relógios de canto. Estavam fechando o cerco. Era uma emboscada. O general Gordon, em Khartoum, cercado pelos madistas.

— Sim, é o Sr. Cave. Quem fala?

Sabia a resposta antes mesmo de ele falar.

— É o Denny.

Afastei o fone do meu ouvido.

— Sr. Cave? Sr. Cave? Sr. Cave?

Talvez meu tiro tivesse sido mortal e aquele era mais um fantasma. Primeiro Reuben, agora Denny. Sintomas de culpa, nada mais.

— Não — disse eu. — Você não é o Denny.

Agarrei a estatueta mais próxima. A Garota com Pandeiro.

— É a Bryony. Ela foi... alguém... deu um tiro nela.

Não falei nada. Imagens espocavam na minha mente. O sótão vazio. As páginas arrancadas de *Alice*. O cisne afundando. A figura que vestia o casaco do Denny, desabando no chão. O homem debruçado sobre o corpo. Os bebês largados sobre as urtigas.

— Ela... está no hospital.

Ele gritava, esse fantasma.

— Ela está no hospital. Sendo operada... A gente estava lá. Em Rawcliffe. Em Rawcliffe Meadows. Eu tava com o dinheiro que o senhor me deu e a gente ia fugir. Desculpa... mas é que alguém atirou e...

— Alguém... alguém... alguém...

— George Weeks. Acho que foi o George Weeks. Ele atacou a Bryony. Foi por isso que eu...

— Não — falei. — Foi você que atacou...

Lembro-me do George parado lá em cima, no patamar da escada, a cara assustada dele. O que ele tinha feito? E por que você não me contou nada? Pensou que eu não seria capaz de resolver a situação? Achou que fugir com Denny era a resposta?

Desliguei e disquei para o Hospital Geral de York. A atendente de turno, com voz cansada, me colocou em espera. Uma das pequenas serenatas de Mozart para tentar acalmar os nervos.

Lembrei do George na loja, o rosto arranhado e arrebentado olhando para uma das estatuetas. Meu coração disparou a uma velocidade tremenda quando inclinei a peça que estava segurando e examinei sua base.

Alison Wingfield, 1932.

Escorregou da mão e se espatifou. Agachei, ainda ouvindo os compassos de valsa de Mozart, rendido por aquela emboscada.

E foi então que aconteceu. A cacofonia:

Vi o fantasma chegar a um beco sem saída. Vi aquele monstro loiro girar a cabeça e quase me ver. Vi quando deu de ombros consigo mesmo e seguiu seu rumo, atravessando a parede e ganhando as ruas desertas. Vi quando tomou um atalho pelo gramado em direção à biblioteca. Vi a garrafa na sua mão. Corri, passei pela biblioteca, me preparei para encontrá-lo do outro lado. Um golpe no escuro e ele estava no chão, a cara contra a grama, imóvel feito um morto.

Eu estava olhando para a água. As gotas caindo sobre os objetos petrificados. Era de madrugada. Tinha dirigido por quilômetros e quilômetros e pulado dois muros para estar ali, mas ainda assim não conseguia encontrar. Andei um pouco mais, passando pela cartola e pelas toalhas de chá e pelas botas de cano alto, até achar a pulseira. Estiquei a mão e senti uma espécie de alívio ao tocá-la.

A água fria capaz de desafiar o tempo caindo sobre meus dedos.

— Olha, pai — sussurrei. — Eu sou um...

Um cachorro latiu ao longe. Vi uma tocha piscar no meio das árvores. Duas vozes masculinas se aproximando. Uma pulseira impossível de pendurar. Deixei cair e a perdi na água acumulada embaixo. Afundei o braço, mas todas as rochas frias pareciam iguais.

Estava segurando sua boneca Handwerck. Reparei por um momento na delicada costura do forro, na intricada estampa floral do vestido, e senti uma fúria que não era minha. Arranquei a cabecinha de cerâmica e deixei o corpo debaixo da sua cama. Desci em silêncio, passos clandestinos até a cozinha, e coloquei a cabeça na lixeira, aqueles olhos me encarando no meio das cascas de cenoura.

— Tchau, Angélica.

Vi Denny naquela sala de estar, no dia em que Reuben foi obrigado a beber aquela mistura horrorosa. Vi quando atravessou a extensão do carpete coberta de brinquedos e empurrou Aaron Tully contra a parede.

— Deixa ele em paz — falou Denny.

— O Mancha tá legal, não tá, Mancha? — disse Tully, rindo.

— O nome dele é Reuben, seu...

A briga começou, o garoto do teclado ainda tocando sua música imprevisível. Um castelo de brinquedo se quebrou quando Denny jogou Aaron no chão. Acertou um soco na cara do outro e vi aquele menino menor, Cam, dizer:

— Parem! Parem!

E, em seguida, minha versão de Reuben sentada ali, apenas olhando para a garrafa vazia na minha mão.

Lá estava eu, de noite, sozinho no parque. Virei para as chamas. Larguei no chão o frasco de amônia, a embalagem de plástico agora vazia, e cheguei mais perto, protegendo o rosto com as mãos, sentindo o calor do fogo que devorava seu violoncelo. E fiquei ali, escutando aquela melodia selvagem de estalos, até que não restasse mais nada além de uma enorme lágrima preta enfiada na grama.

Vi o cano do revólver pressionado contra a cabeça de Aaron Tully, que dormia. Ouvi minha voz ordenando que acordasse. Vi medo nos seus olhos jovens enquanto recitava minhas ameaças.

O frasco de comprimidos ao lado da cama dele. Comprimidos azuis, como os barbitúricos da minha mãe.

— Quem é você? — perguntou ele. Não estava ligando as coisas.

— Você me conhece — falei. Ou melhor, minha voz falou. — Sou o Mancha.

— Como é? O quê? Como é?

Vi quando pulou da cama, de cueca e camiseta.

— A minha mãe...

— Sua mãe está fazendo o turno da noite.

Vi quando pegou a caneta e o papel que eu mesmo, antes, apanhara no aparador. E então me ouvi ditar as palavras. "Sinto muito. Não posso suportar." A mão, trêmula, desenhava lentamente cada letra.

Segurei o travesseiro, agarrando-o com força. Baixei os olhos para a criatura perfeita que você era, ali dormindo, e senti o que ele sentiu, aquela urgência de estar com você, aquele desejo de estar contigo a sós, longe do seu pai. Ser como um dia vocês foram. Unidos. Iguais. Em paz.

E então a cacofonia sumiu e eu estava no chão. Estranhas formas negras me cercavam, na quietude dos ponteiros do relógio. Figuras pequeninas me encaravam de penhascos de madeira, planejando o próximo movimento. Eu era esse gigante numa terra estrangeira, um Gulliver capitulado, esperando ser tomado como refém de exércitos liliputianos.

Não conseguia me mexer. Fiquei ali deitado, nem acordado nem dormindo, não era Reuben, mas tampouco era exatamente Terence, à medida que a escuridão do lado de fora da loja lentamente cedia aos avanços da manhã.

Foi bem nessa hora que olhei no espelho e vi, não Gulliver, mas Robinson Crusoé me encarando de volta.

— O que aconteceu com você? — eu me perguntei.

Vindo de uma terra civilizada, tinha me tornado este selvagem.

Eu costumava acreditar neste mundo. Prezava nele os objetos antigos. Reparava o que havia de mais refinado, feito por mãos humanas.

Acreditava ser essa a essência da nossa espécie. Esse desejo de preservação do que já passou, de restauração do passado para, com isso, aprender suas lições. É o que nos faz humanos, o que nos diferencia de todos os outros animais. Desde os tempos neolíticos construímos alguma coisa, uma espécie de escada moral que nos leva cada vez mais alto e nos distancia de macacos, tubarões e lobos com os quais compartilhamos o planeta. Mas nós é que entendemos tudo errado, não foi?

Não existe diferença nenhuma, não é? Lá no fundo, somos iguaizinhos a qualquer outro animal. A única diferença é essa necessidade trágica que temos dentro de nós de compreender este mundo, representá-lo na arte e dissecá-lo na ciência, e no fim compensar a falta de um verdadeiro entendimento das coisas com possessões materiais. Relógios e bonecas e tinteiros que são como revólveres que matam nossos verdadeiros eus.

Ah, sim, agora posso ver. Olhando para esse mar infinito de almas eternas, vejo todos os nossos erros.

Vejo que temos vivido a maior das mentiras. Nós, colecionadores, restauradores, pais tolos. Buscamos um entendimento que sempre nos escapa. Acreditamos possuir esse entendimento, que nos separaria do restante dos vivos, da mesma maneira que gostamos de acreditar que nossas mentes não se misturam. E eu acreditava nisso mais do que ninguém. Mas estava errado. Estamos todos juntos, todos nós, no mesmo barco, navegando o mesmo mar infinito. Não há superiores e inferiores. Nem eles e nós. Nem você e eu. Nossos amigos e inimigos vivem todos dentro de nós, e nós, dentro deles. É algo que sabemos quando bebês, e agora também sei, mas acabamos perdendo essa consciência. Ruímos e desmoronamos como torres de Babel.

Nascidos na civilização, terminamos por compreender quanto o conhecimento nos torna selvagens e solitários.

Pela manhã, antes de sair, fui visitar George.

A pobre Sra. Weeks me pareceu bastante confusa ao atender a porta.

— Pensei que fosse o carteiro — disse ela.

Imaginei, por um momento, uma outra vida.

Imaginei que não tinha feito nada para machucar você.

Imaginei que não vinha para falar com George, mas com a Sra. Weeks.

Imaginei que meu autor tinha outra história para contar sobre mim.

Nessa história, eu olharia nos olhos dela, azuis da cor do mar, e perguntaria se ela me acompanharia numa ida ao teatro. Cynthia tinha comentado sobre uma montagem de *O jardim das cerejeiras* que estava para estrear na Playhouse. Iríamos juntos, a Sra. Weeks e eu, e discutiríamos as atuações e concordaríamos sobre a ousada direção da peça. Combinaríamos de nos ver de novo, sair juntos para um almoço ou um jantar desta vez, e eu tocaria os cantos da boca com o guardanapo e lhe diria que ela estava muito bonita naquela noite. Trocaríamos intimidades. Eu a trataria pelo primeiro nome e ela responderia que se sentia muito à vontade comigo, e segura. Depois de algum tempo, contaríamos aos nossos filhos que a relação era séria e vocês se alegrariam por nós. Moraríamos todos juntos. Você e o George (que seria aquele que eu um dia imaginara, e não o George real) sairiam de casa, mas a Sra. Weeks e eu continuaríamos a frequentar as exposições juntos e ela pintaria retratos. E pouco a pouco, à medida que os dias ficassem mais curtos, poderíamos restaurar um ao outro a felicidade.

Mas, que pena, tive a história que mereci.

— Sr. Cave? Está tudo bem? — Seus olhos me investigavam de cima a baixo.

— Sim — falei, lentamente, voltando a tomar consciência de minha tarefa. — Vim para dar uma palavrinha com o George, se ele estiver em casa.

Ela estava adorável, parada ali, os cabelos dourados e a camisa branca impecável emprestando-lhe uma leveza de sonho.

— Sim — disse ela —, ele está aqui. Por favor, entre.

Ela abriu a porta e adentrei o ladrilho do hall. Senti cheiro de café. Havia uma música de fundo. E um retrato na parede. Um menino louro, franja e óculos, de uns 5 ou 6 anos, no rosto largo, de ponta a ponta, um sorriso despreocupado.

— George? George? O Sr. Cave veio ver você. George?

Um pé pesado fez ranger o assoalho vitoriano sobre minha cabeça. Tinha me segurado, até então, mas, quando reconheci a música, não pude mais.

— Beethoven — falei, e não consegui evitar rir, assim que me dei conta. — A "Serenata ao luar".

— Sim, isso mesmo — disse ela, num vislumbre daquele seu raro sorriso. — Adoro esse primeiro movimento.

— Oh, sim, o primeiro movimento é maravilhoso, não é mesmo? — disse eu, de repente falando mais e mais rápido. — É sublime, eu diria. Mas Beethoven não pensava assim. Na cabeça dele, era um monstro insondável. Ganhou vida própria, lotando salas de concerto por toda a Europa, e Beethoven não entendia por que tinha se tornado sua peça mais popular.

Caprichei na pose de filósofo, até um pouco exagerada, o indicador descansando no queixo.

— Mas aí que está, não é mesmo, Sra. Weeks? Essa é nossa tragédia, não é? Queremos que o mundo seja do nosso jeito. Queremos que as coisas sejam do modo como as vemos. Queremos ter o controle do que e de quem deve ou não ser amado, quando na verdade nem as nossas próprias mentes somos capazes de controlar.

O sorriso da Sra. Weeks foi substituído pelo espasmo de uma careta.

— Sr. Cave, está tudo...

Espalmei a mão, interrompendo a pergunta.

— E quando a gente se dá conta disso, começa a balançar — continuei. — Começa a sentir o "terror quente" que o pobre Ludwig sentiu. Como se nossa alma desmoronasse, entregasse os pontos. Muitos dos grandes poetas sentiram uma coisa parecida. Keats, por exemplo. O aniquilamento do ser. Não exatamente uma ausência de identidade, era mais como incorporar outras identidades, Sra. Weeks. Incorporar, indo além dos limites da identificação e chegando a... ah, George, aí está você.

A Sra. Weeks se voltou para olhar para o filho, parado atrás dela, na escada de madeira. Um patamar acima, sobre o terceiro degrau, ele era uma figura colossal, a linha média do corpo marcada pelo cinto marrom atoalhado do robe de dormir. Considerando-se que ele ainda estava de pijama, e pelo estado do cabelo, ficava claro que tinha acabado de sair da cama. Mas pareceu imediatamente consciente do significado da minha visita. Na verdade, os olhos machucados por trás das lentes grossas dos óculos me encaravam cheios do que só poderia ser descrito como um pavor letárgico.

— Olá — disse ele, naquela sua voz distante.

Limpei a garganta e tentei manter a calma ao falar.

— Sim, George, gostaria de conversar com você. Acho que deveríamos bater um papinho. Em particular.

A Sra. Weeks se virou para mim, boquiaberta.

— Sobre o que o senhor quer conversar com ele?

Respirei fundo antes de responder.

— Sobre uma certa *Alison Wingfield*.

George ficou pálido, e pareceu que encolhia bem na minha frente.

— Não sei se é um bom momento, Sr. Cave — disse a Sra. Weeks. Ela notou minha mão, que tremia. — Acho que o senhor está precisando de algum...

— Está tudo bem, mãe — falava num tom manso, agora. — Vou conversar com ele.

— George, não acho que seja...

Ele fechou os olhos.

— Vou conversar com ele.

A Sra. Weeks se mostrou surpresa com a insistência do filho, e ainda mais preocupada com a minha. Perguntei-me que mentira George teria lhe contado para explicar os ferimentos. Em seguida, no entanto, a Sra. Weeks deu um passo para o lado e segui George até a sala de estar, atulhada de antigas peças familiares, compradas na minha loja. Ali estava o grande baú de madeira, e também a Dançarina Árabe, com a Vitória Alada de Barrias, sobre uma mesinha de canto perto do sofá.

A Sra. Weeks desapareceu pela porta do quintal, mas continuou de olho pela janela dos fundos, enquanto pendurava a roupa lavada do filho.

— Você mentiu, George.

Eu falava baixo, mais baixo que a respiração dele, que começava a entrar em pânico.

— Por favor, eu sei. Por favor, posso explicar. Desculpe, Sr. Cave.

— Quem é você, George? — perguntei.

O pavor de quem acabou de acordar.

— Como é?

— É isso, quem é você? O leal Horácio? Não, acho que não. Está mais para Iago. Só estou tentando entender como tudo se encaixa, só isso. O que você quer com ela? Com a Bryony?

— Não quero nada — falou ele, mãos espalmadas como quem se rende.

— Então por que você a atacou? Por que o Denny bateu em você?

— Não sei, Sr. Cave. Ele é louco.

Não conseguia me encarar.

Lembrei de outra coisa.

— Aquele dia, quando voltei para loja, peguei você lá em cima. O que você tinha feito com ela?

Ele respirava com dificuldade agora, olhando em volta, para os móveis antigos. O baú que eu ajudara a carregar para fora da loja com o pai dele.

— Nada — disse ele. — Sério... Eu não... Eu...

— Não é o que o Denny me contou, George.

Percebi o olhar atravessado da Sra. Weeks, que pendurava a camisa xadrez do George no varal. Apontei para o sofá francês, onde ela não podia nos ver.

— Senta aí — disse a ele, sobrepondo a ordem ao delicado som de piano. — Recomponha-se.

Ele foi descendo até o assento num movimento lento e cuidadoso, que ainda assim pareceu deixá-lo exausto. Fiquei de pé, mas virei de costas para a janela, de modo que a Sra. Weeks não visse o ódio crescente estampado na minha cara.

— Preciso da minha...

— Você queria trabalhar na loja para ficar perto dela, não é? Você a machucou, não foi? Ela foi a sua Alison Wingfield, não é verdade?

— Não — falou ele, a mão no peito. Os olhos arregalados de pânico. — Não... eu não... por favor... eu... meu inalador... não consigo respirar. Preciso...

— O quê?

Um braço apontando o céu, como o Platão da *Escola de Atenas*. (Ainda posso ver seu rosto em Roma, enquanto apreciava a única obra de arte que a impressionou de verdade, na visita aos museus do Vaticano.)

— Quarto — disse ele, entre arrancos desesperados, o ruído rascante ficando cada vez mais alto a cada vez que inspirava. Começou a mudar de cor, a mancha rosada nas bochechas se espalhando, passando ao roxo.

— Quieto, George. — Lembro de ter dito e repetido, chegando mais perto. — Quieto, quieto.

E alcancei a almofada, que apertei contra ele. E ele se agarrou a mim e puxou desesperado as minhas roupas.

— Quieto. Quieto. Quieto.

Era tão fácil, agora que não podia mais ver o rosto dele, ignorar o que estava fazendo, o estalo patético dos óculos se quebrando quando pressionei com mais força. Uma centena de vezes "quieto" e lá estava ela, atrás de mim, gritando feito os animais que somos, todos, lançando as mãos sobre mim como se fossem patas, agarrando meu colarinho, encobrindo Beethoven.

Girei o braço para trás e acertei uma cotovelada no peito da Sra. Weeks. Ela caiu de encontro à quina do baú e larguei a almofada.

Sabia o que tinha feito. O ato terrível que cometera, cegamente enlouquecido. Terence Cave. Eu mesmo. Sozinho.

— Sra. Weeks? George?

Mas não eram eles. Não eram eles, Bryony. Estou dizendo: não eram eles que eu via.

Olhei para o sofá e enxerguei seu irmão, deitado precisamente onde George deveria estar. O mesmo olhar vidrado que me encarou daquela calçada. Via o sangue escorrendo pelo rosto dele. Não o borrão de um fantasma, mas uma forma sólida, marcando a estampa florida do tecido. E, quando me voltei ao corpo caído no chão, não foi a Sra. Weeks que vi, mas sua mãe, com a camisa azul de mangas arregaçadas que ela usava quando os assaltantes vieram, estirada na mesma posição desengonçada em que morrera 15 anos antes.

Seu rosto estava tão pálido e liso, repousando sobre aquele travesseiro baixo de hospital. Rezei por uma testa franzida, por uma lasca no vaso, para que alguma vida viesse sujar sua beleza.

— Por favor, Bryony — implorei, como certa vez já havia implorado ao seu irmão.

Um fino facho de luz estava pousado sobre os cobertores, curvando-se à sua presença debaixo deles.

— Por favor.

Denny estava em algum outro lugar, falando com a polícia.

Ninguém me vigiava exceto uma enfermeira. A mesma que me perguntara se gostaria de beber alguma coisa. Eu tinha dito que não, apesar da boca seca. Parecia um crime a mais, entre tantos, cuidar do sustento do meu corpo, enquanto o seu estava ali, inerte. A enfermeira me dirigiu um sorriso suave, que eu não merecia, e voltou à escrivaninha onde alguns prontuários aguardavam para serem preenchidos.

Sentia que você ia morrer, portanto não tinha vontade de sair de perto. A polícia logo faria a perícia da bala, que acabaria levando a investigação ao meu nome, mesmo que Denny não contasse aos policiais. Os corpos do George e da Sra. Weeks seriam encontrados a qualquer momento, provendo ainda mais evidências contra mim. Mas não me importava. Nem parecia me importar se Reuben voltaria ou não a contaminar minha alma com a dele. Se você morresse, que outros danos ele poderia causar?

Dei uma olhada rápida nos outros pacientes daquela unidade. Almas fugidias, ocupadas com suas próprias batalhas silenciosas contra a morte. Corpos velhos e gastos, bem vividos, tão diferentes do seu.

— Deixa ela ir.

Voltei-me para o seu rosto, de onde viera o sussurro. Era imaginação, com certeza. Você continuava inconsciente. Impávida. Talvez fosse outra alucinação. Minha mente estava muito frágil depois do que acontecera na casa da Sra. Weeks.

Debrucei sobre você.

— Bryony?

Minha mão nervosa tocou seu braço. O facho de luz foi engolido pelos cobertores. Olhei para a enfermeira, que preenchia uma ficha na escrivaninha, e já me preparava para ir dizer a ela que você parecia estar acordando.

Comecei a me dar conta do que acontecia ali. Compreendi que tudo ainda estava pendente, e que sua vitória naquela batalha silenciosa ainda não estava decidida, longe disso.

Respirei fundo.

— Reuben, me diga, o que você quer? O quê? Faço qualquer coisa. Por favor.

A enfermeira interrompeu o trabalho e olhou na minha direção. Devolvi um sorriso amarelo e recuei a mão que estava no seu braço. Ela franziu a testa, refletindo se precisaria sair de seu posto, mas acabou voltando ao trabalho com os formulários.

— Reuben?

Minha voz era pouco audível, até mesmo para mim mesmo.

— Reuben? Por favor, não faça mal a ela. Por favor. Você a ama. Ela é sua irmã. Nada disso é culpa dela. A culpa é minha. De tudo. Tudo isso. É minha culpa. É comigo, não com ela. Por favor. Não quis machucar nenhum de vocês dois.

— Deixa ela ir.

O facho de luz voltou ao seu lugar e, com ele, veio a iluminação. Súbito, tudo ficou claro. Eu o havia abandonado. Por 15 anos, eu o havia abandonado, culpando um bebê que choramingava quando devia ter assumido, eu mesmo, a culpa. Todo o ciúme dele, o ódio irremovível, tinha partido de mim. E se era eu quem o havia provocado, então podia também acabar com aquele sentimento, e foi o que jurei fazer. Eu o redimiria.

Um pequeno espasmo, a princípio. Tão imperceptível que talvez nem tivesse acontecido.

— Queridinha?

E então um segundo. Um movimento debaixo das suas pálpebras. Sonhos no ponto de fervura, borbulhando para a superfície.

Seu nariz se contraiu, o franzido na testa apareceu, a boca mastigou um resquício de sono. E aí os olhos piscaram e se abriram e ali estava você, minha menina querida. Viva e desperta, um olhar cansado para mim.

— Pai? — A mais tênue das vozes.

— Bryony? Queridinha? Não se preocupe. Você está no hospital. Sofreu um ferimento, mas vai ficar bem.

Você pareceu aflita.

— E o Denny?

— Tudo bem. Ele está ok. Está bem. Já está voltando para cá num momento.

E você pareceu compreender tanto nestas palavras.

— Preciso ir, Bryony. Mas eu volto.

Soltei aquela mentira de última hora, enquanto me inclinava para beijar sua testa, evitando que você investigasse meu olhar.

— Tenho de ir, queridinha. Você vai ficar bem. Tudo vai ficar bem. Você vai ver.

E me afastei da sua cama para dizer à enfermeira que você tinha acordado. Ela saiu do seu posto, na escrivaninha, para conferir se era verdade, e não pude escutar o que dizia. Na porta, me virei para olhá-la pela última vez. Você franziu a testa de novo ao me encarar, e algo me dizia que aquela careta significava que ficaria bem, não importa o que acontecesse. Sobreviveria a todos os golpes que minha vida e minha morte ainda pudessem desferir contra você, porque era tão brava quanto sua mãe havia sido, e enfrentaria a vida como se deve. A dor e a vergonha que eu lhe causara acabariam por se recolher, trancafiadas em segurança no passado. Você seguiria em frente sem mim. Sobrevivendo. Desejando. Amando.

Vivendo.

Espero. Sim, é o que eu espero.

Costumava ficar imaginando como seria sua vida no futuro. Ah, era uma linda existência, a que eu via esperando por você — se casaria com o homem certo, viveria no interior, tocando numa orquestra —, e minha tarefa, como pai, seria conduzi-la em segurança pelo terreno perigoso do caminho que tinha pela frente.

Agora me dou conta da minha própria loucura. Percebo que, como um amador na arte da restauração que arranha a própria pintura ao tentar reparar uma tela, arruinei aquele retrato. Seu futuro terá texturas diferentes das que imaginei, com todo direito. O único propósito de se viver é acolher a vida em si. Confiar que nossos filhos encontrarão o próprio caminho e entender que ninguém tem as respostas certas. E como poderíamos, quando nem ao menos descobrimos qual é a pergunta? Só o que desejo agora é que sua vida esteja livre dos erros que foram as pedras na minha própria estrada.

Espero que, se e quando você tiver filhos, seja capaz de perceber suas diferenças, mas amá-los de forma igual. Espero que saiba que podemos criar novas vidas, mas não possuí-las, e que jamais devemos permitir que nosso desejo de proteger se transforme em desejo de possuir. Espero que compreenda que as crianças, só pelo fato de chegarem a este mundo, já o ganharam para elas, pois vivemos e respiramos a glória de estar aqui cada vez que despertamos.

E também é glorioso aqui onde estou, a amplidão diante de mim. Lembro de caminhar por esse pântano anos antes de você nascer, de estar parado aqui, olhando para um verdadeiro atlas selvagem de verde e violeta. Era julho, as urzes em flor, tão diferente desta noite. Há uma beleza mais melancólica agora, mas ainda assim o que vejo é belo. Uma beleza que, sentado aqui, dentro do carro, consigo absorver para levar adiante o que tenho de fazer. Bryony, queria tanto ficar por aqui, mas sei que vão me encontrar em breve. Sinto-os se aproximarem com a noite.

Dois últimos pedidos, bem simples. Por favor, diga à Cynthia que me desculpe por ter deixado aquele bilhete — ela deve ter tomado um tremendo susto ao lê-lo, hoje de manhã. Sei que ela vai cuidar direito de você e ajudar a reparar o estrago que causei.

A outra coisa é o velho retrato da minha mãe, na sala. Está na parede, atrás da porta, logo na entrada. Você sabe qual é. Aquele em que ela olha meio atravessado para a câmera, o rosto maquiado como Greta Garbo. Quero que você fique com ele. Sei que você não me deve nada, mas, se ainda chegou até aqui lendo isto, presumo que se disporia a cumprir a tarefa. Então, se você puder salvá-lo, guardá-lo em segurança, por favor. Não precisa pendurar na parede da sua casa, mas fique com ele. Em algum lugar, qualquer lugar, mas em segurança.

Agora chega. Acabou. Está tudo no papel e, tão perto do fim, não sinto mais medo. Não há nada mais a temer, mesmo olhando adiante e vendo-os chegar. Todos eles.

Parados à minha frente, espíritos silenciosos. Os que perdi, os que matei, Reuben um passo à frente dos outros. Acena com a mão, mas ele parece finalmente em paz.

Não sinto medo pelo fim que se aproxima. Vou dar a ele o amor que precisa e assistir a este belo mundo levá-la para onde quiser.

O último suspiro do dia toca meu rosto e me diz que chegou a hora.

Vou voltar para ele.

Boa noite, queridinha.

Boa noite.

Agradecimentos

Gostaria de agradecer a:

Caradoc King, meu agente, por seu completo e inabalável entusiasmo por este romance, desde o início.

Dan Franklin, meu editor, por me deixar avançar no escuro sem insistir para que levasse comigo uma lanterna.

Alex Bowler, Rachel Cugnoni, Alison Hennessey, Chloë Johnson-Hill e todos da Jonathan Cape e da Vintage.

Elinor Cooper, Judith Evans, Christine Glover, Louise Lamont, Namoi Leon, Teresa Nicholls e Linda Shaughnessy, da A.P. Watt.

Alan Moloney e Tim Palmer, da Parallel Film.

Matteo Moretti e todos do Hotel Art, em Roma.

Michel Faber, Toby Litt, Scarlett Thomas e Jeanette Winterson, pelos conselhos e pela ajuda em vários momentos nos últimos anos.

Este livro foi composto na tipologia Minion Pro Regular, em corpo 11,5/15, e impresso em papel off-white no Sistema Cameron da Divisão Gráfica da Distribuidora Record.